Deux cœurs rebelles

BLYTHE GIFFORD

Deux cœurs rebelles

LES HISTORIQUES

éditions HARLEQUIN

Collection : LES HISTORIQUES

Titre original : TAKEN BY THE BORDER REBEL

Traduction française de FLORENCE BELLOT

HARLEQUIN®
est une marque déposée par le Groupe Harlequin

LES HISTORIQUES®
est une marque déposée par Harlequin S.A.

ÉDITIONS HARLEQUIN

83-85, boulevard Vincent Auriol, 75646 PARIS CEDEX 13.

Service Lectrices — Tél. : 01 45 82 47 47

www.harlequin.fr

ISBN 978-2-2803-1177-9 — ISSN 1159-5981

Abandonné par son clan sur le champ de bataille
Le Premier des Brunson est laissé pour mort
Laissé pour mort et retrouvé vivant
Descendant d'un Viking aux yeux sombres
Il vécut pour fonder une dynastie.

Silencieux comme un lever de lune, aussi éternel que les étoiles
Puissant comme le vent qui balaye Carter's Bar
Déterminé et au pied sûr, ni débauché ni avare
C'est ce qu'on raconte du clan Brunson

Chaque chef Brunson, depuis le premier
[d'entre eux, connaît ses origines
Et sait que le sang qui court
Dans ses veines est celui du Premier des Brunson
Un homme si fort qu'il refusa de mourir.

C'est la force que réclame le clan.

Chaque chef du clan doit puiser la sienne en lui-même.

Parfois contre toute attente…

Chapitre 1

Mi-mars — avril 1529

Quand Rob le Noir se réveilla ce matin-là, il remarqua aussitôt que pour la première fois depuis deux mois il ne sentait plus cette horrible odeur de cendre. Voilà un heureux constat ! Car l'air était devenu irrespirable, depuis que les Anglais du clan Storwick avaient mis le feu aux bâtiments du donjon.

Sa première pensée fut pourtant la même que la veille, l'avant-veille et les jours précédents : les Storwick payeraient ! Jusqu'au dernier d'entre eux.

D'ailleurs, il avait déjà commencé à les punir… œil pour œil, dent pour dent ! Grâce à Rob, leurs toits aussi avaient subi la morsure des flammes, et le chef du clan était désormais leur prisonnier, bien surveillé par le Gardien des Marches écossais.

Mais, vu l'ampleur de leurs méfaits, cela n'était pas suffisant.

Certes, depuis quelque temps, les cendres avaient disparu avec la neige, et la cuisine avait un nouveau toit de chaume. Mais, dès qu'il prit une autre inspiration, Rob comprit qu'il ne se libérerait jamais de l'odeur de brûlé qui persistait dans ses narines.

Eux non plus… Il s'en assurerait.

Il se leva et jeta un coup d'œil par-dessus son épaule, s'attendant toujours à voir le fantôme de son père errer derrière lui.

Il n'y avait rien, comme d'habitude.

Il était seul dans la chambre du maître, et c'était lui le chef désormais. Il avait été élevé dans cette perspective depuis sa naissance, vingt-six ans plus tôt.

Après s'être longuement étiré, il s'habilla et alla se camper devant la fenêtre qu'il ouvrit.

L'hiver avait été long et rude, et la journée qui commençait s'annonçait belle. Il flottait dans l'air une sorte de douceur nouvelle, celle du printemps, de la saison de naissance des agneaux. Il était temps pour lui d'endosser de nouveau son rôle de berger, en plus de celui de guerrier, et de recommencer à parcourir la vallée pour s'assurer que les troupeaux étaient toujours aussi nombreux.

L'année précédente, il chevauchait aux côtés de son père pour accomplir cette tâche… Allons, il ne servait à rien de remuer le passé !

Une fois habillé, Rob se dirigea à grandes enjambées vers la cuisine, l'estomac criant famine. Où pourrait-il trouver un petit pain frais ? Un pain comme ceux que lui préparait toujours sa sœur, avant de se marier. Autrefois, elle en préparait pour chacun d'entre eux. Et ce n'était pas tout : elle cuisinait, lavait, nettoyait et rangeait leurs appartements… Jusqu'au moment où, quelques mois plus tôt, elle les avait abandonnés pour un mari… Un individu indigne de confiance, selon Rob ! En soupirant, il emballa dans un torchon un morceau de pain de la veille et un bout de fromage.

Bientôt, on se mettrait à le harceler pour qu'il trouve une épouse… Une femme qui le nourrirait, qui s'occuperait de lui et qui le houspillerait lorsqu'il partirait seul à cheval, comme maintenant, sans considération pour sa sécurité. Rob savait bien que le danger n'avait pas disparu avec la neige, mais il serait rentré avant le crépuscule. Et aucun ennemi ne se risquerait à lancer un raid au beau milieu d'une journée de printemps ensoleillée. Voilà ce qu'il aurait dit à son épouse, pour la rassurer.

Mais, après tout, quel besoin avait-il d'une femme ? Les tracas de la vie conjugale n'étaient pas pour le séduire ! Tant qu'il pourrait demeurer seul, il s'en passerait volontiers… A vrai dire, Rob appréciait plus que tout la solitude, dont il ne jouissait que trop rarement. Il recherchait comme un bien précieux ces moments de sérénité, loin de l'agitation et du bruit, où il ne sentait pas des regards constamment posés sur lui. Loin des sollicitations de ses gens, qui réclamaient son avis sur des différends à régler ou sur les innombrables décisions à prendre. Ce n'est que dans la solitude qu'il pouvait respirer librement.

Et l'aube était justement le moment idéal pour profiter du calme. Rob franchit la poterne et, heureux de laisser le donjon derrière lui, observa les poneys qui broutaient à l'extérieur. Puis il exerça une pression légère sur les flancs de Felloun, qui se mit au trot, prêt à galoper. C'était sur son cheval qu'il se sentait le plus heureux, plus que partout ailleurs, quand il parcourait son domaine. Il appartenait à cette terre — collines et vallées, mousses et pierres — autant qu'elle lui appartenait. Frère de la terre, songeait-il parfois. Pas des hommes.

Tous les Brunson étaient ainsi, depuis le tout premier d'entre eux. Un Brunson appartenait à la terre. A sa terre d'Ecosse.

Sa moitié n'était pas une compagne ; c'étaient ces collines. Et personne ne le contraindrait à s'en séparer.

Il arriva à la maison la plus proche avant que le soleil ne soit haut dans le ciel. Des moutons bêlant tournaient en rond, contenus par un chien bien dressé qui les empêchait de se disperser et maintenait le troupeau rassemblé en masse compacte, répondant instantanément aux sifflets de son maître.

Rob se dirigea vers l'homme.

— Tout va bien ?

Il n'avait pas dit cela parce qu'il pensait que Joe Sans-Doigts avait besoin d'aide, mais simplement pour lui rappeler qu'il était là, au cas où.

— Oui, répondit Joe.

Près de lui, un agnelet flageolant sur ses pattes était blotti contre sa mère.

— Ce petit-là, il sera assez fort pour monter dans les hautes terres en juin ?

— Peut-être que oui, peut-être que non, répondit Joe avec un haussement d'épaules.

Rob se détourna pour contempler les collines encore nimbées de brume.

C'était ainsi, constata-t-il. La faiblesse signifiait la mort, pour les hommes comme pour les bêtes.

Il reporta son attention sur Joe.

— Une trace quelconque des Storwick ?

Pour toute réponse, Joe secoua la tête.

— Alors, à la semaine prochaine, dit Rob en pressant son genou contre le flanc de sa monture, qui se mit docilement au trot.

Joe Sans-Doigts n'avait donc rien vu ?

Dans ce cas, Rob devrait chercher par lui-même…

A la mi-journée, après avoir emprunté un sentier tracé par les sabots, qui serpentait dans les collines vers la frontière, Rob arriva au point le plus haut et qui dominait la vallée. Ce sentier, il le connaissait jusqu'à la moindre pierre, tout comme les Storwick, d'ailleurs, puisqu'il marquait la frontière.

Il traversa cette dernière, à la recherche de crottin frais.

Ne trouvant rien sur le sentier, il retourna de son côté de la colline et descendit de sa monture. Allongé dans l'herbe fraîche, il contempla la vallée qui était sienne. C'était une journée très dégagée, comme il y en avait rarement en cette saison. Il pouvait distinguer jusqu'à la tour Brunson, qui s'élevait fière et solide dans le lointain.

A n'en pas douter, la conquête de la tour devait tenter plus d'un Storwick… Mais Rob avait établi un tout nouveau système de défense, quasiment infaillible. Jusqu'à preuve du contraire…

Soudain, sans même avoir eu à bouger, Rob perçut comme un changement dans l'environnement : une odeur, un son lointain… Aucun doute, quelqu'un approchait ! Tous les sens aux aguets, il tourna lentement la tête.

Un peu plus haut, sur la colline, il vit arriver une femme. Que faisait-elle toute seule ici ? Dès qu'elle l'aperçut, elle s'immobilisa et le regarda avec une méfiance mêlée de crainte. Que pouvait-elle bien s'imaginer, enfin ! Avait-il l'air d'un vulgaire voleur de chemin ? Ou pire, d'un Storwick ?

Ils se dévisagèrent en silence.

Une curieuse créature, en vérité… Elle avait des cheveux sombres qui tombaient en cascade sur ses épaules, un nez qu'il trouva trop prononcé et un menton trop pointu. Vue sous cet angle, il n'aurait su dire si elle était belle ou non. Ce qui est sûr, c'est qu'elle s'efforçait de garder une expression résolument impassible.

N'avait-il pas déjà vu ce visage quelque part ? Au fil du temps, il avait rencontré jusqu'aux plus lointains parents du clan Brunson. Pourtant, il ne parvenait pas à la situer.

Si c'était une Brunson, de quelle branche de la famille pouvait-elle bien être issue ?

— Etes-vous perdue ? Peut-être vous êtes-vous trop éloignée de chez vous, dit-il enfin en essayant de la retrouver dans ses souvenirs.

Le cousin de Sim Tait vivait dans les parages, mais il n'avait pas de fille…

Elle regarda autour d'elle, comme un animal effrayé, prêt à s'enfuir.

— Pas tant que ça, je pense, répondit-elle d'une voix incertaine.

Rob se redressa sur les coudes et indiqua la frontière, un peu plus haut.

— Faites attention tout de même, les Storwick ne sont qu'à cinq miles d'ici.

A ces mots, elle recula de quelques pas sans le quitter des yeux, comme si elle venait de prendre conscience de sa proximité avec un ennemi. Elle était à présent très pâle…

— J'ai donc traversé la frontière ?

— Pas encore, rassurez-vous. Comme je vous le disais, elle est toute proche.

Bon sang, où étaient passées ses manières ? Il était encore allongé sur l'herbe, alors que la jeune femme perdue était debout… Rob se leva rapidement.

A y regarder de plus près, n'y avait-il pas quelque chose d'étrange dans son accent ?

— Elle est juste là-bas, précisa-t-il en l'observant plus attentivement encore.

Elle écarquilla les yeux, puis regarda par-dessus son épaule, dans la direction indiquée… Soudain, avant qu'il ait pu la retenir, elle se retourna brusquement et s'enfuit à toutes jambes.

Trop tard. Il l'avait déjà reconnue.

*
* *

Priant de tout son cœur pour être assez rapide, Stella accéléra sa course en entendant le Brunson, qui s'était mis à la poursuivre. Surtout, ne pas se retourner !

Hélas, il ne lui fallut pas longtemps pour se trouver devant elle et lui barrer le passage, comme si elle était une vulgaire brebis échappée du troupeau.

Elle essaya de le contourner, à gauche, puis à droite, tentant vainement de le tromper.

Il était certes fort et d'une large carrure, mais elle pouvait encore lui échapper. Si seulement sa jupe n'entravait pas ainsi ses moindres pas ! Si elle parvenait à passer la frontière, elle serait en sécurité… Autrement, elle n'osait imaginer ce qu'il adviendrait d'elle !

Mais, avant qu'elle n'ait pu faire le moindre mouvement pour se protéger, l'homme la saisit pas le bras et la tira si brusquement qu'elle perdit l'équilibre. Tous deux s'effondrèrent dans l'herbe. Elle se retrouva sur le dos, avec son assaillant à moitié étendu sur elle !

Seigneur ! S'il voulait lui faire du mal, elle se battrait jusqu'à la mort ! Elle leva les mains pour lui griffer le visage, mais aussitôt il lui attrapa les poignets et les plaqua contre terre sans le moindre effort. Le cœur battant follement, Stella ferma les yeux pour ne pas le voir. Mais elle ne pouvait ignorer ni la chaleur de ses mains ni l'odeur de cuir qui émanait de lui.

— Vous êtes une Storwick ! dit-il.

A son intonation, elle sut que ce n'était pas une question.

Stella rouvrit les yeux. L'homme fixait sur elle un regard brun qui lançait des éclairs meurtriers.

— Et vous un Brunson ! répliqua-t-elle en s'efforçant d'affermir sa voix.

Maintenant qu'elle le voyait de près, elle le reconnaissait ! C'était l'homme qu'elle avait vu six mois plus tôt, lors de la Journée de la Trêve. Quelle idiote de ne pas l'avoir reconnu tout de suite !

Ce n'était pas seulement un Brunson... C'était le chef du clan Brunson !

Une vague de chaleur la traversa. De la haine, sans aucun doute.

Elle avait bel et bien affaire à Rob le Noir. Large d'épaules, sourcils épais, cheveux d'ébène et yeux sombres. Oui, il avait les yeux bruns qui étaient la marque de son maudit clan.

— Vous ne me prendrez pas de force ! cria-t-elle en se raidissant de tout son corps, comme si cela pouvait l'arrêter. Je ne me laisserai pas faire !

Il se figea, puis se tourna pour cracher avec mépris dans l'herbe.

— Ce n'est pas ainsi que les Brunson traitent les femmes, répliqua-t-il sèchement.

Son visage exprimait le dégoût.

— Ce sont les Storwick qui font ça ! ajouta-t-il.

Hélas, elle savait que les rumeurs qui couraient sur Willie le Balafré étaient fondées, même si celui-ci n'avait jamais osé la toucher. Personne n'osait jamais la toucher, d'ailleurs.

— Ce n'est pas ce que j'ai entendu dire, prétendit-elle en espérant gagner du temps.

Elle se débattit en vain pour se dégager de son emprise. Mais des bracelets de fer auraient sans doute cédé plus facilement que sa poigne !

Il finit cependant par lui lâcher les poignets, mais avec un regard lui signifiant de ne pas broncher.

— Vous avez mal entendu, dit-il en s'écartant d'elle pour s'asseoir dans l'herbe.

— Alors laissez-moi partir, si vous n'avez pas l'intention de me prendre de force ! lança-t-elle en se redressant sur les coudes.

Il croisa les bras, observant un silence qui n'augurait rien de bon.

Elle retint sa respiration pour s'empêcher de parler. Heureusement, il n'avait pas encore deviné quelle Storwick elle était. Ni qu'elle était montée dans les collines pour espionner sa précieuse tour. Autrement, elle n'osait imaginer sa réaction !

— A quelle distance se trouvent les autres ? lui demanda-t-il.

Il se leva et la saisit par le bras pour l'obliger à faire de même, puis il scruta le côté anglais de la frontière sans la lâcher.

— Il n'y a personne d'autre.

Seigneur ! Pourquoi n'avait-elle pas tenu sa langue ? Elle n'avait dit à personne où elle allait, quand elle était partie ce matin-là. Elle se rendait compte à présent qu'elle avait eu tort. Personne ne pourrait la retrouver !

Rob le Noir se retourna vivement vers elle. Pourquoi la détaillait-il ainsi de haut en bas, avec un regard incrédule ? Il devait certainement la juger bien sotte de s'aventurer seule en territoire ennemi…

— Et ça vous arrive souvent de vous promener seule dans les collines, sans cheval ?

Elle haussa les épaules pour cacher la peur qui lui nouait l'estomac.

— J'ai voulu profiter de cette belle journée… Je me suis aventurée trop loin.

En réalité, elle avait projeté d'aller encore plus loin, mais un cheval aurait attiré l'attention. Elle s'en mordait les doigts à présent !

— Je voudrais rentrer chez moi, avant que le soir tombe…, dit-elle avec précaution.

— Je crains que ce ne soit pas possible.

Stella sentit son cœur cogner fort contre sa poitrine.

— Mais je ne vous suis d'aucune utilité !

— Au contraire. Vous allez me servir d'otage, comme ça votre clan se tiendra tranquille ! S'il s'avisait de lancer une expédition pour libérer Hobbes Storwick, vous en feriez les frais…

Stella blêmit, partagée entre effroi et soulagement. Dieu merci, elle savait à présent que son père était toujours vivant !

Chez elle, tout le monde ignorait quel sort lui avait été réservé…

En violation des lois de la frontière, les Brunson étaient venus brûler leur demeure et avaient capturé son père. Il était malade depuis des mois, au point qu'il n'avait même pas pu se rendre au dernier rassemblement pour la Journée de la Trêve.

Cependant, malgré son état, il avait fait de son mieux pour défendre son foyer.

Depuis, aucune nouvelle. Personne ne croyait les Brunson capables de l'avoir exécuté de sang-froid, mais il fallait qu'elle sache ce qu'il était advenu de lui. Il avait tant besoin de soin, tant besoin d'elle ! Avait-il seulement quelqu'un à qui parler ?

C'est pour cette raison qu'elle était montée dans les collines, dans l'espoir de découvrir où était détenu son père. Et, si Rob le Noir décidait de la retenir en otage, peut-être qu'elle pourrait enfin le rejoindre !

Rob avait vu un éclair de peur passer dans le regard fier de la jeune femme, comme si elle s'attendait à ce qu'il se comporte comme ces brutes de Storwick.

Willie Storwick le Balafré n'avait eu aucune pitié pour

Cate, l'épouse de Johnnie. Cette femme ne méritait pas mieux…

Mais, contrairement aux Storwick, les Brunson ne s'abaissaient pas à ce genre de vilénies.

Il soupira. Bien que la route du sud soit dégagée et vide, devait-il se fier à ses yeux et ses oreilles ? Mieux valait rester sur ses gardes. Absorbé par l'amour qu'il portait à sa terre chaque fois qu'il la contemplait, il n'avait pas même aperçu cette femme avant de descendre de cheval !

Son père n'aurait jamais commis une telle erreur.

Sa paume s'échauffa contre son bras, qu'il tenait toujours, mais il ne pouvait pas la lâcher, sans quoi elle s'enfuirait et irait quérir les autres — s'ils n'étaient pas déjà à sa recherche.

— Vous êtes une Storwick, ça j'en suis sûr, dit-il.

Il s'était souvenu — non sans un certain malaise — l'avoir vue lors de la Journée de la Trêve, à l'automne dernier. A dire vrai, ce jour-là, il n'avait pu s'empêcher de contempler à de nombreuses reprises le balancement suggestif de ses hanches…

— De quelle branche des Storwick êtes-vous ? poursuivit-il.

Levant son menton pointu, elle pinça les lèvres un instant avant de répondre :

— Celle de Storwick le Rouge.

Si elle n'avait pas leurs cheveux roux, elle tenait d'eux ses yeux verts, très grands, et leurs paupières lourdes.

— Moi, je suis Rob Brunson.

Elle hocha la tête, comme si elle n'était pas surprise. L'avait-elle elle aussi reconnu ?

— Je sais. Le chef du clan.

Elle venait de le dire tout naturellement mais, pour lui, même depuis huit mois, ces mots n'étaient pas faciles à prononcer.

— Comment vous appelez-vous ?

— Stella, répondit-elle, sans hésiter cette fois.

— Stella ? D'où peut bien venir ce nom ?

Il ne l'avait jamais entendu auparavant. Il n'avait rien de commun avec les Mary, Agnes ou Elizabeth qu'il connaissait.

Et elle semblait en être fière, d'après sa façon de relever la tête.

— Du latin, expliqua-t-elle.

— Mais seuls les hommes d'Eglise connaissent le latin, répliqua-t-il.

Son incrédulité devait être évidente.

— Ma mère le connaît. Enfin, elle en connaît quelques mots.

A présent, tous ses traits trahissaient son orgueil. Quelle drôle de jeune femme !

— Et que veut dire votre nom ?

— Etoile.

Il eut un frisson dans le dos. *Silencieux comme un lever de lune, aussi éternel que les étoiles.*

C'était ainsi que débutait la ballade des Brunson.

Quoi qu'il en soit, ces étoiles-là n'avaient aucun rapport avec cette femme. Pas le moindre.

— Eh bien, Stella Storwick, vous n'aurez aucun besoin de parler latin à la tour Brunson. Montez en selle, tout de suite, ajouta-t-il en pointant le doigt vers son cheval.

Quand ils franchirent la poterne des Brunson, Stella resta tête baissée, dans l'espoir que son ravisseur ne remarque pas avec quelle attention elle étudiait la forteresse. Son père était-il gardé dans la tour elle-même ou dans ses profondeurs ? Espérant apercevoir son visage, elle scruta chaque fente entre les pierres. Toutes vides…

Rob le Noir chevauchait en croupe derrière elle, ses bras l'entourant telles des chaînes pour tenir les rênes. Elle ne risquait pas de s'enfuir... Enfin, il mit pied à terre et l'aida à faire de même. Assez courtoisement, à dire vrai. Des hommes apparurent aussitôt, suivis de quelques femmes. Un jeune garçon blond au visage tout rond se précipita dans la cour et le dévisagea sourire aux lèvres, comme s'il était un héros.

Pendant que l'on emmenait le cheval à l'écurie, Rob le Noir leur expliqua en quelques mots qui elle était. Elle en profita pour examiner les lieux et put constater que les Brunson avaient bien avancé la reconstruction de leur tour après l'incendie. Contrairement aux Storwick.

Evidemment, ils avaient eu plus de temps...

Il la poussa ensuite en direction de la tour.

— Où me conduisez-vous ?

— Dans la salle du puits, avec les tonneaux de bière, grommela-t-il. Et les araignées.

Son cœur se mit à battre plus vite.

Non, s'il vous plaît, pas là ! cria-t-elle intérieurement.

Stella sentit sa gorge se serrer.

— Vous avez peur ? lui demanda-t-il après l'avoir dévisagée un instant.

— Aucun Storwick n'a jamais craint un Brunson ! répliqua-t-elle en redressant les épaules.

— Si. Ceux qui étaient assez malins, assena-t-il, sans la moindre note d'empathie.

— Est-ce dans cette salle que vous retenez Hobbes Storwick prisonnier ?

Si c'était le cas, elle obtempérerait, en dépit de sa peur.

Il plissa les yeux et la scruta longuement. Elle eut soudain la certitude qu'il savait qui elle était, et pourquoi elle avait posé cette question.

— Non, fit-il.

Cela signifiait-il qu'ils ne le gardaient pas dans cette pièce ou qu'il n'était pas là du tout ? Elle tenta de dissimuler sa déception de son mieux.

Les murs épais empêchaient le soleil de pénétrer dans la tour. Une atmosphère froide et humide, avec des relents aigres de bière, l'enveloppa, et elle entendit le clapotis de l'eau au plus profond d'un puits... Seigneur, ils n'allaient tout de même pas la laisser là !

Mais lorsque Rob l'entraîna plus loin, Stella respira de nouveau. Pour le moment, le puits lui serait épargné. Ce sursis lui permit de reprendre ses esprits... Elle ne devait surtout pas céder à la panique ! Elle avait besoin de toute sa tête si elle voulait retrouver son père. Difficile cependant de rester concentrée, alors qu'elle avait marché depuis le petit jour, sans interruption...

Quand ils montèrent à l'étage supérieur, Stella n'y tint plus. Elle s'arrêta brusquement.

— Je dois...

Il lui jeta un coup d'œil sévère, dans lequel elle pouvait lire un dégoût manifeste. Evidemment, il se moquait éperdument qu'elle ait des besoins naturels à assouvir ! Et qu'il lui faille un minimum d'intimité pour cela. C'était déjà très embarrassant de demander ce genre de chose à un homme, quel qu'il soit.

Rappelle-toi qui tu es, Stella !

Elle releva la tête et regarda Rob le Noir droit dans les yeux.

— J'ai besoin de m'isoler un petit moment... dans les latrines...

La sévérité fit place à la surprise, il eut même l'air vaguement gêné. Ses pommettes saillantes s'empourprèrent légèrement, tandis qu'il semblait réfléchir à ce qu'il convenait de faire. Sans la lâcher, il l'entraîna au bout du couloir, jusqu'à la porte des latrines. Là, cet homme jusque-là si imposant et ferme se mit à se dandiner d'un pied sur l'autre, comme un enfant.

A ce moment, une jeune femme s'engagea dans le couloir. Il lui fit signe de s'approcher.

— Toi ! Reste devant la porte. Et amène-la dans la grande salle quand elle aura terminé.

La jeune femme, incrédule, hocha la tête, et Rob le Noir recula de quelques pas, avant de crier :

— Et ne vous imaginez pas que vous pourrez sauter par la fenêtre !

— Ai-je l'air assez stupide pour sauter par la fenêtre ? demanda Stella en haussant les sourcils.

— Assez stupide en tout cas pour vagabonder du mauvais côté de la frontière.

Rustre ! Elle lui claqua la porte au nez et écouta le bruit de ses pas s'éloigner rapidement, soulagée de se retrouver seule et de pouvoir réfléchir au calme.

En partant ce matin, elle avait prévu de se rapprocher de la tour — suffisamment pour voir ou entendre des renseignements concernant son père —, après quoi elle serait rentrée chez elle et aurait obligé ses cousins à cesser leurs querelles stériles et à agir.

Au lieu de cela, voilà qu'elle se retrouvait prisonnière dans la tour des Brunson !

Si elle révélait à Rob le Noir qu'elle était la fille de Hobbes Storwick, il n'hésiterait pas à faire du chantage aux siens…

Elle soupira. Décidément, Stella avait bien fait de suivre son instinct lorsqu'il lui avait soufflé de taire son identité. Moins ils en sauraient sur elle, plus elle serait en sécurité.

Cependant, puisque les circonstances l'avaient amenée dans la tour, elle aurait sans doute une chance de découvrir où était détenu son père, et de le voir bientôt. Cela ne devrait pas être trop compliqué : parcourir les bâtiments, parler avec les servantes…

Mais si son père n'était pas là, que ferait-elle ?

En attendant le retour de Stella Storwick, Rob s'assit dans la grande salle, qui offrait une vue plongeante sur la vallée, et se perdit dans ses réflexions, plutôt mécontent de lui-même. Quelle faiblesse s'était emparée de lui ? Lui, le chef intraitable et respecté du clan Brunson, avait eu pitié d'une ennemie simplement parce qu'il l'avait vue se crisper à la mention de la salle du puits. Pourtant, un homme du clan Storwick ne méritait pas mieux que les basses fosses. Pareil pour leurs femmes. Cependant, il ne pouvait s'ôter de l'esprit le souvenir de son expression, un étrange mélange : comme si elle avait réellement peur mais était trop fière pour l'admettre. A dire vrai, lui aussi aurait sans doute réagi comme elle.

« Ne montre jamais la moindre faiblesse, fils. Et surtout pas à un Storwick ! », lui répétait inlassablement son père.

Il en était sûr, le père de Stella Storwick avait dû lui tenir à peu près le même discours.

Quand la fille de Tait la ramena dans la grande salle, peu après, il la regarda pour la première fois vraiment au fond des yeux — des yeux verts, bordés de longs cils et ombrés par d'épais sourcils qui lui donnaient un air légèrement désapprobateur.

Au moins, elle n'aurait aucune raison de se plaindre de la manière dont les Brunson allaient la traiter. Il s'agissait d'une femme, après tout, et il n'était pas cruel. Même si ses ennemis pensaient le contraire.

— Nous avons une chambre vacante, dit-il en la conduisant à l'étage supérieur. Ce sera la vôtre, à partir de maintenant. Mais, dès l'instant que vous tenterez de vous échapper, ce sera la salle du puits qui vous hébergera.

Il ouvrit une porte et s'effaça pour la laisser entrer.

— Un peu sommaire, mais cela ira, déclara-t-elle après avoir balayé la pièce du regard.

— « Sommaire » ?

Il ne s'était toujours pas habitué au nouveau luxe du lit à rideaux où il avait dormi ces derniers mois. Cette chambre disposait d'un lit large, d'une cheminée, d'une table et d'une chaise. Que lui fallait-il de plus ?

— Elle était assez convenable pour ma sœur. Maintenant, si vous préférez la salle du puits…

Il crut la voir se raidir, mais elle se ressaisit instantanément.

— Non, cela conviendra.

— « Cela conviendra » ?

Où se croyait-elle ? A l'auberge ? Elle paraissait bien sûre d'elle !

— Vous devriez être reconnaissante qu'on vous laisse ne serait-ce que poser un pied dans la chambre de ma sœur !

Il eut l'impression que sa lèvre inférieure tremblait légèrement.

— C'est que… ce n'est pas ce à quoi je suis habituée.

— Oh ! Je vois ! Vous êtes habituée aux châteaux de votre souverain anglais, c'est cela ?

Ses yeux s'agrandirent, mais pas de peur, et pas non plus à cause du sarcasme.

— Je ne suis pas du tout accoutumée au côté écossais de la frontière.

— Ah ! Ça, je m'en serais douté ! Puisque vous ne savez même pas où elle se trouve !

— Si, je le sais, rétorqua-t-elle en plongeant ses yeux dans les siens.

Etait-ce un avertissement ou… une expression aguicheuse au fond de ce regard vert ? Qu'importe, il le soutint sans sourciller.

— La prochaine fois, restez de votre côté, conclut-il.

Sans attendre de réponse, il lui tourna le dos et se dirigea vers la porte.

— Je le ferais volontiers, si seulement les Brunson faisaient la même chose ! dit-elle alors qu'il sortait.

Sans un mot, il franchit le seuil et referma violemment le battant.

Chapitre 2

Malgré elle, Stella tressaillit lorsque la porte claqua derrière lui. Elle ferma les yeux et porta la main à sa poitrine afin d'essayer de ralentir le rythme de son cœur, qui battait follement.

Oh oui ! Cet homme, ce sauvage de Brunson, représentait tout ce que l'on disait de ce clan. Et même plus encore.

« Dieu t'a sauvée, lui répétait sans cesse sa mère. Tu es spéciale à Ses Yeux et Il fera en sorte qu'il ne t'arrive jamais aucun mal. »

Elle rouvrit les yeux, pour étudier de nouveau la pièce. L'aide de Dieu s'étendait-elle jusqu'à ce côté impie de la frontière ?

Ce matin, quand elle avait quitté sa demeure, il n'entrait pas dans ses plans de se faire capturer. A vrai dire, elle n'avait aucun plan précis, mais elle ne supportait plus les sempiternelles querelles entre ses cousins Humphrey et Oswyn. Son père était malade, entre les mains des Brunson. Il fallait qu'elle fasse quelque chose.

Elle sentit peu à peu son cœur s'apaiser sous sa paume.

Il lui avait épargné la salle du puits, ce qui signifiait qu'il avait l'intention de demander une rançon. Entretemps, ainsi que le voulait la coutume, elle serait traitée telle une invitée.

Cependant, les Brunson n'avaient fait aucune demande

de rançon pour son père, comme cela aurait dû se produire. Fallait-il comprendre qu'il était déjà mort ?

Quelque chose frappa à sa porte, mais trop près du sol pour que ce soit quelqu'un.

Elle sursauta, et son cœur se remit à s'emballer.

Le bruit recommença, mais sur le sol cette fois, avec un rythme irrégulier. Elle ouvrit la lourde porte de bois et jeta un œil dans le couloir.

Le blondinet au visage rond qu'elle avait vu dans la cour courait dans le couloir en tapant dans un ballon. Quand il la vit, il le laissa s'échapper.

— Bonjour, dit-elle, tout en remarquant qu'il n'y avait personne avec lui.

Donc, pas de garde… La protection de Dieu s'étendait peut-être jusqu'ici, finalement…

— B'jour, m'dame, répondit le garçon en avalant les syllabes et en la regardant d'un air ahuri.

Elle lui sourit ; les enfants la faisaient toujours sourire.

— Comment t'appelles-tu, mon garçon ?

— Wat, répondit-il, avec un sourire qui alla s'élargissant. Wat, c'est moi.

Elle l'observa un instant, plus attentivement. Un simple d'esprit, de toute évidence. Peut-être âgé de huit ou dix ans, estima-t-elle. Et qui connaissait la demeure des Brunson bien mieux qu'elle.

— Et moi, je m'appelle Stella.

Ravalant son sentiment de culpabilité, elle s'agenouilla pour se mettre à la hauteur du garçon et lui posa doucement la main sur l'épaule.

— Wat, peux-tu me faire visiter la tour ? Toute seule, je suis sûre de me perdre.

Cela pourrait être son unique chance de chercher son père, et même Rob Brunson ne pourrait tenir rigueur à un simplet de l'avoir aidée.

Wat lança un regard incertain par-dessus son épaule, comme s'il espérait l'arrivée de renforts.

Consciente que quelqu'un pouvait arriver à n'importe quel moment, elle tenta une autre approche.

— Je parie que tu connais les meilleures cachettes ! Tu veux bien me les montrer ?

Il hocha la tête en silence, lui prit la main et la mena vers l'escalier.

La belle journée ensoleillée avait dû attirer tout le monde dehors, car ils ne croisèrent personne.

Quand elle eut tout vu, depuis le toit jusqu'à l'entresol où étaient entreposées les provisions, elle comprit qu'il ne restait plus qu'un endroit possible.

Elle se souvint de sa dernière conversation avec Rob le Noir.

« Est-ce là que vous détenez Hobbes Storwick ? », l'avait-elle interrogé. « Non », lui avait-il répondu, mais après un silence.

Un moment d'hésitation, avant de proférer un mensonge ? se demanda-t-elle.

Elle scruta le bas de l'escalier. Quelque part, là en dessous, la gueule béante du puits attendait.

— Wat, dit-elle en serrant la main du garçon pour qu'il ne puisse folâtrer et risquer de se faire du mal. Montre-moi la salle du puits.

En fin d'après-midi Rob rentra chez lui pour la seconde fois de la journée. Laissant la Storwick dans la tour, ses hommes et lui avaient chevauché sans relâche à la recherche d'indices prouvant que le clan Storwick était en chemin. Ils n'en découvrirent aucun. En fait, le clan avait été étrangement calme depuis que son chef lui avait été enlevé.

Pourquoi aucune réaction ? se demandait-il sans relâche. Cela allait contre toute logique.

Au fil des jours, il s'était attendu à une tentative de libération ou, pour le moins, à des représailles. Mais rien ne s'était produit. Cet après-midi encore, il n'avait affronté que le vent qui soufflait sur la frontière depuis le côté anglais.

Et, au lieu de réfléchir à la menace potentielle, il n'avait pensé qu'à la femme qu'il avait capturée.

Mais seulement parce qu'il devait décider de quelle manière il ferait savoir aux Storwick qu'il la détenait, et non parce qu'il se remémorait la chaleur de son corps quand il l'avait plaquée à terre, prisonnière entre ses jambes.

Il se contraignit à se concentrer sur des choses simples : conduire Felloun à l'écurie au lieu de le laisser brouter, lui ôter sa selle et sa couverture, aller lui chercher sa ration d'avoine, le bouchonner et le flatter à l'encolure pour le remercier de ses bons services.

Après s'être occupé de son cheval, il ouvrit la grille en fer qui protégeait la porte du rez-de-chaussée de la tour. Il entendit à l'intérieur des bruits de pas inhabituels, qui remontaient en écho des profondeurs de la salle du puits.

Dégainant sa dague, il descendit l'escalier sans faire de bruit.

— Montre-moi, murmurait une femme.

Sa voix ! Il s'avança à pas de loup.

Lui tournant le dos et tenant fermement Wat par la main, elle inspectait la salle du puits. La grille de la porte avait été ouverte, mais elle n'était pas entrée dans la pièce. Elle se penchait vers l'intérieur et en fouillait les recoins du regard, comme si le seuil était le bord d'une falaise, remarqua-t-il.

Il se redressa et soupira, sans toutefois ranger sa dague. La pensée qu'il allait devoir se priver d'un homme valide pour faire garder la porte de sa captive le fit grimacer de contrariété.

— Vous avez donc changé d'avis ?

Elle sursauta, parut suffoquer et se cramponna des deux mains aux épaules du garçon.

Que cherchait-elle ?

Il s'approcha en baissant la tête pour ne pas heurter le plafond bas et en plissant les yeux pour s'accoutumer à la pénombre. D'étroites meurtrières haut placées laissaient à peine pénétrer la lumière déclinante de la fin d'après-midi.

— Ne faites pas de mal au garçon, dit-elle en serrant le gamin si fort contre elle, enfoui contre ses jupes, qu'elle risquait elle-même de l'étouffer.

— Lui faire du mal ? Pour qui me prenez-vous ? s'exclama-t-il, indigné.

Comme s'il était d'usage de s'en prendre à un animal sans défense !

— Pour un Brunson, répliqua-t-elle.

Il considéra comme un compliment ce qu'elle avait cru être une insulte. Cependant, il n'avait pas besoin dans ses jambes pour le moment d'un garçon demeuré qui ouvrait la bouche à tort et à travers.

— Wat, va voir ta mère, ordonna-t-il.

Le gamin sourit à Stella Storwick, puis remonta l'escalier.

Rob s'approcha encore un peu, assez près pour lui prendre le bras et la faire se tourner vers la petite pièce obscure au centre de laquelle se trouvait un puits au couvercle fermé. Il ne servait généralement qu'en cas de siège car, la plupart du temps, les habitants du fort puisaient l'eau à la rivière, au-delà des murs.

— Ainsi, vous préférez cet endroit à la pièce « sommaire » à l'étage ? s'enquit-il.

Pour une raison qu'il ne s'expliquait pas, la fureur qui

perçait dans sa voix était surtout tournée contre lui-même. Heureusement, elle ne pouvait le savoir.

Rentrant les épaules, elle secoua la tête sans quitter le puits des yeux.

Son silence l'exaspéra et le poussa à s'exprimer encore plus sèchement.

— Répondez ! Est-ce cela ?

— Non.

Elle avait parlé sur un ton empli de fierté, mais n'avait-il pas décelé une nuance de crainte ?

Il la poussa devant lui dans l'escalier.

— Alors restez là où je vous dis de rester !

Ses cheveux se balançaient dans son dos, exposant par moments la peau pâle de sa nuque, d'où émanait une légère senteur évoquant la jacinthe.

— La prochaine fois, je vous laisserai ici !

Elle lui lança un regard par-dessus son épaule, mais il faisait trop sombre pour qu'il puisse discerner l'expression de ses yeux.

Ils remontèrent les marches en silence. Il regrettait déjà l'impulsion qui l'avait conduit à l'attraper et à la ramener chez lui ce matin. Puisqu'elle avait pénétré sur les terres des Brunson, il n'avait pas vraiment eu le choix, mais ensuite il avait eu pitié d'elle. Il lui avait épargné la cellule, l'installant dans une chambre digne des invités que l'on souhaitait honorer, une faiblesse qui ne le reprendrait pas de sitôt.

Il ouvrit la lourde porte de bois.

— Entrez.

Elle chercha son regard, sans répondre.

Gêné par la façon dont elle le dévisageait, il lui fit signe d'avancer.

— Allez, tout de suite !

— Retenez-vous Hobbes Storwick prisonnier ici ? demanda-t-elle enfin.

Voilà donc ce qu'elle faisait ! Elle cherchait cet homme, comprit-il alors.

— Je vous ai déjà dit qu'il n'était pas ici. Vous ne m'avez pas cru ?

— Est-il encore vivant ?

Il ouvrit la bouche dans l'intention de la rassurer, puis changea d'avis. La vérité suffirait bien.

— Il l'était la dernière fois que je l'ai vu.

Jusque-là, le clan Storwick n'avait pas montré un grand intérêt en ce qui concernait le sort de l'homme.

— Et aujourd'hui je ne pourrais le dire, conclut-il en refermant la porte sur elle.

Une déception aussi soudaine qu'une bourrasque du vent des collines de Cheviot envahit Stella tandis que Rob Brunson s'en allait.

Il n'est pas ici. Il n'est peut-être même pas en vie ! songea-t-elle avec désespoir.

Puis elle se reprit. Elle avait affaire à un Brunson, et il se pouvait très bien qu'il ne lui ait pas dit la vérité.

Elle avait exploré la tour du haut en bas avec le garçon. Elle avait pu rater un recoin ou deux, mais aucun qui aurait été assez grand pour accueillir un prisonnier. Et il restait les dépendances…

La curiosité la fit aller vers la fenêtre, d'où elle examina la cour. Les écuries s'adossaient à un mur de la tour, la cuisine à un autre. A moins qu'il n'existe une pièce supplémentaire accolée à celle-ci, elle ne voyait pas d'endroit où détenir quelqu'un. Lors de son exploration des lieux avec Wat, elle n'avait qu'entraperçu par une meurtrière la courette arrière, où il semblait n'y avoir que quelques huttes de stockage.

Rob le Noir Brunson serait-il assez cruel pour confiner un homme malade dans une hutte ?

Oh oui ! Elle n'en doutait pas une seconde ! Mais, dans ce cas, il savait mieux que quiconque si son père était toujours vivant. Certes, les Brunson étaient les ennemis des Storwick, et Rob le Noir pouvait être beaucoup de choses, mais elle ne pensait pas qu'il soit un menteur.

Non, son père n'était pas ici. Elle aurait entendu — ou du moins senti — quelque chose.

Alors que la nuit tombait sur la vallée, Stella se demanda, de plus en plus inquiète, où l'on avait bien pu conduire Hobbes Storwick.

La veille au soir, une servante lui avait apporté sans lui dire un mot une soupe froide et insipide que l'on n'aurait même pas donnée aux cochons. Aussi, le lendemain en fin de matinée, ne savait-elle pas si elle était plus furieuse qu'affamée.

Ce fut la faim qui l'emporta.

Les gargouillis de son estomac l'empêchaient presque de réfléchir. Elle soupira. Si son père n'était pas là, elle n'avait pas grand-chose à faire, sinon attendre que sa rançon soit versée. Cependant, avant de rentrer chez elle, elle allait s'efforcer de réunir des informations qu'elle transmettrait dès son retour.

Tout le monde savait que les Brunson pouvaient rassembler plus d'hommes que n'importe quel autre clan, que ce soit de ce côté-ci de la frontière ou de l'autre. Deux cents chevaux pouvaient instantanément surgir de nulle part, et même davantage en cas de besoin. Mais combien d'hommes résidaient ici en permanence, et combien de temps il fallait aux autres pour venir se joindre à eux, cela n'était pas de notoriété publique.

Maintenant qu'elle avait exploré les lieux, elle était certaine que le fort Brunson en hébergeait moins qu'elle ne l'aurait cru. Que pourrait-elle apprendre d'autre ?

Elle ne s'y connaissait guère en matière d'armes et de fortifications mais si, bien concentrée, elle se livrait à une inspection détaillée, elle pourrait ensuite tout décrire en détail aux hommes de son clan qui, eux, comprendraient.

Elle retourna à la fenêtre avec, cette fois, l'intention d'évaluer les défenses, et non plus de chercher d'éventuels lieux de détention.

Dans les mois qui avaient suivi le dernier raid, les Brunson avaient reconstruit la plupart de leurs dépendances. Et, avant d'entrer dans la tour, elle avait remarqué un assemblage de pierres neuves encadrant une ouverture au-dessus de la porte. Une meurtrière pour une arquebuse ?

La plupart des Ecossais se méfiaient encore de cette nouvelle arme, mais Rob le Noir ne semblait pas du genre à craindre une arquebuse, s'il décidait d'en faire usage.

Si les Brunson disposaient d'une grande quantité d'armes, il fallait que les Storwick le sachent. Et, si elle était celle qui apportait la nouvelle, cela pourrait justifier la raison pour laquelle elle avait été sauvée, tant d'années plus tôt.

« Restez là où je vous dis de rester ! », lui avait ordonné Rob le Noir.

Eh bien, il n'allait pas tarder à être de nouveau fou de rage contre elle !

En entendant de nouveau le bruit du ballon de Wat dans le couloir, elle sourit. Y avait-il un garde à la porte ? Si c'était le cas, elle espérait qu'il serait plus flexible que son geôlier. Chez elle, elle s'y entendait à manipuler ce genre d'hommes. Il ne fallait guère plus qu'un haussement de sourcils ou un léger signe de tête pour qu'ils s'écartent ou s'empressent d'aller chercher ce qu'elle demandait. Les choses risquaient cependant de ne pas être aussi faciles ici.

Quand elle ouvrit la porte, elle se trouva face à Wat, qui tendit le bras bien droit, paume verticale, pour l'empêcher de franchir le seuil.

— Bonsoir, fit-il.

Soir ou matin, peu importait. Si Wat était son seul gardien, ce serait plus simple qu'elle l'avait imaginé. Elle avança d'un pas, mais le bras du garçon ne bougea pas.

— Puis-je passer, s'il te plaît ? lui demanda-t-elle, persuadée qu'il s'agissait là d'un jeu d'enfant.

— Le maître a dit que tu restes là, dit-il en secouant la tête.

Elle jeta un coup d'œil dans le couloir ; Rob Brunson n'était nulle part en vue. Wat ne pouvait pas l'arrêter, mais il pourrait crier si elle forçait le passage.

— Le maître a dit que cette chambre serait la mienne. Il n'a pas dit que je ne pouvais jamais en sortir, lui expliqua-t-elle avec patience.

Dieu lui pardonnerait son mensonge, c'était pour une bonne cause.

Comme Wat secouait la tête avec une frénésie suffisante pour lui donner le tournis, elle soupira. Cette pauvre créature semblait dépourvue de la moindre jugeote, en tout cas bien plus que la plupart des enfants.

— Tout ira très bien, affirma-t-elle en posant doucement sa main sur son épaule, tout en s'accroupissant pour que leurs yeux soient à la même hauteur.

Elle lui prit le menton et le força à la regarder.

— Tu verras. Je lui dirai que tu as agi selon ses désirs, ajouta-t-elle.

C'est alors qu'elle vit un gobelet et une couverture posés le long du mur, à côté de la porte de sa chambre.

Ainsi donc, Rob Brunson ne lui faisait pas confiance et avait désigné un garde.

— Le garde arrive, dit le garçon en agitant la main comme s'il voulait calmer un chien turbulent. Reste là.

Tendant l'oreille, elle guetta des bruits de pas dans l'escalier. Le temps lui était compté. Que pourrait-elle dire au garçon pour qu'il la laisse sortir ?

— Mais j'ai faim ! Peux-tu me montrer où je pourrais trouver quelque chose à manger ?

— Manger, plus tard.

Elle s'obligea à se contenir. Ce n'était pas la faute du petit, mais parler à ce pauvre simplet avait presque autant d'effet que si elle s'adressait à un mur.

Une porte claqua à l'étage inférieur : le garde qui arrivait, certainement.

— Rob Brunson est ton maître, n'est-ce pas ? dit-elle à voix basse sur le ton de la confidence.

— Oui, fit-il avec un grand sourire.

— Et tu veux être sûr qu'il sache tout ce qu'il y a à savoir, n'est-ce pas ?

Sans hésiter, il hocha la tête.

Si elle voulait envoyer le garçon vers son maître avant le retour du garde, elle devait se dépêcher. Errer seule dans la forteresse ne semblait plus envisageable.

Elle chuchota vivement :

— Alors, va lui dire que je veux lui parler. Maintenant.

Les plis qui se creusèrent sur le front de l'enfant trahirent la difficulté que cette tâche présentait pour lui.

— Et que je lui ordonne de venir dans cette chambre. Va, maintenant.

Là-dessus, elle se redressa et le poussa en direction de l'escalier. Au moment où il détalait, elle entendit des pas s'approcher. Elle rentra vite dans la chambre et referma la porte derrière elle, en espérant que le garçon n'avait pas vu ses mains trembler.

— Qu'a-t-elle dit ?

En voyant Wat se crisper, Rob se rendit compte qu'il avait crié assez fort pour que le garçon croie qu'il s'en prenait à lui. En réalité, il était furieux contre Sim Tait, incapable de monter la garde pendant une matinée sans avoir besoin d'aller aux latrines. Il n'en voulait pas le moins du monde à ce simple d'esprit.

Son éclat semblait avoir privé de voix le jeune garçon.

— Tout va bien, Wat, dit-il en posant les mains sur les épaules de l'enfant.

Il avait à peine saisi ce que le gamin était venu lui dire car, comme la plupart du temps lorsqu'il était intimidé, il avait avalé la moitié de ses mots. Il doutait d'avoir bien compris.

— Répète-moi ce qu'elle a dit.

Wat regarda attentivement le plafond, comme si les paroles qu'il essayait de formuler se trouvaient entre les poutres.

— Storwick vous ordonne de venir. Tout de suite !

Il n'avait donc pas mal compris. Il s'agissait bien d'un ordre, si c'était réellement ce qu'elle avait dit.

— Faim ! ajouta Wat.

Ne sachant si c'était Wat ou sa prisonnière qui avait faim, il soupira en secouant la tête.

Tout cela était nouveau pour lui. Jusqu'à l'année dernière, il avait chevauché aux côtés de son père et, après la mort de celui-ci, il avait endossé le rôle pour lequel il s'était préparé toute sa vie. Cependant, personne ne lui avait expliqué la manière dont il fallait assumer la responsabilité d'une prisonnière — et de celle-là encore moins que d'une autre !

« Tu ne peux pas avoir de faiblesse, mon fils », répétait son père. Certes, mais là, comment agir au mieux des intérêts de son clan ?

Quel genre de femme était-elle donc ? Il rumina cette question en grimpant l'escalier en colimaçon d'un pas rageur.

Une Storwick « ordonne » ? Pas dans sa maison, en tout cas !

Il accéléra encore l'allure dans le couloir. Foudroyant Sim Tait du regard, il frappa sèchement à la porte et l'ouvrit sans attendre de réponse.

Elle se tenait au milieu de la chambre, souriante, le menton levé.

— Entrez.

Juste un mot. Arrogante, comme si elle venait d'interrompre quelque chose et lui accordait gracieusement la permission de pénétrer dans la pièce.

« Storwick vous ordonne de venir. » Avait-elle réellement osé ? Seulement si elle était habituée à commander.

Il la saisit par le bras et la secoua, comme s'il pouvait du même coup secouer ses certitudes.

— Vous n'êtes pas de la famille de Storwick le Rouge. Vous êtes de la famille de Hobbes Storwick.

Son petit menton ne trembla pas, mais il vit la peur passer de nouveau dans ses yeux.

— Qu'est-ce qui vous fait penser cela ? demanda-t-elle.

— Vous l'accompagniez le jour où Willie le Balafré s'est échappé.

Tout lui revenait nettement, maintenant. Au beau milieu d'une confrontation entre Brunson et Storwick, elle était descendue de cheval pour aller flâner devant les échoppes du marché et s'acheter des rubans. Désobéissante, stupide et sacrément douée pour vous déconcentrer !

— Et vous n'avez fait que poser des questions sur lui depuis que vous êtes ici. Quel est votre degré de parenté avec lui ? Parlez !

— Vous me faites mal.

Il la lâcha brusquement, comme s'il venait de se brûler.

Elle croisa les bras et recula d'un pas, comme pour l'empêcher de la toucher de nouveau.

Ah oui, la force ! songea-t-il, se maudissant intérieurement. C'était ce qu'il connaissait le mieux ! Toutefois, ce n'était pas la bonne arme à utiliser contre une femme. Il haussa les épaules.

— Ce n'est pas surprenant que vous refusiez de le dire et que vous ayez honte de l'admettre ! lança-t-il en détournant le regard.

— Où est-il ?

Elle s'était rapprochée de lui et lui avait effleuré le bras d'une main un peu tremblante.

— Dites-le-moi, s'il vous plaît.

Il ouvrit la bouche pour lui répondre puis se ravisa.

« N'agis pas avant d'avoir réfléchi et ne te montre pas influençable, mon garçon. »

Qu'il soit maudit si jamais il en disait plus ! Le sort de cet homme avait été tenu secret pour de bonnes raisons. Si les Storwick apprenaient que Carwell, son beau-frère et Gardien des Marches d'Ecosse, détenait leur chef dans son château entouré de douves, ils lanceraient immanquablement un raid. Il recula et la dévisagea. Elle était une parente, de toute évidence. Quant à savoir à quel degré, quelle importance ?

— Vous m'avez envoyé le garçon. Pourquoi ?

— Il ne vous l'a pas dit ?

— Il n'a dit que des fariboles, qui n'avaient aucun sens.

Elle le considéra un instant. Se demandait-elle si elle devait dire la vérité ?

— J'ai faim.

« Faim. » Ainsi, Wat parlait bien d'elle.

— Avez-vous l'intention de m'affamer ? ajouta-t-elle.

Il n'avait qu'une envie, l'enfermer dans cette pièce et la voir le moins possible. Malheureusement, cela signifiait faire monter ses repas par la fille de Tait, comme si cette femme était une invitée traitée avec tous les égards, servie avec déférence et ayant droit à des repas en privé.

Quoi qu'il en soit, on ne l'accuserait pas de cruauté.

L'odeur de la soupe du midi flottait dans l'air depuis un petit moment déjà, lui rappelant que lui aussi avait faim. Il soupira. Mieux valait qu'il garde sa prisonnière à l'œil, après tout.

— Le repas ne va pas tarder à être servi. Venez, si vous avez faim.

Il lui indiqua la porte d'un mouvement de la tête. Elle se faufila devant lui, remonta ses jupes et s'engagea dans le couloir, le laissant la suivre tel un valet suivant sa maîtresse.

Ses hanches et sa chevelure se balançaient en rythme, et une fois de plus il eut un aperçu sur sa nuque, qui fut très vite de nouveau cachée derrière une masse de boucles aussi sombres que les siennes. Quel goût aurait sa peau sous ses lèvres ?

En arrivant au bas de l'escalier, il passa devant elle et pointa le doigt vers la grande salle dont la porte était ouverte.

— Ici.

Elle s'arrêta sur le seuil et balaya du regard la pièce remplie d'hommes qui la dévisagèrent d'un air méfiant.

— Vous attendez-vous à ce qu'ils vous fassent la révérence ? ironisa-t-il en la tirant par le bras, plus rudement qu'il n'en avait eu l'intention. Venez. Asseyez-vous.

Lorsqu'ils furent installés, la fille de Tait vint poser de quoi manger devant eux : soupe, pain et fromage.

Il vit sa prisonnière goûter la soupe et froncer aussitôt le nez.

— Nous ne festoyons pas, ici, lança-t-il.

Son père avait l'habitude de manger simplement, quoique... peut-être pas aussi frugalement.

— Je me soucie peu du confort, ajouta-t-il.

— C'est évident, répliqua-t-elle avec un sourire ironique. Il n'y a donc pas de sel ou d'épices ?

Pour être honnête avec lui-même, il devait reconnaître que la soupe était de piètre qualité, depuis le départ de Bessie, mais il ne savait comment y remédier.

— Vous pourriez faire mieux ? demanda-t-il.

— Cela dépend de l'état de votre garde-manger.

Il avait des choses plus importantes à faire que compter des œufs.

— Je vous laisse juge. C'est vous qui cuisinerez, demain.

Il ne doutait pas un instant qu'elle trouverait le garde-manger trop peu fourni à son goût.

Stella goûta une nouvelle cuillerée de soupe. Les hommes du clan Storwick auraient fait un scandale s'ils avaient dû ingurgiter cette eau grasse pour cochons, mais elle n'avait pas la moindre idée de la manière dont elle pourrait l'améliorer.

« Dieu a épargné ta vie, lui disait toujours sa mère. Il n'avait certainement pas l'intention que tu la passes à faire la cuisine. »

Le problème était que personne ne semblait avoir la moindre idée des intentions de Dieu à son égard.

— Et combien de personnes y a-t-il à nourrir ? demanda-t-elle en baissant les yeux, comme si le nombre n'avait aucune importance, alors qu'elle s'efforçait d'empêcher ses mains de trembler.

— Une vingtaine, répondit-il en haussant les épaules. Pas plus que chez elle, du moins dans la tour.

— Et vos autres hommes ?

— N'en comptez pas plus de vingt pour les repas. Comme je viens de vous le dire, ici, on n'organise pas de festins.

Elle hocha la tête en essayant de garder un visage impassible. Vingt hommes ! Et, en plus, elle serait autorisée à quitter sa chambre, ce qui lui permettrait d'explorer les lieux à loisir.

— Et combien de filles de cuisine y a-t-il pour m'aider ?

Elle avait déjà observé son expression lorsqu'il ne voulait pas lui fournir d'informations mais, cette fois, il se retrouva bouche bée.

— Combien de quoi ?

La tour Storwick était à peine plus vaste que celle des Brunson, mais sa mère supervisait des femmes qui trimaient à préparer la nourriture, les boissons, et à faire la lessive. Stella n'avait jamais travaillé elle-même.

— Des filles de cuisine, répéta-t-elle en agitant la main. Pour m'aider.

Après tout, elles n'auraient peut-être besoin que d'être fermement dirigées. Si elle leur disait ce qu'elle voulait, elles le prépareraient. Une poule, peut-être. Ou un poisson frais.

— La fille de Tait s'occupe de tout.

Ce fut à son tour de rester un instant sans voix.

— Une seule femme ? Pour tout faire ?

— Oui. Maintenant, il n'y en a plus qu'une.

— Maintenant ?

— Depuis que Bessie est partie.

Ah oui, la sœur absente ! Elle avait sans doute fui dès

qu'elle en avait eu l'occasion cet homme au caractère épouvantable et cette vie de corvées.

— Et où est allée Bessie ?

— Vous posez trop de questions, répliqua-t-il en fronçant les sourcils.

Elle se détourna pour qu'il cesse de l'observer et se força à avaler une autre cuillerée de soupe.

Une seule fille, pour nourrir tous ces hommes... Eh bien, si elle y arrivait, ce ne devait donc pas être si difficile. Et tout vaudrait mieux que passer son temps enfermée dans une chambre et n'avoir rien d'autre à manger que de la soupe sans sel.

— D'accord, je le ferai, dit-elle, comme s'il lui avait laissé le choix.

Mais ce ne serait pas pour Rob Brunson, c'était certain. Elle le ferait simplement parce qu'elle ne voulait pas mourir de faim avant d'avoir évalué ses défenses et de rentrer chez elle.

Chapitre 3

Après le repas, Rob éprouva le besoin d'aller prendre l'air et descendit l'escalier en ruminant sa frustration. Se sentant incapable de passer une minute de plus avec cette Storwick, il avait demandé à Sim Tait de la reconduire dans sa chambre.

Et de veiller, cette fois, à ce qu'elle ne la quitte pas.

Il ne voulait plus la voir !

Le moindre de ses faits et gestes, tout comme chaque mot qu'il prononçait, lui valait des regards lourds de critique quand ce n'était pas de franche réprobation.

Pourquoi se souciait-il de son opinion ? Il n'avait que faire de ce que pouvait penser une Storwick !

Il était furieux contre elle, voilà ce qu'il éprouvait. Ni plus ni moins. Et s'il y avait quoi que ce soit de plus, d'ailleurs, il n'avait pas la moindre idée de ce dont il s'agissait et ne voulait de toute façon pas le savoir.

Arrivé dans la cour, il ralentit le pas en se dirigeant vers l'écurie. Il était content à la pensée que Johnnie serait bientôt de retour. Avant le départ de son frère, leurs conversations avaient été quelque peu tendues. Ils s'étaient querellés à propos du roi, du Gardien des Marches ou de l'élevage du bétail, il ne savait plus… Il serait bon que Johnnie et sa Cate aient rapidement leur propre demeure.

Il soupira. Etre le maître était une position solitaire. Ne jamais montrer de faiblesse, même lorsque l'on ignorait si l'on avait fait ce qu'il fallait faire, le mettait dans un état de tension permanente.

Bien sûr, il n'en dirait mot à son frère ! Lorsque Johnnie serait là, ce qui était prévu pour demain, ils pourraient faire une sortie et une course à cheval, tous les deux, comme lorsqu'ils étaient enfants. Il sourit à cette perspective, même si Johnnie gagnait toujours.

En temps normal, les chevaux broutaient à l'extérieur, dans les environs de la tour. Le fait d'avoir capturé Stella Storwick l'avait incité à la prudence et, de crainte d'un raid de son clan, il les avait fait ramener dans l'enceinte.

Quand il entra dans l'écurie, il fut surpris d'y trouver Wat en train de brosser Felloun tout en marmonnant quelque chose d'incompréhensible qu'il répétait sans cesse.

L'enfant sourit en le voyant arriver.

— Bonsoir, mon seigneur, dit-il.

— Ce n'est que l'après-midi, pas le soir, Wat, répondit-il.

Il savait que c'était en vain, car le garçon était retardé. Qui aurait pu dire depuis combien de temps il était là, à se balancer d'avant en arrière, à brosser le garrot du cheval au même endroit ?

— Doucement, mon garçon, reprit-il en l'écartant. Tu vas tellement le frotter qu'il aura la peau à vif !

— Je peux venir ?

— Non, Wat.

Il n'avait pas envie de compagnie en ce moment, et encore moins de celle de ce gamin bavard.

— Va voir ta mère.

Le petit était le dernier de huit enfants, et sa mère, la veuve de Gregor, avait peu de temps à consacrer à un simple d'esprit.

Wat trottina jusqu'à la porte de l'écurie puis s'arrêta et se retourna.

— Elle est jolie, la dame.

— Quelle dame ? demanda Rob en fronçant les sourcils, comme s'il ne le savait pas…

— La nouvelle dame.

— Vraiment ? Je n'avais pas remarqué.

Wat hocha la tête tel un vieux sage.

— Oui, elle l'est !

Le garçon le regardait comme si c'était lui, le simple d'esprit ! Rob avait remarqué qu'elle était jolie, bien sûr, et il essayait de ne pas l'admettre.

— C'est une Storwick, Wat. Cela veut dire qu'à l'intérieur elle est aussi horrible qu'un dragon.

— Comme vous êtes aussi têtu qu'un bélier ? répliqua Wat en plissant le front.

Rob haussa les sourcils. Aucun de ses hommes n'aurait jamais osé lui dire une telle chose aussi ouvertement, mais ce garçon n'était pas responsable de ce qu'il disait, pas plus que ne le serait un chien doué de parole. Wat avait du mal à parler et comprenait encore moins le sens des mots. Quoique… Rob se posa un instant la question.

— Oui, mon gars, dit-il enfin.

L'enfant le couvait d'un regard adorateur. Il ne connaissait pas assez la peur pour tenir sa langue. C'était plutôt vivifiant, en fin de compte.

— C'est à peu près cela, précisa Rob.

Wat pencha la tête, comme s'il essayait de comprendre.

— Alors c'est un joli dragon, conclut-il en tournant les talons.

Rob se mit à glousser dès qu'il fut parti.

Un joli dragon, certes ! Et dont la beauté dissimulait quelque chose de mortel.

Stella découvrit le lendemain matin que le garde-manger des Brunson était réellement lamentable.

Quand elle entra dans la cuisine, la fille de Tait s'affairait déjà entre les jarres, secouant un sac de farine pour en faire sortir de quoi préparer du pain. Elle la regarda d'un air renfrogné.

— Pourquoi êtes-vous là ?

— Pour voir si nous pourrions servir une nourriture décente aux repas.

La fille afficha aussitôt une moue combative.

— Il n'y a rien qui cloche avec la nourriture.

— A part le fait qu'elle est tout juste mangeable.

— Vous la trouvez si mauvaise que ça ?

Elle posa le sac de farine et croisa les bras.

— Alors préparez-la vous-même !

La gorge serrée, Stella se mordit la lèvre. Si la jeune fille la laissait livrée à elle-même, ils mourraient tous de faim.

— Je pensais que vous pourriez avoir besoin d'aide.

— De l'aide d'une Storwick ? s'exclama la fille en se redressant. Le même genre d'aide qu'il y a deux mois ?

Stella balaya du regard la cuisine tout juste reconstruite. Elle remarqua soudain le sol en grossière terre battue, ainsi que les pots et marmites qui portaient encore des traces du feu. Les gens de chez elle avaient fait cela, avec leurs torches.

Eh bien, ce n'était pas pire que les dégâts causés chez elle par les flèches enflammées des Brunson.

Elle soupira. Commencer ici une dispute qui de toute façon ne mènerait à rien ne lui permettrait pas de remplir son estomac.

— Je suis étonnée qu'ils vous fassent tout faire toute seule.

La fille se voûta soudain, l'air épuisé.

— Je fais mieux la bière que le pain.

Et voilà ! Encore un mauvais point pour Rob Brunson !

Cette toute jeune femme, même si elle n'était plus une adolescente, était bien trop inexpérimentée pour assumer tout cela. N'avait-il pas un peu réfléchi, avant de la nommer responsable des repas pour toute la maisonnée ?

Gardant son opinion pour elle, elle poursuivit :

— Et le maître ? Il n'a pas d'épouse ?

Elle n'avait remarqué aucun signe indiquant qu'il était marié et se surprit à attendre impatiemment la réponse.

— Il n'est pas fait pour avoir une femme, dit la fille en secouant la tête.

Stella ne fut pas étonnée. Les femmes ne devaient certainement pas non plus être attirées par cet animal qui ne savait que grogner.

— Et il n'y a pas de femmes chez les Brunson pour vous aider ?

— Cela fait deux ans que la mère est morte. Et la sœur du maître est partie pour épouser ce Carwell.

Elle renifla avec dédain après avoir prononcé ce nom, comme si elle appréciait à peine plus que Stella le Gardien des Marches d'Ecosse.

— Johnnie et sa femme, Cate, construisent leur propre tour, et de toute façon elle ne vaut pas grand-chose en cuisine, ajouta-t-elle.

Bien, donc la situation n'était pas brillante, se dit Stella. Il faudrait qu'elle se débrouille avec les moyens du bord.

— Comment vous appelez-vous ?

— Beggy.

— Eh bien, Beggy, je vais vous confier un secret… Je ne suis pas très douée en cuisine non plus.

Selon l'opinion de sa famille, un enfant sauvé par la main de Dieu était destiné à des choses bien plus importantes que faire bouillir et griller des aliments.

Elle pressa l'épaule crispée de la jeune fille.

— Mais, vous et moi, nous allons voir si nous pouvons préparer quelque chose de mangeable.

— Vous allez le faire vêtue ainsi ? s'exclama Beggy en écarquillant les yeux. Mais c'est une robe de fête !

Stella baissa les yeux et soupira. Sa jupe en laine était déjà tachée. Et elle n'y connaissait guère plus en matière de lessive que de cuisine.

— Y a-t-il un tablier quelque part ?

— Il y en a un, mais il a besoin d'être lavé.

C'était mieux que rien. Elle l'attacha et remonta ses manches.

— Bien. Où est le sel ?

— Il a brûlé, expliqua Beggy en fouillant sur une étagère avant de lui tendre un petit sac. C'est tout ce qui reste.

Quand Stella avait été capturée, elle s'était inquiétée du sort que lui réserveraient les Brunson. Jamais elle n'avait imaginé que les coups portés aux Brunson par sa famille l'atteindraient par ricochet.

Moins durement, bien sûr, car après tout ce n'était pas bien grave de manquer un peu de sel.

— Eh bien, alors nous mettrons des épices.

— Nous n'en avons plus depuis la Chandeleur.

— De l'agneau ?

— Un peu, mais la plupart sont encore trop petits.

— Quelque chose du jardin ?

— Pas encore, répondit Beggy en secouant la tête.

— Il ne reste donc rien ? demanda Stella en examinant tous les recoins de la cuisine.

— Si, des carottes. Mais le maître n'en mange pas.

— Ah ! Il n'en mange pas ? Eh bien, tant pis pour lui. Il jeûnera, alors…

Et, très vite, il découvrirait à quel point il aimait les carottes, songea-t-elle avec une joie mauvaise.

*
* *

Johnnie et Cate arrivèrent vers midi. Tandis que Cate s'occupait de nourrir son énorme molosse, qui bavait partout, Rob et Johnnie se retirèrent dans la salle privée du maître, où Rob parla à son frère de la Storwick.

Quand il eut terminé son récit, Johnnie haussa les sourcils, dubitatif.

— Le roi nous a déjà décrété hors-la-loi et, maintenant, nous détenons une Anglaise… Ça va mal se passer, dit-il en secouant la tête.

Johnnie n'accepterait-il donc jamais que c'était à lui de prendre les décisions ? songea Rob avec une pointe d'agacement. Il avait voulu son approbation, pas une dispute. Il était déjà assez furieux contre lui-même.

— Tu devrais comprendre, toi plus que tout autre, insista-t-il.

Après ce qui était arrivé à Cate, Johnnie avait plus de raisons que quiconque chez les Brunson de haïr les Storwick.

Mais Willie le Balafré était mort, désormais, et une bonne partie de la rage de Johnnie était morte en même temps.

— Carwell a pris des libertés avec la loi en retenant Storwick sans procès. Quand ils découvriront que tu détiens la femme, ils lanceront un nouveau raid.

— Ils seront bien reçus !

Johnnie secoua de nouveau la tête.

— Tu as à peine fini de reconstruire après les dégâts causés par le précédent…

— J'ai reconstruit plus solidement.

Il avait fait rehausser les murs et doubler le nombre de guetteurs dans les collines. Les Brunson ne se laisseraient plus prendre par surprise.

— Cela ne nous protégera pas contre le roi Jacques.

— Le roi Jacques d'Ecosse ! Le roi Henry d'Angleterre ! Que ce soit de ce côté-ci de la frontière ou de l'autre, je me fiche bien d'un homme que je n'ai jamais vu !

Il vit aussitôt de l'inquiétude dans les yeux de Johnnie.

— Moi, je l'ai vu. Et Bessie aussi. Elle a eu du mal à lui échapper.

Rob essaya de chasser sa culpabilité. Bessie avait insisté pour être le membre du clan Brunson qui plaiderait leur cause auprès du roi. Et quel bénéfice en avaient-ils retiré ? Quant au roi…

— Ce n'est pas lui qui me commande.

— Peut-être, mais il a mis nos têtes à prix.

Johnnie était revenu de la cour, certes, mais il ne comprenait pas toujours vraiment la vie telle qu'elle était ici, ni ce qu'un chef devait faire pour protéger sa famille, pour survivre. Rob, lui, le savait.

— Et comme tu vois, ça a changé nos vies du tout au tout ! ironisa-t-il avec une grimace de mépris. Qui le craint ? Il est à peine sorti de l'enfance. Il n'ose même pas venir en personne.

— Il viendra, Rob. Je le connais, il viendra.

Johnnie lui saisit le bras et le secoua sans ménagement.

— Il a fait brûler un homme sur le bûcher à St Andrew's !

Rob ne put s'empêcher de frissonner. Un homme devait mourir à cheval, au combat, et non brûlé ou pendu.

Et encore moins dans son lit, comme leur père.

— Ne pourrais-tu pas être du même avis que moi, pour une fois ? lança-t-il.

Son frère se renfonça dans son siège et croisa les bras, comme s'il savait que continuer à discuter serait vain.

— Alors, que vas-tu faire d'elle ?

— La garder ici. Et s'ils essayent de libérer Hobbes Storwick de chez Carwell…

Il laissa la menace en suspens. Comment aurait-il pu se résoudre à dire qu'il tuerait une femme ?

A sa place, les Storwick, eux, n'hésiteraient pas. D'ailleurs ils avaient déjà fait pire.

— Libérer Storwick ? s'exclama Johnnie en le regardant d'un air pénétrant. Alors que le château est entouré de douves ? C'est impossible !

— Je m'attendrais à ce que tu essayes, si c'était moi le prisonnier.

Il y eut un silence, puis Rob entendit un lourd soupir.

— Oui, j'essayerais, bien sûr.

Rob hocha la tête, soulagé. C'était là leur manière à eux de faire la paix.

— Savent-ils déjà que tu la détiens ? reprit Johnnie.

— Cela fait une journée qu'elle est ici. Euh... deux, en fait. Ils doivent savoir qu'elle a disparu.

Une fille qui disparaît... Ceux de son clan devaient s'inquiéter, se demander ce qui lui était arrivé, si elle était tombée dans la ravine ou noyée dans la rivière...

Or, il était surpris que personne n'ait signalé le moindre fait prouvant qu'on la recherchait.

Les Storwick ne pouvaient savoir qu'elle était en sécurité et bien mieux traitée qu'elle ne le méritait.

— Eh bien, tu ne peux pas envoyer de message toi-même chez ces Anglais.

— C'est à Carwell de le faire, de toute façon. C'est lui qui assure les relations entre Anglais et Ecossais, dit-il en soupirant.

Son entêtée de sœur s'était fiancée à Carwell, Gardien des Marches écossaises, qui lui-même était au service du roi, en sachant très bien qu'ainsi elle mécontenterait sa famille. Puis elle lui avait tenu tête, à lui le chef du clan, en l'épousant.

Thomas Carwell avait réussi à naviguer et surnager

dans les eaux troubles des lois de la frontière qu'il était payé pour faire appliquer, ménageant les uns et les autres tout en se gardant d'indisposer le roi Jacques. Du moins, jusqu'au moment où il avait ignoré l'ordre royal de conduire les Brunson à Edimbourg pour qu'ils soient pendus.

Néanmoins, le roi ne l'avait pas relevé de ses fonctions. Pas encore.

— Il est toujours le Gardien des Marches d'Ecosse. Il peut faire parvenir un message aux Storwick, par l'intermédiaire du Gardien anglais, ajouta Rob.

— Qui est loin de nous porter dans son cœur depuis que nous avons violé le nouveau traité. Cela ne va pas lui plaire.

— A moi non plus.

On ne savait jamais à quoi s'attendre, avec Carwell. Tantôt chef de bande dans les collines pour lancer des raids, puis collaborateur des Anglais le lendemain, et agent du roi le surlendemain…

— Qu'est-ce qui l'empêcherait d'en parler au roi ?

— Bessie.

Il soupira. Bien que née femme, sa sœur était plus solide que la plupart d'entre elles. Sa présence lui manquait terriblement, à la tour. Il ne cherchait pas le confort, mais sans elle il n'y avait plus personne pour tenir la bouilloire au chaud en permanence et regarnir régulièrement les édredons et oreillers de plumes fraîches.

Que fabriquait donc cette Storwick dans la cuisine ? Elle cherchait sûrement la meilleure manière de l'empoisonner.

— Cette femme est sous ma responsabilité, ajouta-t-il. S'ils ignorent que je la détiens, cela ne sert à rien. Irais-tu au château de Carwell pour l'en informer ?

— Tu n'iras pas ?

Il fit un signe de dénégation. Il n'avait pas parlé à son

beau-frère depuis le raid des Storwick. Ni à Bessie. Et il n'était pas prêt à le faire maintenant.

— Ce n'est pas le moment de laisser la tour sans défense.

Johnnie l'observa attentivement pendant un moment.

— Nous pourrions emmener la fille avec nous et la laisser sous la garde de Carwell. Elle sera entourée de douves, et plus entre tes mains.

Et détenue avec son père, songea Rob. A eux deux, ils formeraient une cible irrésistible. D'après les questions de Stella, il était clair que le clan Storwick ignorait où était retenu Hobbes. Cela ne pourrait pas durer indéfiniment.

— Si je la garde ici, elle garantit notre sécurité à la tour, et cela leur donnera à réfléchir avant d'aller au château de Carwell.

C'était là son unique raison de garder cette femme. En réalité, il avait hâte de se débarrasser d'elle et de ne plus avoir à suppporter ses airs hautains.

— Nous partirons demain, dit Johnnie en se levant. Cate sera contente de revoir Bessie.

Il resta ensuite silencieux, attendant à dessein. Rob évita son regard.

— Je lui dirai que tu as demandé de ses nouvelles, reprit alors Johnnie.

— Dis-lui que je voudrais sa recette de ragoût d'agneau.

La famille était tout, mais il s'agissait de la protéger, pas de l'aimer.

L'amour vous rendait faible.

La pensée du ragoût de Bessie lui rappela que la Storwick était dans la cuisine, et il traversa la cour pour aller voir ce qu'il en était. La bruine avait effacé le souvenir du soleil de la veille, et sa bonne humeur du même coup. Il supputait que le repas du jour ne serait pas plus mangeable que celui du jour précédent.

Arrivé à la porte de la cuisine, il s'arrêta net.

Toute la pièce, pots, foyer et sol y compris, était blanche, comme si elle avait été subitement frappée par une tempête de neige.

Plantée en plein milieu, la Storwick serrait contre elle un sac de farine vide.

Les deux femmes se tournèrent vers lui.

— Emmenez-la ! lança Beggy quand elle le vit. Je préfère cuisiner seule !

La Storwick cligna des yeux, un peu trop vite.

Oh ! pitié ! se dit-il. Il n'avait aucune patience avec les pleurnicheuses.

Il entra dans la pièce, soulevant un nuage de farine sous ses bottes.

— Que se passe-t-il ici ?

— Pour commencer, elle a laissé brûler le ragoût. Et voilà qu'elle a renversé la moitié de la farine ! s'écria Beggy. Sortez-la d'ici !

Il prit Stella par le bras, mais elle se retourna vers Beggy.

— Je pourrais vous aider à nettoyer…

— Non ! Ne m'aidez surtout pas ! supplia la jeune femme. Ou il ne restera rien du tout à manger.

Rob fit sortir Stella de la cuisine et s'arrêta dans la cour.

— Aviez-vous dans l'idée de nous faire tous mourir de faim ?

— Je ne cuisine pas, chez moi.

Il la regarda fixement. Mais enfin, toutes les femmes cuisinaient !

— C'est vous qui vous êtes plainte de la nourriture !

En critiquant l'absence de fioritures, songea-t-il, dont personne ici ne se souciait, à part elle.

— Alors que vous ne cuisinez même pas ? reprit-il.

— Je ne pensais pas que ce serait aussi difficile.

— Ça ne l'est pas pour la plupart des femmes.

— Ah ! Alors pourquoi n'épousez-vous pas une femme qui sait cuisiner ?

Il se sentit frappé aussi durement par ces paroles que s'il avait reçu un coup de poing en plein visage.

— Et pourquoi n'épousez-vous pas un homme qui vous empêchera d'aller errer seule n'importe où ? rétorqua-t-il.

Elle se passa la langue sur les lèvres, croisa les bras et releva le menton, comme si elle voulait par son attitude compenser l'absence d'arguments qu'elle aurait pu avancer. Mais elle avait toujours de la farine sur les manches, le tablier, les chaussures et le visage, aussi ne put-il s'empêcher de lui trouver l'air plus ridicule que hautain.

— Je le ferai, répliqua-t-elle. Un jour. Bientôt. J'épouserai quelqu'un qui en vaut la peine, quelqu'un de spécial.

« Spécial » ! Elle avait choisi ce mot comme si elle avait voulu l'insulter.

— Quelqu'un qui serait assez spécial pour vous ?

Il regretta d'avoir parlé trop vite. Pourquoi lui avait-il posé cette question ? Ça lui était égal. Enfin, plus ou moins…

— Personne de votre connaissance. Et surtout personne qui vous ressemble.

Elle se détourna, comme si elle pouvait ainsi mettre un terme à la conversation.

— Et personne qui vous intéresserait, ajouta-t-elle.

Il ressentit soudain le désir irrépressible de savoir qui pourrait posséder un jour cette femme exaspérante.

— Il m'intéresse s'il lance un raid pour vous sauver. Ou, s'il ne le fait pas, tant que je vous aurai sous ma garde.

Rob remarqua qu'elle le regardait tout à coup les yeux écarquillés, comme si ces idées étaient nouvelles pour elle. Il n'était pas très expérimenté en matière de femmes, mais celle-ci dissimulait quelque chose, c'était évident.

— Alors vous allez pouvoir vous poser des questions, ironisa-t-elle.

C'était exact. Elle était plus qu'en âge de se marier, et plus qu'agréable à regarder. Pourquoi donc n'était-elle pas encore mariée ?

Et, tandis qu'il l'observait en train d'ôter les traces de farine de son tablier, il se demanda aussi pourquoi il s'était figuré que c'était une bonne idée de capturer Stella Storwick.

Stella garda les poings serrés, le menton haut, mais son sourire se figea.

Il n'aurait pas à se poser de questions parce qu'il n'y avait personne. Pas encore.

Mais il y aurait quelqu'un, un jour. C'est juste qu'il était difficile de trouver celui qui serait assez spécial pour s'unir avec une enfant sauvée par Dieu.

— Eh bien, fit Rob le Noir avec une touche de fierté dans la voix, la femme qui épouse un chef de clan doit être spéciale également.

Soulagée que la conversation passe de son mari imaginaire à son épouse imaginaire, elle leva les yeux au ciel.

— La femme qui vous épousera devra être d'une patience toute spéciale, lança-t-elle.

— L'homme qui vous épousera devra être un saint.

Un saint. Oui, c'était exactement le genre d'homme que cherchaient ses parents.

Son estomac gargouilla soudain, assez fort pour qu'il regarde son ventre sans la moindre vergogne.

— La prochaine fois, mangez ce qu'on vous servira !

— La prochaine fois, servez-moi quelque chose que je puisse manger, dit-elle en sachant déjà que le dîner serait pire, puisqu'elle avait carbonisé le ragoût.

— Les Brunson ne font pas de caprices avec la nourriture, dit-il en la prenant par le bras et en la poussant devant lui. Je n'aurais pas dû vous laisser sortir du tout.

Elle regarda la porte. Il ne fallait pas qu'il l'enferme de nouveau dans la tour !

— Il devrait y avoir du saumon, maintenant, déclara-t-elle en traînant des pieds.

La rivière Liddel se trouvait juste au-delà des murs. L'air libre, une occasion d'explorer les lieux, de s'échapper peut-être…

Il était redevenu silencieux et ne la regardait plus.

— Vous n'êtes donc pas pêcheur ? demanda-t-elle dans une nouvelle tentative.

Il parut insulté.

— Ah ! Je vois que vous n'en êtes pas un. C'est parce que vous êtes avant tout un guerrier.

Peut-être réussirait-elle à le pousser à aller pêcher…

— Les Brunson sont des guerriers, oui. Et, en tant que leur chef, je veille à ce qu'ils soient protégés et aient l'estomac rempli. Nous avons du bétail et des moutons en quantité pour nous remplir l'estomac.

Elle haussa les sourcils. Son estomac à elle n'avait pas été rempli. Ça, elle en était sûre.

— Vous n'aimez donc pas le poisson ?

Il resta silencieux un moment, comme s'il essayait de se rappeler le goût que cela avait.

— Si, je l'aime bien.

— Alors, pourquoi n'en servez-vous pas ?

— Il n'y a pas assez de saumons pour la pêche.

— J'en ai mangé une pleine écuelle, rien que la semaine dernière. Il y a beaucoup de saumons.

— Il y en a beaucoup pour les Storwick parce que votre engeance a posé des barrages à saumons partout sur la rivière. Mais les poissons ne peuvent plus remonter jusqu'ici.

Elle réfléchit un instant. Bien sûr, elle savait que sa famille avait construit des installations qui leur permettaient d'avoir du poisson en abondance, mais elle n'avait pas réfléchi à ce que cela impliquait pour les familles qui vivaient en amont.

— Eh bien, alors nous attraperons ceux que nous trouverons, n'est-ce pas ?

— En savez-vous plus sur la pêche que sur la cuisine ?

A vrai dire, elle n'en savait guère plus qu'en matière de cuisine, mais ça ne devait pas être si difficile, après tout. Comme la cuisine… Si Beggy ne l'avait pas énervée, s'il était resté davantage de sel intact…

— J'en sais suffisamment.

Il se pencha pour bien la regarder dans les yeux.

— Vraiment ? Savez-vous comment fabriquer un enclos ?

— Un quoi ?

— Un enclos. Il me semble que vous, les Anglais, dites plutôt « barrage » pour ce genre de chose.

— Ah ! Oui.

Elle connaissait ce dispositif. C'était une installation confectionnée avec des bâtons de bois, sur le principe de la nasse. Les poissons pouvaient y entrer, mais sans être capables de ressortir. Et elle n'en avait jamais approché un de sa vie.

— A moins que les Storwick ne pêchent le saumon au harpon, à la lumière des torches, et les massacrent pour le plaisir de l'action. Cela correspondrait bien à leur style.

Ah bon ? Peut-être, songea-t-elle. Ils ne lui racontaient pas tout.

— Ce que nous ne mangeons pas n'est pas gaspillé, se défendit-elle. Il y a beaucoup de gens prêts à payer pour avoir du bon poisson.

— C'est donc ainsi que vous payez ces vêtements ?

— Des vêtements ? répéta-t-elle, étonnée, en baissant la tête.

Elle examina sa robe, couverte de farine là où elle n'avait pas été protégée par le tablier. Elle aurait pu finir de la brosser du plat de la main, mais la bruine commençait à la transformer en bouillie blanchâtre.

— Vos manches sont assez amples pour essuyer toute la largeur de la table en une seule fois, et vous avez une croix en or digne de la progéniture d'un roi.

Machinalement, elle porta la main à la croix qu'elle avait au cou. Les femmes de la tour Brunson étaient vêtues de laine grossière, de vestes lacées à manches ajustées, comme la plupart des femmes chez elle aussi. Mais ses parents s'étaient toujours assuré qu'elle ait mieux.

— C'est un cadeau. De mes parents.

— Volé, sans aucun doute.

— Vous dites cela parce que c'est ainsi que vous remplissez votre maison.

Ils se dévisagèrent, l'air buté, mais ni l'un ni l'autre ne pouvait protester. Les habitants de chaque côté de la frontière subsistaient ainsi.

— Il n'y a pas de mal à cela, dit-il enfin. Certains hommes font bien pire…

Elle savait ce qu'il sous-entendait par là. Le cousin Willie avait été une malédiction pour eux tous ; son père l'avait d'ailleurs renié. Cependant, d'une certaine manière, l'homme était devenu un symbole, un pion que le roi anglais et le Gardien avaient utilisé sans modération, conduisant à des raids, des traités et des enlèvements. Tout cela à cause d'un homme qui était haï même des siens.

Les Brunson l'avaient-ils tué ? Probablement.

Le monde tournait-il mieux depuis qu'il était mort ? Sans aucun doute. Mais elle ne l'admettrait jamais devant Rob Brunson.

Elle se drapa dans sa dignité, telle une princesse outragée.

— Si vous en êtes incapable ou si vous ne voulez pas servir du bon poisson frais à votre table, alors dites-le, et je supporterai la faim. Mais ne vous moquez pas de mes vêtements et n'insultez pas non plus ma famille pour détourner la conversation !

Il eut l'air à la fois choqué et furieux, poings et mâchoires soudain crispés, le visage aussi sinistre que les collines dénudées en hiver. La laisserait-il rester hors de la tour ?

— Vous voulez du poisson ? Nous prendrons donc du poisson. Mais c'est vous qui le ferez. Et, je vous préviens, vous et vos vêtements serez trempés et en piteux état avant que ce ne soit terminé.

Elle ne put s'empêcher de sourire, parce que les siens seraient dans le même état.

Chapitre 4

Cate avait dit à Rob qu'elle ne pouvait supporter la vue d'un Storwick. Il confina donc sa captive dans sa chambre jusqu'au départ de Cate et Johnnie, le lendemain matin.

Il allait se retrouver seul avec elle, puisqu'il s'était engagé à l'emmener pêcher. Songeant qu'il ne pourrait sans doute pas la faire entrer dans l'eau de la rivière vêtue de sa belle robe, même couverte de farine, il avait persuadé quelques femmes de lui prêter une jupe, une chemise et une veste.

Aussi, lorsqu'elle le rejoignit dans la grande salle, il trouva qu'elle ressemblait ainsi vêtue à toutes les femmes qu'il connaissait et à aucune.

Des seins qu'il avait à peine remarqués jusque-là étaient désormais fièrement moulés sous la deuxième plus jolie veste de la veuve Gregor. Quant à la jupe de Beggy Tait, elle était trop courte pour elle, ce qui offrait un aperçu de ses chevilles. Même ses traits anguleux semblaient adoucis, quand elle portait des vêtements ordinaires.

Mais son expression ne l'était pas.

Et elle avait toujours autour du cou cette croix en or incrustée d'une pierre verte, avec de la farine coincée dans le délicat filigrane. Il n'avait jamais rien vu d'aussi précieux. Sa famille avait dû la subtiliser à la reine elle-même.

Pourquoi la portait-elle ? Si Storwick l'avait vendue, son clan aurait pu vivre grassement pendant des années !

Apparemment oublieuse de cette splendeur à son cou, elle tenait sa robe pliée sur son bras.

— Je vais déposer cela chez la blanchisseuse.

Eh bien ! Le fait de porter des vêtements ordinaires n'avait en rien émoussé ses prétentions, constata-t-il. Mais sa fureur s'était épuisée. Il n'était plus désormais que stupéfait. Bien qu'elle ne soit pas lente d'esprit, elle ne semblait pas encore avoir compris qu'elle n'était pas la maîtresse des lieux, ici.

— N'avez-vous donc pas encore compris que vous êtes prisonnière, ici ?

— Et ne comprenez-vous pas que je suis…

Elle ne termina pas sa phrase et soupira.

— Quoi ?

Pour une fois, elle se contenta de secouer la tête sans rien dire.

— Non, répondit-il. Je ne comprends pas. Qui êtes-vous donc pour prétendre à un traitement que je ne réserverais même pas au roi ?

Un regard adouci croisa le sien.

— Je suis otage pour garantir le bon comportement du reste de mon clan.

Il eut la certitude qu'elle ne pensait pas un mot de ce qu'elle venait de dire.

— Je vais laisser la robe sur le lit, reprit-elle en tournant les talons.

— Savez-vous mieux faire la lessive que la cuisine ?

De nouveau, elle secoua la tête.

Ce fut à son tour de soupirer. S'ils ne nettoyaient pas sa robe, il faudrait qu'elle soit vêtue de vêtements empruntés à des gens qui disposaient tout juste du strict nécessaire pour eux-mêmes.

— Prenez-la. La veuve Gregor fait des lessives.

Ils s'arrêtèrent à sa hutte, et la veuve écarquilla les yeux, comme si la robe verte était aussi précieuse que la croix d'or.

— Je ferai de mon mieux, mais je ne sais pas… Je n'ai jamais…

Stella Storwick fit un geste de la main qui semblait signifier que pour elle la robe n'avait aucune importance. A croire qu'elle en avait des centaines d'autres semblables chez elle…

Tandis qu'ils se dirigeaient vers la poterne, Wat leur emboîta le pas et les suivit à distance, couvant Stella du même regard adorateur que celui dont il gratifiait Rob.

A vrai dire, il ne s'était jamais senti à l'aise avec cette adoration du garçon ; elle était chargée d'attentes qu'il croyait qu'aucun homme ne pouvait satisfaire. Malgré tout, il avait fini par s'y habituer. Pourquoi s'était-il mis à admirer Stella Storwick ? Cela n'avait aucun sens.

Comme il jetait un coup d'œil derrière lui, Wat lui sourit.

— C'est un très joli dragon, dit-il.

Stella jeta un coup d'œil surpris à Rob et ne fit aucun effort pour dissimuler un sourire avant de se tourner vers le garçon.

— Oh ! Merci, Wat.

— Rentre, petit ! ordonna Rob au gamin, qui s'était rapproché d'eux.

Elle prit la main de l'enfant et l'attira contre elle.

— Ce n'est pas sa faute.

Ça, il le savait. Il aurait bien voulu qu'elle soit fautive, mais ce n'était pas le cas non plus.

— Nous n'avons pas besoin de lui.

— Il ne fera aucun mal, dit-elle en posant la main sur l'épaule de Wat.

— Ni aucun bien, rétorqua-t-il.

Le garçon n'était pas utile à grand-chose. Tout au plus pouvait-il parfois s'acquitter de tâches très simples.

— Mais si, bien sûr, répliqua-t-elle en regardant le garçon comme s'il n'était pas simplet. N'est-ce pas que tu le peux, Wat ?

Wat hocha énergiquement la tête.

— Il sera d'accord avec tout ce que vous direz, de toute façon, dit Rob.

Comme il l'était avec tout ce qu'il lui disait. Du moins avant que cette femme n'arrive et que le garçon ne développe sa propre opinion sur les dragons.

— Mais vous m'avez dit qu'il nous donnerait un bon coup de main si nous en avions besoin, dit-elle avec un regard qu'il ne put qu'interpréter comme un avertissement.

Elle serra l'enfant encore plus fort contre elle, comme s'il était un bouclier, et le petit reporta son regard d'adoration sur Rob.

Il secoua la tête en soupirant. Cette femme ne savait peut-être pas cuisiner ou faire la lessive, mais elle manœuvrait cet enfant avec autant de talent qu'il en avait pour déployer ses hommes au combat. De plus, elle ne lui laissait d'autre choix que d'être cruel ou d'autoriser le gamin à les accompagner.

— Ainsi tu veux pêcher, c'est ça ? lui demanda-t-il en s'accroupissant devant lui.

Wat hocha la tête.

— Alors viens donc !

En présence de l'enfant, il serait obligé de mesurer ses paroles et de se contrôler. C'était évidemment ce que cette rouée avait eu l'intention d'obtenir.

Elle était en train de tirer légèrement la main de Wat pour qu'il lui prête attention.

— Tu dois rester à côté de moi et ne pas aller trop loin dans l'eau. Je dois te ramener sain et sauf à ta mère.

Mais Wat, excité, gigotait comme un chiot et la tirait par la main pour essayer de la faire avancer plus vite vers la rivière.

— Bon, vas-y, dit-elle enfin.

Il détala sans se faire prier.

— Mais n'entre pas dans l'eau !

De nouveau seul avec elle, Rob se rendit compte que la protection du garçon lui manquait.

— Bien, il nous accompagne donc. Que vouliez-vous lui faire faire ?

— Il pourra porter le poisson.

— Si jamais nous en attrapons, persifla-t-il en lui lançant un regard assassin.

En dépit de la consigne, Wat n'attendit pas au bord de la rivière mais s'y précipita, en tapant des pieds et en projetant des gerbes d'eau autour de lui avec ses mains.

Stella se mit à courir, mais Rob fut plus rapide. Il attrapa le garçon trempé et gigotant pour le déposer sur la rive.

— C'était ton idée d'effrayer les poissons ? Si jamais il y en avait un, il s'est sauvé à toute vitesse !

Wat se mit à trembler, et Rob se rendit compte qu'il avait dû parler très durement.

Stella s'agenouilla devant l'enfant et le serra dans ses bras.

— Je t'avais dit de ne pas aller encore dans l'eau…

Wat les regarda l'un après l'autre puis se dégagea de son étreinte, comme s'il se préparait à recevoir une correction.

— Ma faute.

— Oui, exactement, dit Rob d'un ton sec.

Elle reprit le garçon dans ses bras. Désormais, c'était elle qui formait un bouclier entre eux.

— Ne lui en veuillez pas. C'est un…

Elle s'arrêta, comme si elle ne voulait pas que l'enfant entende de mots blessants.

— C'est un imbécile, voilà tout ! s'exclama Rob.

— C'est un enfant, pas un homme.

— De ce côté-ci de la frontière, c'est un homme. En tout cas, il devrait l'être, insista Rob.

Pauvre petite créature ! songea-t-il, désolé. Tel l'agnelet, voué à une mort précoce.

L'air farouche de Stella indiquait clairement qu'elle ne tolérerait aucune discussion. Il ne s'y risqua donc pas.

Il posa la main sur l'épaule de Wat, avec assez de douceur pour que Stella relâche sa prise et que le gamin lève vers lui des yeux pleins d'espoir.

— Va nous chercher des petits bâtons et des brindilles, Wat, autant que tu peux, et rapporte-les ici, lui ordonna-t-il.

Soulagé, Wat s'éloigna le long de la rive en direction des buissons.

— Et reste loin de l'eau ! lui rappela Stella. Qu'allons-nous faire des bâtons quand il les rapportera ? demanda-t-elle à Rob.

— Vous ne savez pas plus pêcher que faire la cuisine… Je me trompe ?

Si elle était représentative de son clan, il n'y avait rien d'étonnant à ce qu'ils lancent des raids. Sans cela, ils mourraient de faim.

— Et vous ? répliqua-t-elle.

Elle ne voulait décidément rien céder.

Il envisagea un moment de la forcer à aller toute seule dans la Liddel et de la laisser attraper le poisson. Elle commencerait par être dans l'eau jusqu'aux chevilles, bien visibles sous cette jupe trop courte… Puis sa jupe empruntée serait trempée et moulerait la courbe de ses hanches. Et si, pour finir, elle se retrouvait aussi trempée qu'elle avait été recouverte de farine…

Il obligea ses pensées à revenir à la pêche.

— En fait, je sais comment faire, dit-il.

Elle jeta un regard dubitatif à la rivière, puis le scruta de nouveau.

— Par quoi dois-je commencer ?

— Par construire un petit barrage, en aménageant un espace pour que les poissons puissent y nager, expliqua-t-il en s'accompagnant de grands gestes.

— Vous n'avez jamais fait cela non plus, n'est-ce pas ?

— J'ai regardé ma mère le faire.

Il l'avait observée quand elle installait le piège et quand elle se réjouissait ensuite de ses prises.

— Quand cela ?

Il y a bien des années...

— Il y a un certain temps.

— Alors vous savez comment faire.

Comment faire ? Il ne se posait jamais cette question. Ce « comment » était dans le sang, enraciné en vous, transmis par vos ancêtres. Quand il aurait les bâtons dans les mains, il se souviendrait.

— Vous avez donc insisté pour que nous venions jusqu'ici construire un piège alors que vous ne connaissez rien à la pêche ? s'exclama-t-il, agacé.

— Je croyais que vous saviez le faire.

— Eh bien, dans ma famille, ce sont les femmes qui s'occupent de cela !

Elle fut si choquée qu'elle en resta muette.

Jusqu'à présent, il ne s'était jamais interrogé sur ce genre de chose. Son père lui avait enseigné l'art de la guerre, la manière de s'occuper des moutons et du bétail. Le reste, c'était l'affaire des femmes.

— Si vous aviez un dessin du dispositif, au moins, dit-elle enfin, cela aiderait.

— Que voulez-vous donc ? Un livre de leçons ? lança-t-il, railleur.

— Oui.

C'était à lui de la dévisager, maintenant.

— Et vous pourriez le lire ?

— Peut-être, dit-elle en s'empourprant légèrement.

— Menteuse !

Il allait lui donner une leçon et lui rabattre son caquet.

— Je peux lire quelques mots.

— Les mêmes que les deux ou trois que connaît votre mère ?

Rien qu'à la regarder, il recommençait à se mettre en colère.

— Vous ne savez pas cuisiner, ni faire la lessive, ni pêcher…

Il se mit à faire de grands gestes pour accompagner son discours, tout en résistant à la tentation de plaquer ses mains sur ses épaules pour la secouer.

— Alors à quoi êtes-vous bonne, ma fille ?

Elle commença à rosir, des joues jusqu'à la racine des cheveux. Il l'avait contrariée, ce qui était bien son intention, mais il ne s'était pas attendu à se sentir coupable de l'avoir fait.

Avant qu'elle ait pu répondre, Wat déboula des buissons avec une brassée de morceaux de bois de toutes tailles. Il s'arrêta devant Rob et déposa son chargement à ses pieds.

— Voilà !

Puis il se recula et les regarda alternativement l'un et l'autre, le visage éclairé par un sourire fier et heureux.

Stella s'accroupit devant lui.

— C'est bien, Wat. Tu as bien travaillé. Peux-tu aller en chercher encore plus ?

Il hocha la tête et détala de nouveau.

— Les enfants, reprit-elle en regardant Rob avec un sourire attendri. Je suis bonne avec les enfants.

Stella se releva et observa la manière dont son expression passa du ressentiment à la frustration.

Il repoussa du pied les morceaux de bois.

— Alors épousez quelqu'un de spécial et faites-en avec lui.

Elle retint la repartie acerbe qui lui était venue et pencha la tête pour l'étudier attentivement. Aucun homme, non, vraiment aucun ne l'avait jamais traitée ainsi ! Chez elle, tout le monde prenait des précautions pour lui parler, comme si l'on craignait de la contrarier ou de la fâcher.

Comme si l'on avait peur de susciter ses émotions.

Ses paroles lui avaient fait l'effet d'un coup de couteau dans son ventre inutile.

— Quand vous me laisserez rentrer chez moi, je compte bien le faire, assura-t-elle, avec l'espoir que le simple fait de le dire ferait que cela arriverait.

Le regard buté de Rob le Noir s'adoucit. Quelque part derrière cette façade de dureté existait une touche de tendresse. Peut-être trouverait-il un jour une femme qui saurait la libérer.

— Alors faisons une trêve, proposa-t-il.

Dans ces quelques mots seulement, elle décela la promesse de jours meilleurs.

Elle sourit et hocha la tête en regardant le courant.

— Une trêve entre nous deux, qui nous permettra de réfléchir à un moyen d'attraper des poissons.

Ils entrèrent dans l'eau, et il choisit un endroit pour établir le barrage. Elle expliqua à Wat, qui était revenu ce qu'il devait faire, et l'enfant se mit à accumuler les bâtons en courant dans tous les sens.

Déterminée à prouver qu'elle était bonne à quelque chose, elle serra les dents, aussi silencieuse que Rob, et se consacra à la fastidieuse tâche consistant à planter les bâtons solidement pour qu'ils ne soient pas emportés par le courant. Il y eut quelques essais maladroits et quelques erreurs mais, à la fin de l'après-midi, fatigués et trempés, ils avaient construit leur piège. Celui-ci était dorénavant prêt à retenir un saumon de passage et, avec un peu de chance, peut-être plusieurs.

Elle pataugea pour ressortir de la rivière et s'écroula sur la rive, sans se préoccuper de l'herbe et de la boue qui l'accueillirent. Rob fit de même. Prompt à copier leurs moindres gestes, Wat s'assit entre eux et les regarda tour à tour.

— Tu as bien travaillé, mon garçon ! dit Rob en lui ébouriffant les cheveux.

Wat lui adressa un sourire lumineux.

Avec un soupir de satisfaction, Rob ôta sa chemise.

Stella essaya de ne pas regarder, mais des gouttes d'eau dégoulinaient dans le creux de ses épaules et dessinaient les contours des muscles de ses bras. Elle se souvint de la sensation de son corps contre le sien quand il l'avait plaquée à terre, de cet instant où elle n'avait eu d'autre choix que de se rendre…

Elle se racla la gorge et se pencha vers Wat.

— Oui, c'est vrai, tu as bien travaillé.

— Vous aussi, ajouta Rob d'une voix rauque qui la fit frissonner.

— Je peux le dire à ma mère ? demanda Wat. Je peux lui dire ce que j'ai fait ?

— Oui, vas-y. Elle sera contente ! dit-elle à l'enfant, qui se releva vivement et partit en courant.

Elle espérait que ce serait le cas…

— Je m'inquiète pour lui, ajouta-t-elle quand le garçon fut trop loin pour les entendre. Sa mère ne semble pas avoir beaucoup de temps à lui accorder, et il arriverait si vite…

Si vite un accident, termina-t-elle intérieurement.

Rob le Noir la contempla, silencieux.

Elle releva le menton.

— Quelqu'un devrait le surveiller, poursuivit-elle, sans vouloir en demander la permission, ou dire « s'il vous plaît ».

— Quoi ? Pourquoi ?

— Pour qu'il ne tombe pas dans le puits. N'est-il pas un enfant de Dieu, qui mérite que l'on s'occupe de lui ?

— C'est un simple d'esprit qui ne survivra jamais sans aide.

— Alors vous admettez qu'il a besoin d'aide !

Elle crut voir passer un éclair de dégoût dans ses yeux.

— Il doit apprendre à survivre tout seul. Comme je l'ai fait moi-même.

Non, décidément, cet homme n'avait aucune commisération pour les faibles. Fort, intrépide, il ne comprenait pas ce que c'était que douter.

— Et s'il ne le peut pas ?

— Alors mieux vaudrait qu'il disparaisse. S'il ne peut pas survivre à son enfance, il ne survivra pas à une vie près de la frontière.

Il avait sans doute raison. Peut-être vaudrait-il mieux que cet enfant meure…

Et elle, aurait-elle également dû mourir dans ce puits ?

— De plus, reprit-il, personne n'a le temps de courir derrière un gamin toute la journée.

— Si. Moi, je l'ai.

Il la scruta attentivement, le regard aussi sombre que son nom, et elle crut qu'il allait la contredire.

— Alors allez-y, dit-il enfin. Demandez à sa mère. Moi, je ne m'en occupe pas.

Elle fut envahie par une vague de gratitude, du moins est-ce ainsi qu'elle l'identifia, et se retrouva au bord des larmes. N'osant pas le regarder, elle contempla l'eau qui scintillait sous le soleil et clapotait contre le petit barrage qu'ils avaient construit. Elle désira soudain, avec une violence qui la surprit, que pour une fois — une fois seulement — cet homme considère le monde avec un peu moins de certitudes.

— Ensemble, murmura-t-elle. Nous avons réalisé cela ensemble.

En quelques heures de paix, à peine, une Storwick et un Brunson avaient construit un barrage. Que pourraient-ils bâtir en une année de trêve ?

Elle ferma les yeux puis les rouvrit et se força à regarder de nouveau l'homme assis près d'elle, en étudiant chaque détail de son visage.

— Maintenant, tout ce qu'il nous faut, c'est le poisson, conclut-elle.

— Oh ! nous en aurons bientôt des quantités ! Je n'ai pas passé la journée à me tremper et m'épuiser pour une malheureuse truite de passage.

Elle le scruta avec attention. Des pommettes saillantes, un nez droit, d'épais sourcils qui semblaient froncés en permanence, et un front haut… Lui arrivait-il jamais de sourire ?

— Comment pouvez-vous en être aussi sûr ?

— Parce que, très bientôt, le barrage des Storwick ne sera guère plus que quelques bouts de bois flottant dans la Liddel.

Ces paroles coupantes la firent sursauter et lui rappelèrent que Rob le Noir Brunson n'était ni un allié ni un compagnon. Même cet instant de paix n'était qu'une illusion. Entre leurs deux familles il ne pourrait y avoir de trêve. Ni maintenant ni jamais.

Chapitre 5

Stella se réprimanda jusqu'au lever du soleil le lendemain. Elle aurait dû être moins naïve ! Elle était prisonnière d'un ennemi cruel, et un succès fugace partagé n'était rien de plus qu'une distraction.

« A quoi êtes-vous bonne, ma fille ? », avait ironisé Rob le Noir sans la moindre aménité.

A rien, semblait-il.

Eh oui, c'était la triste vérité. Elle avait traversé la frontière en pensant que Dieu voulait qu'elle retrouve son père et le sauve parce que ses cousins ne le feraient pas. Au lieu de cela, elle était tombée entre les mains des ennemis et n'avait pas appris grand-chose, à part que son père n'était pas détenu au fort Brunson.

Qu'allait-elle faire, maintenant ? S'occuper de Wat. Rob le Noir lui avait permis cela, au moins.

Aucun homme ne montait la garde devant sa porte aussi, avant de se rendre chez la veuve Gregor, saisit-elle l'occasion de se promener dans la cour, dans l'espoir de repérer quelque chose d'utile, sans toutefois savoir quoi. Elle parcourut de nouveau le chemin qu'elle avait emprunté le premier jour, cherchant quelque chose en rapport avec les dispositifs de défense des Brunson, et non plus un endroit où son père aurait pu être emprisonné.

Elle ne vit rien de fondamentalement différent de chez

elle. S'il y avait ici quelque chose susceptible de renverser le cours d'une bataille, elle était incapable de l'identifier.

Sachant que Beggy ne la laisserait pas entrer dans la cuisine, elle ne s'y aventura pas. L'air renfrogné que prit l'homme dans l'armurerie quand elle parut sur le seuil la poussa à battre en retraite. Elle finit par monter au sommet de la tour, s'assit sur le banc de pierre à côté de la cheminée et regarda vers le sud. Un guetteur posté non loin de là l'ignora tout simplement.

En regardant en direction de chez elle, elle se remémora qu'elle était du mauvais côté des collines.

Chez elle, on voyait le coucher du soleil. Ici, il disparaissait derrière les collines, aussi peu visible que les sentiments qui animaient Rob le Noir Brunson… D'ailleurs, en avait-il ?

Elle aurait dû pleurer son père ou préparer une évasion, ou encore compter les dagues dans l'armurerie et garder au moins un œil sur Wat. Au lieu de cela, elle n'avait à l'esprit que cet homme têtu et silencieux.

Parfois, quand il daignait parler, c'était avec un accent si prononcé qu'elle le comprenait à peine.

Non, elle n'avait pas envie de s'étendre sur le fait qu'il occupait sans cesse ses pensées. S'il l'obsédait, c'était simplement parce qu'il était d'un abord difficile et qu'il représentait le plus grand obstacle sur son chemin. Et pas parce que, avant de s'endormir, le soir, elle revoyait son torse musclé dénudé offert à la caresse du soleil quand ils s'étaient assis au bord de la rivière…

Quand ils avaient construit le barrage, il ne l'avait pas ignorée. En fait, ce n'était pas exactement qu'il l'ignorait. Il la tenait à l'écart, comme si ce qu'elle voulait n'avait aucune importance.

Chez elle, elle n'avait qu'à demander pour être exaucée. Elle était traitée avec une déférence dont elle ne prenait conscience que maintenant, alors qu'elle n'en bénéficiait plus. Ici, elle n'était plus la Stella spéciale, tout juste une ennemie captive.

— Vous êtes triste ?

La voix de Wat la fit sursauter. Depuis combien de temps était-il là à l'observer ?

Il était bien la seule âme de la tour Brunson à la regarder sans agressivité. Elle lui fit signe de s'approcher. Il posa sa main sur son genou, et elle ébouriffa ses boucles blondes.

— Oui, Wat. Aujourd'hui, je suis triste.

— Pourquoi ?

— Parce que je me sens comme la Storwick Disparue.

Que dirait le pauvre garçon si elle lui révélait à quel point son héros était cruel ? Et l'était-il avec Wat ? Elle l'avait vu s'impatienter avec lui, mais jamais se montrer cruel.

Elle le serra dans ses bras jusqu'à ce qu'il se mette à gigoter. Non, cela ne servirait à rien d'attrister cet enfant. Il semblait trop simplet pour comprendre la tristesse.

Ou peut-être trop sage…

— Mon père me manque, expliqua-t-elle avant de se forcer à sourire. Mais je me sens mieux, quand je parle avec toi.

— Mon père, il est au ciel, dit-il en souriant, comme si le ciel était le village d'à côté.

— Vraiment ?

— Je l'y retrouverai quand je mourrai, avec tous les saints et aussi Geordie le Rouge Brunson.

Elle hocha la tête. Elle aurait bien voulu avoir autant de foi que cet enfant ! La même foi que sa mère.

— Geordie le Rouge ? C'est le père de Rob ?

— Oui. Il est monté au ciel et il a laissé Rob pour qu'il s'occupe de nous.

Elle retint sa remarque ironique sur la façon dont il le faisait.

— Viens, Wat, dit-elle en se levant et en lui prenant la main. Crois-tu que ta mère voudra bien que tu restes avec moi pendant un moment ?

Il hocha la tête et balança leurs bras. Cette petite main si confiante dans la sienne la fit presque pleurer.

Spéciale, oui… Si spéciale qu'elle ne s'était jamais mariée et n'aurait jamais d'enfants.

Main dans la main, ils descendirent l'escalier.

Quand ils entrèrent dans la petite hutte au fond de la cour, la veuve Gregor tourna vers eux les yeux d'une femme qui aurait pu avoir cent ans.

— Qu'y a-t-il ? demanda-t-elle sur-le-champ. Wat, as-tu ennuyé cette femme ?

Le garçon baissa la tête, et Stella lui serra très fort la main.

— Non, répondit-elle en hâte. Pas du tout.

Huit enfants, avait dit Rob. Et une pauvre veuve seule avec eux. Pas étonnant qu'elle n'ait ni temps ni patience pour celui qui était spécial.

— Ah ! Alors vous êtes venue pour votre robe, dit-elle en prenant la robe de velours pliée avec soin pour la lui tendre.

— Merci.

— J'ai fait de mon mieux, mais…

La robe ne serait plus jamais la même mais, aux yeux de Stella, cela n'avait aucune importance.

— Allez, Wat, dit sa mère en lui tendant la main. N'embête pas cette dame.

Stella raffermit sa prise sur la main du garçon.

— Il ne m'embête pas. J'aimerais bien le surveiller, pour vous.

La surprise de la veuve se mua en soulagement, puis elle haussa les épaules.

— Faites ce que vous voulez. Comme ça, il ne sera pas dans mes jambes.

Choquée, Stella ne mâcha pas ses mots.

— Vous ne vous occupez pas de lui. Il se promène tout le temps tout seul. Il pourrait lui arriver quelque chose !

Le regard las de la veuve plongea dans le sien, à la fois vide et trop lourd.

— Pour qui vous prenez-vous, à juger ainsi ma vie ?

Pour personne. Elle n'était personne, comprit-elle soudain.

— Viens, Wat. Va chercher ta balle, on va jouer.

Les jours passaient.

Rob lui permettait de quitter l'enceinte tant qu'elle était avec Wat, sachant confusément que les petits doigts de l'enfant dans sa main la retenaient aussi sûrement qu'une chaîne.

Chaque jour Stella emmenait Wat vérifier le piège mais, s'il y avait des poissons dans la rivière, ils étaient assez malins pour l'éviter. Quoi qu'il en soit, le petit ne perdait pas espoir.

Et elle souriait toujours devant cet optimisme quand ils rentrèrent un jour en fin de matinée et se retrouvèrent face à Rob le Noir et Cate la Hardie.

La femme à qui son parent avait fait tant de mal. Celle qui avait accompagné les hommes de son clan pour réclamer vengeance pour la mort de son père et qui s'était par la suite mise à traquer Willie le Balafré.

Rob lui jeta à peine un coup d'œil.

— C'est une Storwick, dit-il à la femme sans se soucier de l'appeler autrement.

Stella garda le menton haut et le regard méfiant.

« La Cate de Johnnie ne vaut pas grand-chose en cuisine », avait dit Beggy. Vêtue de braies, de bottes et d'une veste à carreaux, mais blonde, menue et jolie, elle ne ressemblait en rien à un homme. Pourtant, elle avait l'air menaçant.

— Voici Cate, la femme de mon frère, Johnnie, poursuivit Rob le Noir en daignant finalement la regarder.

— Il est dans la salle commune, dit Cate à Rob. Il veut te voir.

La main de Rob encercla le bras de Stella.

— Je l'y rejoindrai dès que je l'aurai ramenée dans la chambre de Bessie.

Il semblait que ses jours de liberté avaient atteint leur terme…

— Je vais le faire, proposa Cate en dégainant une dague qu'elle portait à la ceinture. J'aimerais lui dire un mot.

Il les observa toutes les deux, puis poussa Stella vers Cate.

Non sans inquiétude, Stella le regarda s'éloigner.

Cate ne dit pas un mot tandis qu'elles gravissaient l'escalier jusqu'à la chambre de Stella. Elle y entra avec elle et referma la porte.

Toutes deux se dévisagèrent longuement en silence.

— Que voulez-vous de moi ? demanda enfin Stella, qui commençait à être plus impatiente qu'apeurée.

— A part vous arracher le cœur ?

Persuadée que cette femme en était capable, elle frissonna.

— Oui, cela mis à part.

Cate haussa les sourcils.

— Je veux voir si les femmes Storwick sont aussi monstrueuses que les hommes Storwick.

— Eh bien, j'aimerais savoir la même chose en ce qui concerne les Brunson, rétorqua Stella.

— Rob est fort et dur. C'est ce qu'un chef doit être. Mais ce n'est pas un monstre.

Stella émit un reniflement méprisant. Son père n'était pas si dur, du moins elle ne l'avait jamais vu ainsi, sauf avec Willie le Balafré.

Comme Cate s'approchait d'elle, elle recula d'un pas.

— Je ne vous ferai pas de mal, dit Cate. Je vous le promets. Je connais assez la souffrance.

Un éclair de douleur passa dans ses yeux.

Stella avait entendu les femmes murmurer entre elles. Celle-ci avait souffert entre les mains de Willie Storwick, de toute évidence.

— On a entendu dire que Willie le Balafré est mort, dit-elle.

Selon la rumeur, c'était la Hardie elle-même qui l'avait tué. Que ce soit ou non le cas, personne ne le regrettait, de toute façon.

Cate cilla, mais ne demanda pas qui affirmait cela.

— On n'a jamais retrouvé son corps.

Stella l'observa de nouveau. Oui, elle voulait bien croire que cette femme pouvait tuer. Qu'aurait été sa propre vie, si elle n'avait pas été protégée ?

— Personne ne l'a pleuré, reprit Stella. Il avait été renié.

Tous les Storwick savaient quel genre d'homme il était. Ils avaient appris trop tard comment protéger leurs filles contre lui. Dans un premier temps, son père l'avait menacé en pensant qu'il s'arrêterait et, au début, cela semblait avoir eu de l'effet. Ce n'est que plus tard, trop tard, qu'ils avaient découvert l'étendue de ses méfaits de l'autre côté des collines.

— Vraiment ? fit Cate, l'air sceptique. Nous l'avions entendu dire, mais…

Elle haussa les épaules, comme si l'on ne pouvait faire confiance à la parole d'un Storwick.

— Ce n'était plus un Storwick.

Plus après la Journée de la Trêve, où elle l'avait vu embrasser de force cette Brunson puis s'enfuir. Après cela, son père l'avait banni, renié, en insistant pour que tous les autres fassent de même.

— L'avez-vous tué ? demanda-t-elle.

— Quelle différence cela ferait-il ?

— J'aimerais être sûre qu'il est mort.

— Pourquoi ?

Elle pinça les lèvres avant de répondre :

— Ce n'est pas seulement de votre côté de la frontière qu'il… forçait les femmes.

D'un geste vif, Cate lui saisit la main.

— Vous ?

Elle fit un signe de dénégation, reconnaissante envers ses parents de l'avoir protégée. Cependant, les terres des Storwick étaient vastes, et tout le monde n'était pas aussi attentif.

— Personne ne pleure sa mort, dit-elle en serrant la main de Cate à son tour. Il est bien mort, n'est-ce pas ?

Cate retira sa main, croisa les bras et hocha la tête.

— Alors, où est son corps ? insista Stella.

De la tête, Cate fit un vague mouvement vers les collines.

— Là-haut, au fond d'une ravine. Là où il mérite d'être.

— Et c'est vous qui l'avez tué ?

D'une certaine manière, elle trouvait important qu'une femme se venge.

Quelque chose changea dans le regard de Cate.

— Si je vous racontais toute l'histoire, vous ne le croiriez pas.

Elle ouvrit la bouche pour l'assurer du contraire, mais le regard de Cate avait retrouvé toute sa dureté.

— Recommençons depuis le début… Je m'appelle Stella.

— Cate Gilnock, épouse de Johnnie Brunson, dit Cate après avoir hoché la tête.

Quand elle avait prononcé le nom de son mari, Stella avait décelé dans sa voix la première note de douceur depuis qu'elles s'étaient adressé la parole.

Oui, ce clan était dur ! Mais elles étaient femmes toutes les deux, après tout, avec sans doute plus de points communs qu'elles ne le croyaient. Peut-être, qui sait, Cate pourrait-elle l'aider à persuader Rob de la laisser voir son père.

— Savez-vous où ils détiennent Hobbes Storwick ? demanda-t-elle, pleine d'espoir.

Voyant Cate sur le point de répondre, elle retint son souffle.

— Rob ne vous l'a pas dit ?

Devait-elle mentir ? Non, cela ne servirait à rien. On le découvrirait trop facilement. Elle secoua la tête.

Mais la Hardie était avant tout une Brunson.

— Alors je ne le ferai pas non plus, dit-elle en se tournant vers la porte.

— Je vous en prie…

— J'ai perdu mon père à cause de Willie Storwick. Je ne peux pas pardonner cela.

— Mais mon père a tenté de l'arrêter. Il l'a puni, banni de la famille. Et je veux voir mon père, avant que…

Avant qu'il ne soit mort comme le vôtre.

Prenant soudain conscience de ce qu'elle venait de dire, elle s'interrompit, mais il était désormais trop tard pour cacher ses liens de parenté.

Non seulement elle s'était trahie, mais cela n'avait servi à rien, car Cate secoua la tête.

— Je vais cependant vous révéler une chose… Rob a

fait parvenir un message à votre famille pour l'informer que vous êtes ici.

— Merci de me l'avoir dit.

Quel soulagement ! La rançon devait être en route. Rob le Noir serait sans le moindre doute heureux de se débarrasser d'elle.

— Quand vais-je rentrer chez moi ?

— Ce sera à Rob de vous l'apprendre, répondit Cate en sortant de la chambre.

La porte se referma, et Stella se laissa tomber sur le lit. Bientôt ! Elle serait bientôt loin de tous ces Brunson !

Quand Rob le rejoignit, Johnnie lui apprit que Carwell avait fait parvenir un message au Gardien anglais, pour l'informer de la capture de Stella Storwick par les Brunson.

— Et alors ?

— Rien, répondit Johnnie en secouant la tête. Le Gardien anglais a dit qu'il avait transmis le message, mais ils n'ont formulé aucune demande de libération. Aucune offre de rançon. Même pas une menace d'attaque.

Rob réfléchit en arpentant la grande salle. C'était plus qu'étrange. Aucun habitant de la frontière digne de ce nom n'aurait supporté un tel affront sans réagir.

— Tout ce qu'ils ont dit, c'est que « en considération de qui elle était, ils espéraient qu'elle serait traitée avec douceur ».

— Qui elle est ? C'est une Storwick ! Et je l'ai traitée avec plus de douceur qu'elle ne le méritait ! s'exclama Rob, indigné, en essayant de comprendre. Le message ressemble à celui qu'ils ont envoyé quand nous leur avons fait savoir que nous détenions Hobbes. Ils n'ont rien ajouté, le concernant ?

Johnnie fit un signe de dénégation.

— Le pire, c'est que l'homme ne peut même pas quitter son lit, précisa-t-il.

— Il est blessé ? demanda Rob en essayant de se remémorer l'affrontement avant sa capture.

Son frère secoua de nouveau la tête.

— Alors, qu'est-ce qui l'empêche de se lever ?

Cette fois, Johnnie haussa les épaules. Ils n'avaient aucune connaissance en médecine, et Aberdeen et ses médecins étaient bien loin.

— Thomas et Bessie ont essayé de le soulager au mieux, mais…

Le laisser ainsi aux soins de l'ennemi était cruel de la part de sa famille, songea Rob, choqué.

— Qui les dirige, maintenant ? Un nouveau chef ? Un fils inexpérimenté qui a peur d'agir ?

— Thomas ne sait pas trop. Storwick n'a pas de fils, il n'a eu qu'une fille.

— Fâcheuse situation.

Sans un dirigeant nettement désigné, un clan pouvait vite se désintégrer. Luttes internes pour le pouvoir, querelles personnelles, manque de décisions, aucun chef à suivre les yeux fermés… c'était mauvais pour les Storwick, s'ils se trouvaient dans ce genre de situation.

Et pour les Brunson ? Eh bien, cela pourrait être pareil.

Il regarda son frère et voulut s'assurer qu'il avait bien entendu.

— Ainsi, les Storwick ne demandent le retour d'aucun des deux prisonniers ?

— Aussi invraisemblable que cela paraisse, c'est le cas, répondit Johnnie.

Il avait pensé être bientôt débarrassé de la fille, et un peu plus riche par la même occasion. Qu'allait-il en faire, s'ils ne voulaient pas d'elle ? Il ne pouvait quand même pas la laisser repartir comme ça. Il savait affronter un ennemi, il savait comment se battre et comment défendre la tour s'ils venaient la chercher, mais ça…

— Peut-être ont-ils prévu un raid et pensent-ils ainsi nous tromper.

Pouvoir faire part de ses pensées à son frère lui faisait du bien. Trop souvent, il s'était senti bien seul, dans son rôle de chef, au cours des derniers mois. Mais un chef devait être sûr de ce qu'il disait et ne pas se montrer hésitant. Son père le lui avait maintes fois répété.

Or, il se passait quelque chose de particulier chez les Storwick. Quelque chose d'assez important pour que Stella se soit aventurée comme elle l'avait fait de leur côté de la frontière.

— Lui as-tu fait part de la grande nouvelle ? demanda Cate, qui venait d'entrer dans la grande salle.

Elle arborait un sourire radieux.

Johnnie se leva pour aller à sa rencontre et lui prit la main, l'air aussi ravi qu'elle.

Rob sentit un aiguillon dans son cœur. Quel effet cela ferait-il de partager un sourire avec quelqu'un qui lirait vos pensées sans qu'il y ait besoin de mots ?

Il ne le saurait jamais.

— Bessie va être mère, poursuivit Cate, son sourire s'élargissant.

— Et Thomas va être père, renchérit Johnnie en souriant de plus belle.

Rob se força à sourire lui aussi, mais il avait l'impression que sa sœur l'avait trahi. Ou qu'il avait échoué. Ni lui ni Johnnie n'avaient engendré de Brunson, et voilà que la plus jeune d'entre eux serait la première à donner naissance à la génération suivante.

— Quand ?

— Elle pense que ce sera pour l'automne, répondit Cate.

Johnnie la laissait parler et restait en retrait, comme si

tout ce qui concernait les naissances était exclusivement du domaine des femmes.

Rob chercha le regard de son frère. Jamais aucune femme Brunson n'était morte en couches, mais…

— Je serai avec elle, ajouta Cate comme si elle avait lu dans ses pensées, et sans en demander la permission.

Il hocha la tête, comme s'il la lui donnait de toute façon, puis s'efforça de se concentrer sur son problème du moment, les Storwick. Stella y compris.

— Comment va la fille Storwick ? demanda Johnnie.

L'expression de ravissement de Cate disparut instantanément.

— Elle vit comme une reine, dirais-je.

Elle regarda Rob avec insistance, comme si c'était sa faute.

Et, en effet, c'était sa faute ! Il la traitait vraiment avec gentillesse. Beaucoup trop, d'ailleurs.

— Et où allons-nous dormir, cette nuit ? s'enquit Cate.

Quand ils venaient au fort Brunson, John et Cate occupaient l'ancienne chambre de Bessie — celle qu'il avait si généreusement attribuée à Stella Storwick.

— Dans ma chambre, dit-il. Je ne vais pas beaucoup dormir cette nuit, de toute façon. Demain, nous partons en expédition, ajouta-t-il en se levant.

Johnnie regarda Cate, puis lui.

— Où ça ?

— Disons simplement qu'il m'est venu un certain goût pour le poisson, répondit-il avec un sourire de mauvais augure.

— Ainsi, vous allez pêcher pour que la fille de Hobbes Storwick puisse se régaler de saumon ? lança Cate.

« En considération de qui elle était… »

Hobbes Storwick, qui n'avait pas de fils mais une fille.

Une fille unique…

Une fille qui avait dû bien se moquer de lui parce qu'il se montrait encore plus simplet que Wat Gregor.

Mais une fille que, pour une raison inconnue, ils lui laisseraient.

Il quitta la grande salle d'un pas rageur, sans un mot.

Un poing martela la porte de Stella. Elle se leva promptement, mais Rob le Noir n'attendit pas sa permission pour entrer.

— Ils savent que vous êtes ici.

— Ma famille ? s'exclama-t-elle en souriant, sans se soucier désormais que les Brunson connaissent sa véritable identité. Quand vais-je rentrer chez moi ?

Il ne répondit pas mais scruta son visage, comme s'il y cherchait la réponse à une question.

— Quand la rançon arrivera-t-elle ? insista-t-elle.

Elle remarqua que son air sombre changeait légèrement et elle crut y déceler du sarcasme. Puis, pendant un instant... était-ce de la pitié ?

— Il semblerait que vous ne soyez pas spéciale, finalement, déclara-t-il.

Bien qu'il ne fasse pas froid du tout, elle frissonna.

— Que voulez-vous dire ?

— Je veux dire que personne n'a l'intention de payer le moindre penny pour vous.

— C'est impossible !

En fait, elle savait très bien que c'était possible. Sa mère pouvait protester, mais Humphrey et Oswyn se querellaient sans cesse et étaient irréconciliables. Ce que l'un voulait, l'autre s'y opposait systématiquement, et aucun des deux n'était assez fort pour se concilier les faveurs du reste de la famille et faire pencher la balance en sa faveur.

Elle se redressa fièrement et se força à arborer un air dédaigneux. Il devait y avoir une autre explication.

— Ou alors, reprit-elle, c'est parce qu'ils ne veulent pas céder à votre chantage. Au lieu de vous donner de l'argent, ils viendront me libérer.

— Vraiment ? Dans ce cas, pourquoi ne sont-ils pas venus chercher Hobbes Storwick, alors que plusieurs mois se sont déjà écoulés ?

Parce qu'ils espéraient qu'il mourrait avant, songea-t-elle avec amertume.

Cette pensée lui était venue si spontanément qu'elle ne put que se résoudre à considérer que c'était exact. Certes, sa mère et elle s'étaient lamentées et inquiétées de l'absence de son père, mais pas ses cousins. Sans doute était-ce pour cette raison qu'ils avaient passé tant de temps en vaines discussions et hésité sans jamais prendre de décision. Tout ce qu'ils avaient à faire, c'était attendre. La bile noire le tuerait, et ils se retrouveraient alors tous les deux seuls à la tête du clan.

Et, à ce moment-là, à quel point seras-tu encore spéciale ? lui susurra une petite voix intérieure.

Il n'y aurait pas de place spéciale pour elle quand ils prendraient la succession. Que ferait-elle, alors ? Se retirer dans un couvent pour y marmonner des prières à perpétuité ? Ce n'était pas la vie qu'elle désirait. Elle voulait ce qu'avaient les gens ordinaires : des enfants.

Un mari…

— Ils ne sont pas venus le chercher parce qu'ils se conforment aux lois de la frontière, à la différence des Brunson sans foi ni loi.

— Ils ont tout de même exprimé leur préoccupation pour votre sécurité.

— Ils n'ont rien dit sur… rien dit de plus ?

Elle n'avait pas révélé son secret aux Brunson et,

pendant quelques jours, même si c'était en tant que captive, elle avait pu vivre normalement, comme elle en rêvait. Personne ne l'avait regardée comme une bête curieuse, comme si, à tout moment, elle allait d'un geste de la main multiplier les pains et les poissons.

Mais personne ne lui avait accordé de privilèges non plus.

— Ils ont exprimé leur préoccupation pour votre sécurité, répéta-t-il, et demandé que je vous traite avec douceur, en considération de qui vous étiez.

Il s'avança vers elle avec détermination, l'œil plus noir que jamais. Son cœur se mit à battre à toute allure et, instinctivement, elle recula jusqu'à ce qu'elle sente le bord du lit contre ses cuisses et le matelas ployer légèrement.

Il s'arrêta enfin, à un pas d'elle, et prit une profonde inspiration, alors qu'elle-même se sentait étouffer.

— Qui êtes-vous, Stella Storwick ?

Elle le toisa, en essayant de se grandir autant que possible ; malheureusement, sa tête ne lui arrivait qu'au menton.

Depuis son arrivée ici, elle avait été ignorée, et on lui avait manqué de respect comme jamais personne ne s'était permis de le faire.

Elle avait enduré sa nourriture, ses insultes et son dédain. Il était temps qu'il comprenne qui elle était.

A son tour, elle prit une grande inspiration.

— Je suis la fille unique de Hobbes Storwick.

— Oui, fit-il, imperturbable.

— C'est tout ce que vous avez à dire ?

Elle s'était attendue… à quelque chose de plus.

— Vous ne m'avez rien appris que je ne sache déjà.

Bien sûr… Quelques paroles inconsidérées avec Cate avaient suffi pour anéantir tous ses efforts pour dissimuler son identité !

— Et, bien que vous le sachiez, vous me traitez toujours ainsi ?

— Et comment est-ce que je vous traite, jolie Stella ? A quoi vous attendiez-vous ?

Ah ! C'était là la question de toute sa vie ! Qu'attendaient ses parents ? Quel miracle Dieu attendait-il qu'elle fasse ?

— A du respect.

— Du respect ? Je vous ai donné une chambre, de la nourriture, et quand vous avez insisté pour aller frétiller dans la Liddel comme une truite au bout de la ligne je vous ai laissée faire aussi. Je vous ai pratiquement offert le traitement que je réserve à un invité d'honneur. Que voulez-vous de plus ?

Comment pourrait-elle lui expliquer ? Elle ne le savait même pas. Chez elle, elle était spéciale. Ici, elle était…

Elle lui tourna le dos. Quand elle sentait son souffle contre sa joue, elle avait du mal à rassembler ses idées.

Derrière elle, elle l'entendit soupirer.

— Comment aurais-je été traité, si c'était moi qui avais été capturé après m'être aventuré seul trop près des terres des Storwick ?

Il posa tout à coup les mains sur ses épaules, et son souffle lui brûla l'oreille. Elle n'arrivait pas à réfléchir, mais elle ne ressentait aucune peur, c'était plutôt une sorte de… de familiarité. Quelque chose dont elle ne voulait pas.

Elle se retourna et s'éloigna de quelques pas pour se libérer de son emprise.

— Avec honneur, répondit-elle.

— Ah bon ? Et cela, de la part de la famille de l'une des créatures les plus dépourvues d'honneur qui ait jamais vu le jour des deux côtés de la frontière ? De la part d'une famille qui a violé le sanctuaire de la Journée de la Trêve ? Ne me parlez pas d'honneur, Stella Storwick !

— Mon père a renié Willie.

Ce genre de décision était inédit, certes, mais parfois elle se demandait si son père n'aurait pas dû être plus sévère encore. Après ce que cet homme avait fait…

— C'est plutôt étrange de renier et de bannir un homme et de venir ensuite mettre le feu chez nous pour venger sa mort !

— C'est pourtant bien cela, l'honneur, n'est-ce pas ? Soutenir sa famille, même quand on se trompe.

Dans son regard, elle vit qu'il réfléchissait à ce qu'elle venait de dire et hésitait.

Elle soupira. Tout cela n'avait plus d'importance. Rien n'avait plus d'importance, en fait.

— Ainsi, vous savez qui je suis, et il semble que je ne retrouverai pas ma famille de sitôt.

Elle se détourna et serra ses bras autour d'elle.

— Pourrais-je le voir ? M'emmèneriez-vous à l'endroit où il se trouve ?

— Pourquoi ?

Incapable de retenir ses larmes plus longtemps, elle lui fit face.

— Parce que…, bredouilla-t-elle, il est en train de mourir.

Chapitre 6

La douleur qu'il lut sur son visage le heurta comme un coup de poing.

C'était déjà assez épouvantable de mourir dans son lit, comme son père. Mais s'il fallait en plus mourir entre les mains de son ennemi…

Personne ne devrait laisser quiconque de sa famille livré à un tel sort.

Johnnie avait dit que Hobbes Storwick ne quittait plus son lit. Et elle le savait. A moins que ce ne soit une manœuvre… Mentait-elle ?

— Quelle est sa maladie ?

Elle garda les bras croisés, comme si elle essayait de retenir quelque chose en elle.

— Le dépérissement. Il… cela a commencé à l'époque de Noël.

Ainsi, il n'avait pas été en assez bonne santé pour se rendre à la Journée de la Trêve. Il était donc chez lui quand ils avaient attaqué, mais trop mal en point pour commander ses hommes. C'était pour cette raison qu'il avait été capturé.

Storwick était un adversaire de valeur. S'il avait été en pleine possession de ses moyens, jamais ils n'auraient triomphé aussi facilement. Mais Rob n'avait pas eu le temps de s'étendre sur l'état de santé de cet homme. Il avait supposé que le vieil homme avait été blessé durant l'attaque.

— Dites-moi où il est. Ayez au moins pitié de moi pour cela.

Oh ! il avait pitié d'elle… malgré lui.

Il était encore affecté de ne pas avoir pu faire ses adieux à son père. Ils étaient allés se coucher comme tous les soirs et, le lendemain matin, Geordie le Rouge ne s'était tout simplement pas réveillé.

Elle le scrutait, dans l'attente anxieuse de sa réponse.

— Il est au château de Carwell, dit-il en soupirant.

Elle se détourna, en se couvrant la bouche de la main. Il ne faisait pas de doute qu'elle comprenait ce que cela signifiait. Il serait pratiquement impossible de le libérer, même si sa famille faisait une tentative. Et, pour une raison qui lui échappait, ces gens ne voulaient pas que Hobbes ou Stella Storwick rentrent chez eux.

Quelques instants plus tard, elle se retourna pour lui faire face. Le menton levé, le regard fier et bien droit de nouveau, elle semblait s'être reprise.

— Vous ne voulez pas de moi ici, pas plus que je n'ai envie d'y être. S'ils ne viennent ni pour lui ni pour moi, quel mal y aurait-il à me laisser aller le voir ?

Etait-ce elle qui s'était approchée… ou lui ?

Les mains de Stella se posèrent sur son torse, et elle leva les yeux vers lui. Il lui prit le visage dans ses mains et lui releva la tête pour que la douce courbure de sa lèvre inférieure touche la sienne…

Un soleil éclatant, l'obscurité, le tonnerre… Comment définir ce qui le frappa alors ? Impossible de le formuler. C'était aussi violent que l'espèce de fièvre qui vous prenait avant le combat, mais bien plus dangereux.

Son corps souple se pressait contre le sien, ses lèvres contre les siennes, de plus en plus douces. Oh non ! Ce n'était pas un désir de conquête, mais le désir de se lier, de se rejoindre…

Leurs lèvres se séparèrent, et elle soupira.

Les bruits de l'extérieur le ramenèrent à la réalité. Il ouvrit les yeux et se dégagea de leur étreinte.

Il était faible ! Faible de se laisser manipuler par une femme qui désirait l'amener à exaucer ses souhaits. S'il lui accordait cela, elle lui demanderait autre chose. Cela pouvait même faire partie de son plan. S'il la conduisait à l'ouest, au-delà de la protection de la tour, ses hommes seraient vulnérables à une attaque.

Et voilà qu'elle restait là, immobile, yeux fermés, un léger sourire aux lèvres…

Il dut faire appel à toute sa volonté pour parler.

— Non.

Ses paupières se plissèrent légèrement avant qu'elle ne rouvre les yeux, et il la vit revenir à la réalité avec une soudaineté aussi douloureuse que la sienne. La haine flamboya dans son regard, en chassant toute la douceur qui l'avait précédée.

— Vous êtes un homme cruel, Rob le Noir Brunson.

— Je suis chef de clan. Vous devriez comprendre ce que cela signifie.

Il se détourna pour aller vers la porte, espérant ainsi se libérer de l'attrait irrésistible de ses yeux verts.

— Que va-t-il m'arriver maintenant ?

Il aurait bien voulu pouvoir lui répondre, mais il ferma son esprit à cette question, car il n'en avait pas la moindre idée. Quel genre de famille était-ce donc, qui ne venait pas à la rescousse des siens ? Il ne savait plus que penser de ces Storwick.

Mais il était certain d'une chose : il ne voulait pas qu'elle s'en aille.

*
* *

Jusque-là, il s'était montré bien trop indulgent avec cette femme. Cela ne pouvait pas continuer ainsi, décida Rob le lendemain. A présent qu'elle savait qu'il n'y aurait pas de rançon, elle pourrait tenter de s'échapper. Aussi ordonna-t-il aux gardes de la laisser circuler librement dans l'enceinte avec Wat, mais de lui interdire de sortir de la cour, même pour aller voir s'il y avait du poisson au barrage.

Il partit donc à la rivière avec Johnnie pour inspecter le piège nouvellement construit : il était aussi vide que les jours précédents.

Son frère examina le dispositif et haussa un sourcil perplexe.

— Allez, dis ce que tu penses, lâcha Rob avec un soupir. Tu n'as pour ainsi dire pas desserré les dents de toute la matinée.

— C'est illégal de construire ces pièges sans l'autorisation du roi, expliqua Johnnie.

Rob partit d'un rire amer.

— Alors, que le roi l'ajoute à la liste de mes péchés ! Il ne pourra de toute façon me pendre qu'une fois !

Il avait dit à Stella qu'il détruirait le barrage des Storwick. C'était le moment ou jamais.

— Viens, j'ai un plan. La prochaine fois que nous vérifierons ce piège, il sera rempli de poissons.

Rob emmena Johnnie et prit trois hommes avec eux. Cate avait insisté pour se joindre au petit groupe en clamant qu'elle était incapable de respirer le même air qu'une Storwick.

— Depuis quand t'es-tu mis à aimer le saumon ? demanda Johnnie à Rob après qu'ils eurent descendu le cours de la Liddel vers l'ouest.

Après Kershopefoote, le cours d'eau qui marquait à cet endroit la frontière entre l'Ecosse et l'Angleterre longeait les terres des Storwick.

Ce devait être là qu'ils avaient construit leur barrage à saumons.

— Je l'ai toujours assez aimé, répondit-il, préférant ignorer le fait qu'il conduisait un raid simplement parce que sa prisonnière aimait le poisson. Les repas ne sont plus ce qu'ils étaient, depuis que Bessie est partie.

Il fut soulagé de voir Johnnie hocher la tête en silence ; il n'y avait rien à redire à cela.

C'était le devoir du chef de clan de nourrir ses gens.

Le devoir. La responsabilité. Combattre… Voilà tout ce qu'il savait, tout ce qu'il connaissait. Si jamais la paix s'établissait, que pourrait-il offrir aux siens ? Son père lui avait appris les collines, les sentiers, les chevaux, les moutons, les épées, les lances, comment tirer à l'arc. Il avait fait de lui un homme plus à l'aise sur un cheval qu'au coin du feu, et plus à l'aise au combat qu'avec une femme.

Naguère, quand il était plus jeune et que son sang s'échauffait, il avait été tenté par une femme. Par plusieurs, à vrai dire. Et à l'époque il ne savait rien. Il répandait sa semence dans la paille des granges, il embrassait des jeunes filles qui le lui rendaient bien. Il n'avait jamais pensé à se demander pourquoi, jusqu'à ce que son père le surprenne un jour et le rappelle à ses responsabilités avec une ceinture en cuir.

« Tu n'as pas plus de bon sens qu'un mouton ! », avait-il crié.

Il était resté bien droit, ignorant la douleur, prêt à endurer sa punition, si seulement il avait pu comprendre à quoi il la devait.

« Il y a des quantités de bâtards, partout dans la région de la frontière », avait-il répondu.

Beaucoup d'hommes et de femmes se retrouvaient dans la discrétion des collines, selon leur bon plaisir, et les Anglais en avaient pris bonne note.

« Oh oui ! Et ces filles que tu fréquentes aimeraient qu'il y en ait encore plus. Crois-tu qu'elles vont avec toi uniquement pour tes beaux yeux ? Elles veulent pouvoir dire ensuite qu'elles portent l'enfant du fils du chef de clan. »

Il avait alors compris. Il ne comptait pas pour lui-même mais pour ce qu'il était, le fils du chef de clan. Il n'avait que cela à offrir.

Et s'il n'était pas cet homme, il n'était rien.

Aussi devint-il méfiant à l'égard des femmes, même si bon nombre d'entre elles lui souriaient et lui faisaient les yeux doux. Mais était-ce à lui ou au chef de clan ?

S'il l'ignorait la plupart du temps, il connaissait au moins la réponse en ce qui concernait Stella Storwick. Elle se souciait comme d'une guigne de Rob Brunson. C'était le chef de clan des Brunson qu'elle haïssait ; s'il pouvait accepter les sourires, il devait tout autant accepter l'hostilité. Cela aussi faisait partie de son devoir.

Ses pensées et ses interrogations le hantèrent pendant presque dix miles alors qu'ils longeaient le cours de la rivière. A certains endroits, ils pouvaient chevaucher au bord de l'eau. A d'autres, la rive devenait étroite et irrégulière. Ils s'en éloignaient donc et continuaient à suivre le cours d'eau qu'ils voyaient entre les arbres, dont les branches commençaient à se couvrir des feuilles vert tendre du printemps.

Au début de l'après-midi, il leva la main pour faire stopper les chevaux et tendit l'oreille. Un cheval tapa du sabot sur le sol humide et souffla. Un vent léger agitait les feuilles, et quelque chose dans le bruit de l'eau courante avait changé.

Il fit signe à sa petite troupe de mettre pied à terre, et ils s'approchèrent discrètement de la rivière, à l'affût de toute autre présence que celle des oiseaux et des écureuils.

A l'abri du rideau d'arbres, ils observèrent le cours d'eau.

La rivière formait un coude très serré à cet endroit et se rétrécissait de manière significative. Et là, partant du côté anglais, se déployait un dispositif très semblable à celui qu'il avait construit.

Cependant, des écailles de poissons scintillaient dans celui-ci, brillant sous l'eau tels des rayons de soleil.

A cette vue, son visage s'éclaira d'un large sourire.

Quand Rob pénétra dans la cour, Stella fut la première personne sur qui il posa les yeux. Wat et elle étaient assis sur un banc dans la dernière flaque de soleil, et elle avait l'air d'essayer de lui apprendre à compter sur ses doigts.

Quelle perte de temps !

Il descendit de son cheval et se dirigea vers elle.

— Voilà du poisson pour vous, annonça-t-il en jetant sur ses genoux un sac rempli jusqu'en haut de poissons dont certains frétillaient encore. Puissiez-vous vous étouffer avec !

Wat éclata de rire et se baissa pour ramasser ceux qui étaient tombés dans la poussière.

A cause du sac qu'elle avait sur les genoux, elle ne put se lever, mais elle le foudroya du regard, et il s'attendit à ce qu'elle saisisse un poisson pour le lui lancer à la tête.

— Apporte le sac à Beggy, Wat, dit-elle.

Elle aida l'enfant à remettre dedans les poissons qui en étaient tombés et lui montra comment bien tenir le haut du sac pour qu'il reste fermé.

— Peux-tu le porter ?

Il hocha la tête, tout fier, et se mit à le traîner par terre pour l'apporter dans la cuisine.

— Ainsi nous allons donc manger du poisson des Storwick, ce soir ? demanda-t-elle avec un sourire ironique en se levant.

— Il n'y avait pas de nom écrit dessus.

Dans un certain sens, il s'était attendu à ce qu'elle soit satisfaite. Au lieu de cela, il retrouvait la femme en colère qu'il avait laissée au fort un peu plus tôt.

— Nous aurons bientôt des poissons dans notre propre piège. Dignes d'un Brunson.

— Et qu'est-ce qui rend un Brunson si digne d'admiration ?

Il n'avait jamais eu à répondre à ce genre de question. La réponse allait de soi.

— Le fait d'être un Brunson. Et c'est ce que je suis, rétorqua-t-il.

Il savait ce que cela signifiait. Il était fort et constant comme le Premier des Brunson dont l'histoire était racontée dans la ballade. L'homme qui avait été laissé pour mort par ses ennemis, abandonné de ses amis, celui qui était loyal envers sa terre et ses gens par-dessus tout. C'est ce qu'était Rob le Noir Brunson, et ce que n'importe lequel des Brunson devait être.

Elle pencha la tête, comme si elle ignorait tout ce qu'impliquait ce nom.

— Et moi, je suis Stella Storwick, répliqua-t-elle.

Pas seulement « Storwick », mais Storwick avec un prénom. Eh bien, s'il avait eu le malheur d'être un Storwick, il se distinguerait d'eux aussi, c'était évident.

— Et qui sont les Storwick, à part une bande d'assassins sauvages ?

— Et que sont les Brunson, si ce n'est la même chose ?

— Les Brunson sont ici depuis plus longtemps que les rois. Nous descendons d'un Viking.

— Oui, j'ai entendu parler de votre précieux Viking aux yeux marron, dit-elle en levant les yeux au ciel.

Décidément, rien de ce qu'il disait ne semblait pouvoir impressionner cette femme.

— Il était plus que cela. Lui et ses hommes sont venus par la mer, de très loin.

— Sans femmes ?

Il haussa les épaules. Que dire des femmes ? Il ne s'était jamais senti à l'aise avec elles.

— C'étaient des guerriers. Ils se sont battus pour arriver jusque dans cette vallée, avant d'être trahis par l'un des leurs puis massacrés, presque jusqu'au dernier. Notre ancêtre a été laissé pour mort.

Ses soi-disant compagnons d'armes, des moins-que-rien en fait, l'avaient abandonné !

Mais la famille ne ferait jamais une chose pareille. En aucun cas elle n'abandonnerait l'un des siens.

— Et il ne l'était pas ?

— Non. Il était trop têtu pour mourir. Quand il revint à lui et réussit à retrouver assez de forces pour marcher, il partit à la recherche de ses hommes.

Elle haussa les sourcils, prouvant ainsi qu'elle doutait de son récit.

— A moitié mort, seul, sans armes, il se lève tel Lazare et s'en va ?

— Oui. Exactement.

Il n'avait jamais remis en cause la véracité de cette histoire, qui se transmettait de génération en génération.

— Et il fit le vœu de ne plus jamais quitter cette vallée. C'est la volonté qui fait un Brunson.

Et lui, il portait cette volonté, cette force dans son sang.

— Les Storwick peuvent-ils faire mieux ? conclut-il.

Quelque chose traversa le regard de Stella, qui lui rappela l'éclat des écailles de poissons qu'il avait vu sous l'eau de la rivière.

Chapitre 7

Non, se dit-elle. *Mais moi, je le peux.*

Cependant, elle voulait échapper à sa propre histoire. Et ici elle le pouvait.

— Eh bien ? redemanda-t-il. Les Storwick n'ont-ils pas d'histoires ?

— Bien sûr que si, nous en avons.

Toute famille a ses propres légendes, songea-t-elle.

— De quel genre ?

Sa question la prit au dépourvu. Quand elle était enfant, sa mère lui racontait des histoires de héros et d'héroïnes, à la manière dont elle lui aurait tendu un plat de gâteaux, en attendant qu'elle en choisisse une. Comme si elle avait pu découvrir dans ces contes la raison pour laquelle elle avait été sauvée…

Il y avait des histoires d'hommes qui partaient pour de longues quêtes ou se postaient en embuscade pour surprendre les intrus et sauver les terres des Storwick. Toutefois, son histoire préférée n'était pas de celles-là.

Celle qu'elle aimait le mieux était celle de la Storwick Disparue.

A la différence des autres, sa mère ne l'avait pas apprise des moines.

— C'est l'histoire d'une femme du clan Storwick, il y a très longtemps.

— Une femme ?

Qu'il aille au diable, avec son air choqué !

— Oui, une femme, répéta-t-elle avant de faire une pause pour le laisser digérer sa surprise.

Après un instant, il hocha la tête, et elle poursuivit :

— Il y a longtemps, peut-être à l'époque où vos Vikings sont venus dans cette vallée, cette femme avait été répudiée par son mari, parce qu'il croyait qu'elle pratiquait la magie et qu'elle avait causé la maladie puis la mort du fils qu'il avait eu avec sa première femme.

— Ne craignait-il pas qu'elle pratique sa magie contre lui pour se venger ?

Elle fronça les sourcils, agacée d'avoir été interrompue. L'histoire devait être racontée d'une façon bien précise.

— Il n'y a jamais eu aucune preuve contre elle, ni aucune accusation d'avoir rendu quiconque malade.

Certains pensaient que le mari avait inventé cette histoire de magie parce qu'il s'était lassé de son épouse, mais elle s'abstint de le dire, car Rob Brunson avait déjà une suffisamment piètre opinion de sa famille sans qu'elle ait besoin d'y ajouter cela.

— Un jour le fils de cet homme était tombé malade, il était mort, et il cherchait quelqu'un à blâmer pour cela.

— Et la famille l'a permis ? Ou alors cette femme avait-elle commis un péché ?

Elle plaqua les mains sur ses hanches.

— Vous ai-je interrompu pendant votre récit ? Vous couperais-je la parole si vous chantiez la Ballade des Brunson ?

Elle vit les muscles de ses joues se crisper, comme s'il serrait les dents pour se forcer à se taire.

— Donc cette femme se retira dans une hutte en bordure du hameau et barricada la porte. Sa famille lui apportait à manger tous les jours et laissait les plats dehors, où elle pouvait les prendre depuis la fenêtre.

Mais, à de nombreuses reprises, quand ils apportaient des plats frais, ils constataient qu'elle n'avait pas touché à ceux de la veille.

Il avait toujours l'air courroucé, mais elle crut discerner chez lui une touche de tristesse.

— Finalement, lorsque les gens de la famille eurent vu leurs offrandes laissées intactes pendant une semaine, ils voulurent enfoncer la porte pour entrer. Elle avait dû la bloquer de l'intérieur avec des pierres car, en dépit de leurs efforts, la porte bougea à peine. Ensuite, ils essayèrent d'ouvrir les volets de la fenêtre, mais sans plus de succès. Et ils n'entendaient pas le moindre bruit à l'intérieur…

Rob le Noir se pencha vers elle. Il avait l'air de retenir son souffle.

— Et alors ?

— Quand ils réussirent enfin à entrer, la hutte était vide, dit-elle en réprimant un sourire.

— Vide ? Où était-elle ?

— Personne ne l'a jamais vraiment su. Certains ont assuré que Dieu l'avait ravie et fait monter directement au ciel. D'autres qu'elle s'était enfuie et s'était bâti une nouvelle demeure de l'autre côté des collines, là où personne ne connaissait son identité. Mais ils n'ont jamais retrouvé de corps, ni dans la hutte ni dans les collines. Ni aucune trace d'elle nulle part. Et certains assurent que son fantôme les hante toujours, en quête de sa maison.

Stella aimait cette histoire parce qu'elle comprenait cette femme. Certes, elle n'était pas répudiée elle-même, mais elle était d'une certaine façon reléguée, à part. On la regardait. Quand on la tenait, c'était à bout de bras. Comme si tout le monde attendait qu'elle fasse… quelque chose.

Finalement, comme la Storwick Disparue, elle avait envie de disparaître pour échapper au fardeau qui lui était échu. Dieu allait-il aussi la ravir de terre, un jour ? Si tel était le cas, elle était prête.

Quelque chose de nostalgique dans son visage le toucha, et il s'efforça de lutter contre ce sentiment. Il se moquait bien des légendes et traditions des Storwick. Il voulait seulement savoir qui ils étaient aujourd'hui, et dans quelle mesure ils pourraient représenter une menace pour son clan.

— Qui est votre chef, maintenant ?

Ses yeux reprirent leur éclat habituel, et elle le regarda de nouveau bien en face. On aurait cru qu'elle revenait d'une longue errance dans les collines, comme la Storwick Disparue.

— Qui ? répéta-t-elle.

— Oui, qui ?

Il n'aurait pas dû le lui demander d'une façon aussi directe. Elle était sans doute assez avisée pour comprendre la grande valeur d'une telle information. Et, s'il insistait, elle le comprendrait encore plus vite, si ce n'était pas déjà fait.

— Mes cousins.

Elle avait lâché ces deux mots après un moment de silence. La première indication sur qui dirigeait dorénavant les Storwick, et la raison pour laquelle ils avaient été si calmes.

Des cousins… Donc, pas de chef unique, ni de successeur nommé ou naturel. Cela signifiait des querelles et expliquait en grande partie ce qu'il avait vu — ou plutôt n'avait pas vu, d'ailleurs — depuis qu'ils avaient capturé Hobbes Storwick.

Il ne sut trop pourquoi, mais cela le mit en colère.

— Et, cependant, ils ne demandent pas votre retour.

Il détenait la fille du chef de leur clan, et ils ne faisaient rien de plus que simplement prier ses ravisseurs de la traiter avec douceur !

— Ce ne sont donc pas des hommes ? persifla-t-il.

— Bien sûr que ce sont des hommes. Nous avons peut-être des légendes dont les personnages principaux sont des femmes, mais elles ne dirigent pas notre famille, pas plus que les vôtres.

Ce n'était pas ce qu'il avait voulu dire, évidemment. Mais il estimait que les Storwick ne se comportaient pas comme ils l'auraient dû. Pas comme le genre d'homme que son père lui avait appris à devenir.

Wat revint de la cuisine, mettant un terme à leur conversation. En se dirigeant vers la tour, il songea qu'elle se trompait. Les femmes Brunson, en fin de compte, avaient bien plus de pouvoir qu'il n'y paraissait. Bien plus en tout cas que d'autres qu'il avait pu côtoyer.

Le mariage… cette idée lui vint tout à coup. Pourtant, il n'était pas très doué avec les femmes, et d'ailleurs elles ne semblaient pas très à l'aise avec lui elles non plus.

Son père avait eu raison, durant toutes ces années. Il était le chef de clan, c'était tout ce qu'il était. Et personne ne l'aimerait jamais pour lui-même.

L'édit royal arriva la semaine suivante. Le roi Jacques viendrait en personne à la frontière au mois de juin pour faire justice et punir les coupables.

Rob prit le parchemin et le parcourut lentement, bien que Johnnie lui en ait fait la lecture. Lorsqu'il l'eut reposé, ils se regardèrent tous deux un long moment en silence.

Il avait toujours su que ce jour viendrait. Il s'était attendu à recevoir ce genre de message après chacune des actions qu'il avait entreprises. Cependant, il ne regrettait rien. En aucun cas il n'aurait agi autrement.

— Il n'aura que l'embarras du choix sur sa liste de griefs quand il viendra rendre justice en ce qui concerne les Brunson, dit-il avec une certaine fierté dans la voix.

— Oui, fit Johnnie en essayant de sourire. Aucun doute, le héraut aura tout intérêt à prendre une bonne inspiration avant de souffler dans sa corne.

Trois fois pour déclarer un homme rebelle, traître et hors la loi vis-à-vis d'Edimbourg. Oh oui, la corne retentirait longtemps, et très fort !

Le roi les accusait l'un et l'autre, pour des raisons différentes. Tout d'abord, il avait renvoyé Johnnie sur ses terres pour qu'il rassemble les hommes des Brunson et les amène se battre au côté du roi. Johnnie n'avait pas rempli sa mission.

Ensuite, Rob avait refusé de prêter le grand serment solennel contre les ennemis du roi. Et, quand ce maudit Anglais de Storwick avait disparu, eh bien Jacques en avait tenu les Brunson pour responsables.

Et, pire que tout, Carwell, le Gardien écossais, avait failli à son devoir et refusé de livrer les Brunson. Par-dessus le marché, au lieu de respecter la Journée de la Trêve pourtant garantie par traité, il était allé conduire ce jour-là un raid avec eux de l'autre côté de la frontière pour enlever Hobbes Storwick. Il avait doublement défié le roi, et tout cela par amour pour Bessie Brunson.

Johnnie considéra de nouveau l'édit, et son sourire disparut.

— Il viendra dans notre vallée et il amènera une armée avec lui. Ensuite, il découvrira que nous détenons la fille de Hobbes Storwick…

Rob secoua la tête. Il n'avait pas besoin d'entendre la suite. A la fin, les Brunson se balanceraient au bout d'une corde, pendus aux arbres surplombant une vallée qui serait réduite en cendres. Le fait qu'ils détiennent ou non la Storwick n'y changerait pas grand-chose, cela ne faisait aucun doute dans son esprit.

Les deux frères restèrent côte à côte, perdus dans leurs pensées.

— Il pourrait ne pas nous exécuter, dit enfin Johnnie. Peut-être se contenterait-il de t'emprisonner pour garantir notre bon comportement à tous.

— Il a essayé cela avec Bessie, répondit Rob. Et vu le résultat… il a dû comprendre maintenant que cela ne servirait à rien.

— Il viendra aussi pour Carwell.

Carwell, l'homme du roi, dont la tâche avait consisté à lui ramener un otage, et qui était tombé amoureux de cet otage, Bessie Brunson.

— Rob, il faut que tu lui pardonnes. Que tu leur pardonnes à tous les deux. Le roi pense…

— Le roi pourrait considérer que Carwell est un Brunson…

Et ce d'autant plus qu'il avait ordonné au Gardien de les arrêter et de les lui amener, Johnnie et lui, ce que Carwell avait refusé de faire.

Il avait bien fait, admit Rob à son corps défendant.

— Pas moi, rétorqua-t-il cependant.

— Nous pourrions disparaître, partir dans les collines, et le roi ne nous retrouvera jamais. Il se fatiguera et finira bien par rentrer chez lui…

— Je ne m'enfuirai pas. Devant personne.

— Eh bien alors, fit Johnnie, je crois que cela signifie que le roi Jacques en sera quitte pour une bataille.

— C'est toi qui as dit que nous devrions nous réconcilier avec le roi, lui rappela Rob.

— Au lieu de cela, je me réconcilie avec toi, répliqua Johnnie avec un sourire fugace avant de poser la main sur l'épaule de Rob. Nous avons encore un peu de temps. Peut-être y aura-t-il une autre solution.

Johnnie à ses côtés, la famille, un réconfort…

Je voudrais voir mon père, songea-t-il, surpris.

Oh oui ! Pour Stella Storwick aussi, la famille comptait. Devait-il donc l'emmener au chevet de son père ? En tout cas, s'il voulait le faire, il faudrait que ce soit avant l'arrivée du roi. Et le remercierait-elle seulement s'il acceptait ? Non, elle considérerait cela comme son dû, ni plus ni moins.

Elle était différente de ce à quoi il s'était attendu. Et encore plus de Bessie, qui avait toujours travaillé en silence et en retrait.

Il regarda Johnnie, avec l'envie de lui demander ce que cela faisait d'avoir une femme. Bien sûr, il avait remarqué la façon dont son frère dévorait Cate des yeux et la manière dont il l'avait protégée. Mais, bien évidemment, n'importe quel homme ferait cela pour sa famille.

Quoi qu'il en soit, il y avait là quelque chose de plus. C'était différent.

Et Carwell avait fait la même chose pour Bessie, il devait bien le reconnaître. Il l'avait protégée, conscient qu'il mettait sa propre position en danger.

S'il avait une femme solide à ses côtés, tout serait sans doute plus facile. Il soupira. Finalement, c'était peut-être aussi bien comme cela. Un chef de clan devait penser à tout son clan, pas seulement à sa femme.

Et il devait encore moins penser à une femme d'origine Storwick.

*
* *

Cependant, un peu plus tard, Rob se retrouva devant la porte de la chambre de Stella, adossé au mur de pierre contre lequel, agacé, il donna un coup poing. Il ne savait que faire de cette femme, pas plus que des sentiments et des doutes qu'elle avait fait naître en lui.

Il baissa soudain la tête et découvrit Wat, qui se tenait non loin de lui et le couvait des yeux avec admiration. Ah ! ce gamin, avec son air de chérubin, qui le regardait comme s'il attendait… Que pouvait-il bien attendre de lui ?

Ils se dévisagèrent un moment en silence, puis Wat avança jusqu'à la porte de Stella et frappa.

Elle ouvrit, les yeux déjà baissés comme si elle avait su qui serait là, d'après la hauteur à laquelle on avait frappé.

— Bonsoir, Stella. Tu as le temps de jouer ?

Ah ! C'était là le monstre qu'il avait libéré, quand il lui avait dit qu'elle pouvait s'occuper du garçon.

Elle se pencha pour se mettre à son niveau, sans accorder la moindre attention à Rob.

— Et que voudrais-tu faire aujourd'hui, Wat ?

— Le poisson ! glousa-t-il.

— Si le maître nous laisse quitter l'enceinte, dit-elle en jetant un coup d'œil à Rob.

— Vous n'avez donc pas eu votre content de poisson la semaine dernière ?

Il n'ignorait pas que tout le poisson volé aux Storwick avait été mangé depuis longtemps.

Ses satanés yeux verts l'accusaient, alors que ses lèvres souriaient. Cette rouée savait parfaitement ce qu'elle était en train de faire ! S'il refusait maintenant devant le garçon, celui-ci penserait qu'il était cruel.

Dieu du ciel… Après tout, pourquoi ne la laisserait-il pas se sauver jusqu'à la frontière, si c'était là ce qu'elle avait à l'esprit ? Ainsi, il serait débarrassé d'elle. Il haussa les épaules.

— Allez-y, dit-il en s'éloignant.

Arrivé aux premières marches de l'escalier, il se retourna et vit Stella et Wat dans les bras l'un de l'autre.

— J'espère manger du poisson ce soir ! conclut-il.

Il soupira une fois de plus. Leur affection évidente ne faisait que renforcer son sentiment de solitude.

Rob fut à la fois soulagé et chagriné de voir du poisson dans son écuelle ce soir-là.

Stella ne dit pas un mot à ce sujet, mais elle semblait sourire à chaque bouchée. Et elle attendait, de toute évidence. Bon sang ! Elle attendait qu'il admette qu'elle avait réussi, que la princesse spéciale et son simplet étaient parvenus à mettre du poisson Brunson sur la table.

Il fit exprès de ne rien dire non plus avant d'avoir mangé toute sa part et bien rempli son estomac. A présent, il ne lui restait plus qu'à ravaler son orgueil. Rob le Noir Brunson était fier et têtu, soit, mais cette femme méritait qu'on la complimente.

Tout content, Wat avait passé tout son temps pendant le repas à trottiner autour de la table et à tirer sur les pans de chemise des hommes pour qu'ils prennent l'air aimable. Et la plupart d'entre eux avaient fini par se mettre à sourire, même ceux qui auparavant ne lui avaient jamais accordé un regard et méprisaient le petit simple d'esprit qu'il était. Ceux comme Rob…

Il se surprit à sourire de voir le gamin si heureux.

Comme il repoussait son assiette, Stella leva les sourcils, dans l'attente de sa réaction.

— Ce poisson remplit bien l'estomac.

— J'ai aidé Beggy. Je l'ai cuisiné, tout comme je l'ai pêché.

— C'était très bon, ajouta-t-il avec réticence.

Pour la première fois, il la vit décontenancée.

— Merci. Je n'étais pas vraiment sûre d'y arriver.

Il aurait préféré qu'elle ne dise rien car, d'une certaine façon, ce genre de commentaire la rendait humaine. Et il n'avait pas envie de penser à elle de cette manière. C'était bien plus simple de la considérer uniquement comme une Storwick. Ou comme un dragon…

— Le piège regorgeait de poissons.

— Donc, nous mangerons bien.

— Aussi longtemps que…

— Que les Storwick ne reconstruiront pas le leur ?

Elle secoua la tête, l'air désabusé.

— Mes cousins ne sont même pas d'accord sur l'heure du lever du soleil.

Consciente d'en avoir trop dit, elle se mordit aussitôt la lèvre.

— Euh… comment cela ?

Il avait bien compris que cela signifiait des querelles, et bien plus qu'il ne l'aurait imaginé.

— Oh ! ne faites pas attention…, bredouilla-t-elle.

Hélas ! il n'était pas du genre subtil. S'il voulait savoir quelque chose, il posait clairement la question.

Qui dirige le clan, maintenant ? Quel genre d'hommes sont-ils ? Pourquoi n'ont-ils engagé aucune action ?

Voilà ce qu'il aurait aimé lui demander mais, s'il tentait une approche directe, il n'obtiendrait aucune réponse. Parfois, dans un raid, mieux valait prendre un chemin détourné et arriver par une voie inattendue, songea-t-il.

La veuve Gregor vint alors chercher Wat pour le coucher, et Beggy commença à débarrasser la table.

Rob se leva.

— Voudriez-vous faire un tour avec moi ?

Stella hésita.

— Je devrais aider Beggy…

Faisant signe d'approcher à une jeune fille qui se tenait près de la porte, il lui ordonna de prêter main-forte à Beggy.

— Elle a toute l'aide qu'il faut. Je…

Il ne pouvait se résoudre à s'avouer qu'il modifiait le fonctionnement de la maisonnée à cause d'elle ! D'ailleurs, ce n'était pas exact. Enfin pas tout à fait.

— Venez, insista-t-il.

Les jours commençaient à être plus longs, et ils montèrent jusqu'en haut de la tour. Arrivé là, il balaya sa vallée du regard avec la satisfaction qu'il éprouvait chaque fois. Le soleil avait disparu depuis peu à l'horizon, laissant les nuages teintés de rose.

Rob plissa les yeux en scrutant dans le lointain la crête des collines qui allait bientôt se fondre dans la nuit.

Le danger pouvait toujours rôder du côté de la frontière, mais ce soir, avec une femme auprès de lui, il pouvait presque croire qu'il menait une existence paisible. Une vie avec une compagne qui l'aimait lui, pour ce qu'il était, et pas seulement en tant que chef de clan.

Et peut-être même qu'un fils…

Elle se pencha sur le parapet et regarda vers le sud. Etait-ce dans la direction de sa maison ? Sans doute se demandait-elle pourquoi ils ne venaient pas la chercher…

— J'ai entendu dire, déclara-t-elle avec un ton qui lui fit comprendre qu'elle abordait un nouveau sujet, que vous chantiez volontiers.

— Oui, répondit-il en haussant les épaules.

— Et que vous êtes le seul qui connaissiez tous les couplets de *La Ballade des Brunson.*

— Bessie les connaît aussi.

Mais Bessie ne vivait plus ici… Qui la chanterait, quand il ne serait plus ? Qui y avait-il ici à qui il pourrait l'apprendre, comme son père la lui avait apprise ?

— C'est une belle histoire qu'elle retrace. Je peux

comprendre pourquoi vous l'aimez tant, dit-elle en levant les yeux vers lui.

Alors qu'il s'apprêtait à lui répondre qu'en effet la ballade retraçait maints exploits des valeureux Brunson à travers le temps, il se sentit soudain aspiré par son regard aussi vert que l'herbe au cœur de l'été. Les pommettes qui jusque-là lui avaient toujours semblé trop saillantes sculptaient en réalité son visage à la perfection.

Il se détourna, mais elle était là, assez proche pour qu'il puisse passer son bras autour de ses épaules sans se déplacer. Ils se tenaient trop près l'un de l'autre, à vrai dire, et la tentation était grande. Ah ! cela faisait si longtemps qu'il n'avait plus embrassé une femme…

Il scruta le ciel et y vit scintiller la première étoile. Il se concentra sur son observation, dans l'attente des suivantes qui ne tarderaient pas à apparaître. Il espérait ainsi ne pas penser à elle, mais il n'y parvenait pas…

Alors, il arrêta de réfléchir et lui prit les lèvres.

Cela lui avait soudain paru la seule chose à faire et, dès lors, il n'y eut plus ni Brunson ni Storwick. Rien qu'un homme et une femme.

A sa grande surprise, les lèvres de Stella ne se dérobèrent pas. Au contraire, elles le cajolaient, s'aventuraient. Il se demanda confusément combien d'hommes elle avait déjà embrassés et eut très envie qu'elle se souvienne de lui.

Il n'était pas cruel mais rude, accoutumé à l'action et au combat — frapper d'abord, discuter ensuite. Or, ici, c'était tout différent. Les lèvres de cette femme lui donnaient envie de prendre son temps.

Leurs bouches s'ouvrirent, et leurs langues se rencontrèrent. Il oublia qui ils étaient et n'essaya pas de se le rappeler.

*
* *

Stella le laissa l'enlacer et s'abandonna dans la chaleur de ses bras pour tout oublier. Ils n'étaient plus une Storwick et un Brunson, pas même deux êtres que tout séparait…

Malgré elle, quelque chose, elle n'aurait su dire quoi, la ramena à réalité. C'était son ennemi mortel qui l'embrassait, qu'elle embrassait !

Elle dut se raidir, car il la lâcha tout à coup, et elle faillit perdre l'équilibre.

Effarée, elle se toucha les lèvres du bout des doigts et plongea son regard dans le sien.

Les battements de son cœur pulsaient dans ses oreilles, et la chaleur qui avait commencé par gagner ses lèvres descendit progressivement en vibrant, pour palpiter tel un feu ardent au plus profond d'elle-même.

Puis il y eut des bruits de pas dans l'escalier.

Il la fit vivement passer derrière lui comme si, en la dissimulant, il faisait du même coup disparaître ce qu'ils venaient de vivre.

L'un des hommes qui gardaient la tour était venu inspecter les lieux. En voyant son chef, il le salua d'un signe de tête et fit demi-tour.

Elle ne chercha pas à voir de qui il s'agissait ni à savoir s'il l'avait vue.

Le bruit de ses pas décrut. Lorsqu'ils n'entendirent plus rien. Rob s'écarta de devant elle, et ils quittèrent le bord du parapet, encore essoufflés comme s'ils venaient de courir très longtemps.

Elle eut l'impression que quelque chose d'invisible la liait à lui. Ils ne se touchaient pas, ne se regardaient même pas, et pourtant ils se déplaçaient à l'unisson.

Quand ils arrivèrent à l'escalier, il la saisit pas le bras et l'entraîna dans la tour sans mot dire.

Il ouvrit la porte de sa chambre à la volée, l'y fit entrer d'une poussée et la lâcha brutalement comme si, en agissant de la sorte et en mettant de la distance entre eux, il pouvait rompre ce lien qui était inexplicablement né entre eux et que, de toute évidence, il ressentait aussi.

Il respirait trop fort et semblait furieux.

— Ce n'est pas ainsi que vous me déciderez à vous conduire à votre père. Alors ne recommencez pas ! s'exclama-t-il avant de lui tourner le dos et de s'en aller en claquant violemment la porte.

Stella traversa la chambre en vacillant et s'affala sur le lit. Puis elle serra les poings aussi fort qu'elle le put et, folle de rage, donna de grands coups dans le matelas. Etait-ce contre lui, ou contre elle-même, elle n'aurait su le dire.

Si seulement il pouvait avoir eu raison ! Si seulement elle l'avait embrassé par calcul, avec l'espoir de lui faire tourner la tête, pour qu'il cède et l'emmène voir son père, pour qu'elle puisse rentrer chez elle, ou aller n'importe où ailleurs ! Mais non, elle n'avait pensé à rien de tout cela ! Elle n'avait pensé qu'à lui.

Lui, lui, lui !

Chaque mot s'enfonçait dans le matelas au rythme de son poing.

Quand l'avait-on embrassée pour la dernière fois ? Elle ne s'en souvenait pas. Une fois, peut-être, ou deux… Mais toujours avec respect, comme si elle était une sorte de trésor qui risquait de se briser en mille éclats. Jamais comme cela, de cette manière qui avait libéré en elle un animal sauvage dont elle ignorait la présence.

Oh ! les femmes aimaient cela, elle le savait fort bien ! Quoi qu'il en soit, elle n'avait jamais connu cette sorte de… de faim dévorante, qui lui avait donné à la fois envie de dévorer et d'être dévorée.

C'était mal. Tout l'était, d'ailleurs. A commencer par

le fait qu'elle ait touché un tel homme, un ennemi, de cette façon.

Pas de doute, c'était lui le calculateur. Il avait simplement dû chercher à la troubler. Cependant…

Le lendemain, Rob parla encore moins que d'habitude. Il avait les lèvres engourdies, comme s'il avait bu trop de bière, et chaque fois qu'il ouvrait la bouche il avait peur de hurler malgré lui qu'il l'avait embrassée.

Il se jura que cela ne se reproduirait pas. Elle l'avait entraîné, lui avait fait perdre tout sens commun. Et elle ne l'avait pu que parce qu'il avait passé trop de temps avec elle, qu'il lui avait consacré plus d'heures qu'à quiconque, sa famille exceptée.

Il était grand temps pour lui de penser à l'avenir. Un chef de clan se devait de se marier. Il lui fallait quelqu'un pour diriger la maisonnée et pour porter ses enfants.

Ainsi que quelqu'un qui ne redouterait pas de s'asseoir à son côté aux repas.

Un chef de clan avait besoin d'une épouse qui lui conviendrait, qui saurait tenir son rôle et qui l'empêcherait de penser à Stella Storwick. Si c'était possible.

Chapitre 8

Rob partit à cheval avec Johnnie le jour suivant, en espérant trouver le bon moment pour aborder le sujet de son mariage. Il fallait qu'il parle à quelqu'un. Comment devait-on s'y prendre pour trouver une épouse ? Son frère était le seul avec qui il pouvait en discuter.

— Les troupeaux vont bientôt rejoindre les collines.

Tout en parlant, Johnnie scrutait les environs, aussi loin que portait la vue, à la recherche d'éventuels cavaliers hostiles, comme le faisaient tous les membres du clan.

— Peut-être vaudrait-il mieux, cette année, que les hommes les déplacent vers de nouveaux pâturages.

C'était là du Johnnie tout craché, à toujours essayer de changer les choses, songea Rob. L'homme, le mouton, le chien et la terre étaient indéfectiblement liés.

— Le berger et son troupeau savent où aller, dit-il. Les changer d'endroit perturberait le pacage.

Johnnie soupira et n'insista pas.

A midi, ils s'arrêtèrent dans les collines pour manger le pain et le fromage qu'ils avaient emportés.

— J'ai réfléchi…, lâcha Rob.

Comme Johnnie ne réagissait pas, Rob attendit qu'il le questionne.

— Réfléchi à quoi ? demanda enfin Johnnie.

— Au fait qu'il est temps pour moi de me marier.

Johnnie avait passé une dizaine d'années à la cour, où

il était de règle de dissimuler la plupart de ses émotions. Sans doute cette habitude l'empêcha-t-elle de s'étrangler avec sa bouchée de pain.

— Vraiment ? fit-il seulement.

— Le chef de clan doit avoir une épouse.

— C'est certain, et je pense que tu as pris une bonne décision, convint Johnnie, sur un ton posé qui le surprit. Puisses-tu être aussi heureux que Cate et moi !

Rob émit une sorte de grognement. Etre heureux ? Là n'était pas la question.

Johnnie attendait de toute évidence qu'il continue, mais il resta silencieux.

— Tu as donc trouvé quelqu'un, alors ? demanda enfin Johnnie.

Il s'éclaircit la voix, mais il ne semblait pas être capable d'émettre autre chose que des grognements.

— Je... euh... J'ai pensé que tu pourrais m'aider.

Johnnie sourit, prêt à se moquer de lui.

— D'habitude, pour tomber amoureux, un homme n'a pas besoin d'aide, ironisa-t-il.

— Ce n'est pas de l'amour que je veux, c'est une épouse !

De son point de vue, l'amour, cela signifiait que quelqu'un d'autre pourrait le contrôler.

— En tout cas, tu ne peux pas avoir la mienne ! répliqua son frère, toujours sur le même ton amusé.

— Johnnie, tu n'es pas le chef du clan.

En tant que fils cadet, son frère n'avait pas les mêmes obligations que lui et pouvait donc se marier par amour s'il le désirait.

— Il me faut une femme que le clan acceptera et respectera. Une femme qui pourra prendre un certain nombre de choses en charge.

Sa mère avait inlassablement parcouru la contrée à cheval pour rendre visite à toutes les familles et veiller à leur bien-être. Bessie et elle savaient comment nourrir une armée avec à peine une livre de mouton. Voilà le genre de femme qu'il lui fallait.

Certainement pas le genre de créature qui répandait de la farine dans toute la cuisine.

— Je pensais..., marmonna-t-il, je pensais que tu pourrais m'aider à trouver quelqu'un... d'approprié.

Johnnie le regarda sans rien dire, comme s'il lui avait soudain poussé une seconde tête.

— Alors, tu le feras ? insista-t-il.

L'expression de Johnnie se fit soudain pensive.

— Cela pourrait être un premier pas pour se réconcilier avec le roi, dit-il après un long silence. En choisissant une épouse qui aurait son approbation. Et en lui demandant la permission...

— Ça m'est bien égal que le roi approuve ou non ! s'emporta Rob.

— Alors pourquoi te soucies-tu d'une femme appropriée, comme tu dis ? Tu n'as qu'à simplement trouver quelqu'un que tu aimes.

Et comment, puisque la personne que j'aimerai ne m'aimera jamais ? songea-t-il.

— Tu ne peux donc pas, pour une fois, te contenter de faire ce que je te demande ?

Il fallait seulement qu'il jette son dévolu sur quelqu'un d'autre que Stella Storwick. Par bonheur, Johnnie ne soupçonnerait jamais cette faiblesse-là.

— Bon, d'accord, concéda Johnnie. Je vais réfléchir à qui pourrait te convenir.

Rob hocha la tête, mais ne le remercia pas.

Stella ne s'attendait pas à ce que Cate Gilnock revienne la voir. Elles avaient établi une sorte de trêve, pensait-elle, suffisante pour que cette femme ne cherche pas à l'assassiner pendant son sommeil. Du moins l'espérait-elle…

Mais le lendemain, alors qu'elle s'amusait avec Wat au bord de la rivière, Cate arriva accompagnée de son énorme chien. Ils s'arrêtèrent net quand ils l'aperçurent, et le molosse vint la renifler longuement de haut en bas.

C'était donc là la fameuse bête, comprit-elle. Celle qui, si elle en croyait les commérages, avait traqué Willie Storwick dans ses derniers instants.

Elle lui tapota l'encolure et le félicita intérieurement.

— Il s'appelle Belde, précisa Cate.

Stella hocha la tête et le chien alla rejoindre Wat qu'il connaissait déjà. L'enfant et le molosse partirent aussitôt jouer ensemble, laissant les deux femmes en tête à tête.

Comme Cate plongeait son regard dans le sien, Stella se redressa de toute sa hauteur. Elle n'allait pas se laisser intimider par cette femme qui s'habillait en homme.

— On m'a dit que vous n'étiez pas meilleure cuisinière que moi, déclara-t-elle en la gratifiant d'un coup d'œil méfiant.

Elle n'avait pas oublié que Beggy avait dit que Cate ne savait pas cuisiner. Une chose de plus qu'elles avaient en commun.

— Beggy ne m'autorise pas à mettre les pieds dans la cuisine, poursuivit-elle en secouant la tête, à moins que ce ne soit pour y apporter du poisson frais.

Au moins une chose qu'elle ne massacrait pas…

— Ce n'est pas comme chez moi, ajouta-t-elle, alors qu'elle aurait mieux fait de tenir sa langue.

— Mais alors, comment supportez-vous la vie ici ? demanda Cate.

Stella fut déconcertée. De la sollicitude ! Voilà qui était inattendu… Elle faillit fondre en larmes et se mordit la lèvre.

— Oh ! ça peut aller ! répondit-elle, refusant de se laisser circonvenir par de bons sentiments. Mais Rob Brunson est plutôt assez rude.

— Il ne vous a pourtant fait aucun mal, répliqua Cate en souriant.

Ce n'était pas une question.

— Non, mais il crie, expliqua-t-elle en se sentant obligée de sourire aussi.

— Quand il lui arrive de parler, précisa Cate.

Elles éclatèrent de rire de concert puis le silence retomba, et l'on n'entendit plus que le clapotis de la rivière et les exclamations joyeuses de Wat.

— Je l'ai vu, dit doucement Cate après un long moment. Votre père.

Stella sentit son cœur bondir dans sa poitrine et se rapprocha de Cate pour lui prendre la main.

— Racontez-moi.

Cate lui jeta un rapide regard puis baissa les yeux, présage d'une mauvaise nouvelle, supputa Stella.

— Il ne va pas bien.

— Ils ne lui ont pas fait de mal ? s'exclama-t-elle, affolée, en se cramponnant à sa main.

Ce fut au tour de Cate de se redresser.

— C'est un homme malade, répondit-elle sèchement. Vous le saviez. N'allez pas accuser les Brunson. Thomas et Bessie ont fait plus pour lui que n'importe quel Storwick n'en aurait fait pour nous.

Stella s'efforça de refréner ses larmes, car elle savait au fond d'elle que Cate n'avait pas tort.

— Il est mourant, n'est-ce pas ?

— Je ne suis pas guérisseuse…

Stella lui lâcha la main et se détourna.

— Je sais qu'il va très mal. C'est pour cela que je suis venue ici.

Elle avait traversé la frontière sur une impulsion, sans plan précis, parce qu'elle était terrifiée à l'idée de se retrouver seule sans son père.

— Je voulais le voir, le ramener pour qu'il meure à la maison. Et Rob ne voulait même pas me dire où il était… Il ne veut pas me laisser y aller…

Elle se retourna de nouveau pour faire face à Cate, et soutint son regard marron. Peut-être que cette femme, même si…

— Est-ce que vous…

Elle ne put continuer ; il ne lui restait qu'un espoir stupide.

Mais la sympathie avait beau adoucir les traits de Cate, il y avait eu trop de souffrance dans le passé. Elle secoua la tête.

— Vous me demandez de pardonner trop de choses.

Une fois de plus, la vie se chargeait de lui jeter à la figure toutes les mauvaises actions commises par sa famille. Cependant, les Storwick n'avaient pas été les seuls à mal agir !

— Et vous croyez qu'on ne nous a jamais fait de mal ? Les Brunson aussi ont du sang sur les mains.

Cate soupira.

— Cela ne finira jamais, n'est-ce pas ?

Stella se recroquevilla et regarda ses mains en baissant la tête.

Elle ne la releva pas jusqu'à ce que Cate rappelle son chien et s'en aille, l'animal trottant à ses côtés.

Méfiant, Rob observa Cate, qui venait vers lui. Depuis que Johnnie et elle étaient en couple, elle n'avait plus que de rares occasions de s'entretenir avec lui. Que pouvait-elle bien lui vouloir ? Johnnie lui avait-il dit qu'il songeait à se marier ? Oh… Mieux valait ne pas se fier à son frère pour garder un secret une fois marié.

Quoi qu'il en soit, il n'avait nul besoin de se faire diriger ou conseiller par Cate sur ce qu'il devait faire.

— Cette Storwick…, lâcha-t-elle.

Il soupira, à la fois soulagé et irrité. Donc, pas de discours sur le mariage en vue, mais quelque chose de pire, il le craignait.

— Qu'est-ce qu'elle a encore fait ?

— Nous avons vu son père, au château de Carwell.

— Oui, je sais.

— Cet homme est mourant, Rob.

Il se força à rester impassible. Stella avait dit la même chose avant de le supplier pour qu'il la laisse aller le voir.

— Mon père est mort, tout comme le tien, de la main des Storwick, d'une façon ou d'une autre.

— Oui, convint-elle en se détournant. Et ni toi ni moi n'avons pu leur faire nos adieux. Mais elle, elle le pourrait. Lui en laisserais-tu la chance ?

— Et pourquoi l'aurait-elle, cette chance, alors que nous ne l'avons pas eue ?

— C'est à cause du roi ? Tu te demandes ce qu'il en penserait ?

— Je ne sais pas. Mais, même si ce devait être le cas, je me moque bien de ce que le roi peut penser de ce que je fais ou pas.

C'était exact en grande partie, pour le meilleur et pour le pire. Johnnie et Thomas ne pourraient qu'en convenir.

— Ce sont mes gens et ma vallée, que je me suis juré de protéger, poursuivit-il.

Montrer de la faiblesse en accédant aux souhaits d'une Storwick ne serait certes pas la meilleure manière de le faire.

— Ne pourrais-tu pas enfin répandre la paix, au lieu de semer le malheur ? s'exclama-t-elle.

Voilà qui était bien une préoccupation de femme. Venant de Cate, elle le surprit cependant. Jamais il ne l'aurait pensée capable d'une telle sensiblerie. Peut-être le mariage l'avait-il changée…

Probablement, même, mais certainement pas au point qu'elle en soit arrivée à prendre parti pour un Storwick contre un Brunson. Rien ne pourrait la changer en ce sens.

Or, ce qu'il ne pouvait pas lui dire, c'était que son vœu le plus cher était que cette femme se rende chez Carwell. Ou ailleurs… Oh ! plus que cela ! Il avait envie de la jeter à la porte, purement et simplement.

Non, non et non ! S'il agissait ainsi, il paraîtrait faible, comme s'il cédait à ses caprices. Et cela, il ne le permettrait en aucun cas.

— Je ne veux plus écouter ce genre de chose, répliqua-t-il froidement.

Elle dut comprendre que ce serait son dernier mot, car elle ne discuta pas. Il lui sembla toutefois déceler de la pitié dans son regard quand elle le quitta.

Pourquoi ? Il ne faisait que ce qu'il fallait, et ce qu'il devait faire.

Exactement comme son père l'aurait fait.

A la surprise de Stella, Cate frappa à sa porte en fin de soirée. Elle entra dès qu'elle y fut invitée et annonça sans préambule :

— Je lui ai demandé.

— Pardon ?

— Je lui ai demandé, répéta Cate. De vous laisser le voir.

Le cœur battant de joie, et sans même se rendre compte

de ce qu'elle faisait, elle serra la belle-sœur de Rob dans ses bras.

— Oh ! Merci ! Merci !

Cate secoua la tête en signe de dénégation, tout en évitant son regard.

Sa joie s'évanouit, laissant place à une douleur avivée par son bref espoir déçu. Elle lâcha Cate et recula.

— J'aurais dû me douter qu'il refuserait.

— Il est têtu.

Oh que oui ! pensa-t-elle. Elle n'avait jamais rencontré un homme aussi têtu.

— Mais vous avez essayé, dit-elle, la gorge serrée. Cela signifie… merci. Je sais que…

Cate attendit, en silence.

Qu'avait voulu dire Stella par là ? Qu'elle savait combien son parent Willie avait été un fléau ? Et à quel point cela avait été difficile pour elle de l'aider ?

— Je suis désolée, ajouta Stella.

C'étaient de bien pauvres mots pour des actes aussi épouvantables, mais qu'aurait-elle pu dire d'autre ?

Cate ne cacha pas sa surprise.

— Vous êtes la seule Storwick à jamais l'avoir dit…

Soudain submergée de honte, Stella eut envie de désavouer toute sa famille.

Rob avait catégoriquement refusé. Il ne laisserait pas cette femme aller voir son père.

Alors, pourquoi se sentait-il coupable ? Pourquoi pensait-il à elle sans cesse, alors qu'il aurait dû réfléchir à ses problèmes avec le roi, les autres Storwick, ou à se trouver une épouse ?

Une épouse…

Une femme inconnue qui n'avait pour le moment

encore aucun visage, qui saurait cuisiner sans mettre de farine partout et qui satisferait ses besoins d'homme, sans exigences particulières.

Au lieu de cela, il n'avait d'yeux que pour Stella Storwick.

Elle aussi le regardait, d'ailleurs, et si souvent qu'il croisait son regard alors qu'il n'en avait pas l'intention. Dieu merci, elle ne pouvait pas y voir ce qu'il pensait : il avait envie de l'embrasser de nouveau, et plus que cela.

Il essayait de ne pas la croiser. En fait, il tentait plutôt de la tenir à distance. Il n'était pas le genre d'homme à se laisser gouverner par son désir, plus depuis que son père le lui avait rudement appris. Cependant, chaque fois qu'il regardait Stella, ou pensait à elle, quelque chose de lancinant le tourmentait et ses pensées n'étaient plus que lits, lèvres, et une peau aussi douce que des pétales de fleurs.

Elle continuait à passer la plupart de ses journées avec Wat Gregor. Le garçon et elle semblaient heureux de s'adonner à des activités simples. Il les entendait rire tels des larrons en foire, et l'enfant paraissait avoir un peu appris à pêcher et entretenir le barrage, même si elle le supervisait en permanence.

Mais un matin, alors qu'il était installé dans la grande salle, à peiner sur les livres de comptes, Rob entendit l'enfant hululer et crier en perturbant toute la maisonnée, comme il le faisait sans cesse avant l'arrivée de Stella. Il jeta un coup d'œil par la fenêtre. Wat traversait la cour à toute allure, puis il disparut.

Il vit ensuite arriver Stella, cheveux au vent, joues écarlates. Si elle n'avait pas eu l'air si courroucée il aurait bien songé à l'embrasser une nouvelle fois.

Elle s'arrêta au milieu de la cour et regarda autour d'elle, à la recherche du garçon, et Rob la rejoignit.

— Où est-il ? lui demanda-t-elle en lui saisissant le bras. Avez-vous vu dans quelle direction il est parti ?

Il se rendit compte qu'elle n'était pas courroucée ; elle était inquiète.

— Je l'ai entendu, en tout cas, répondit-il en indiquant la tour. Il est parti par là.

En fait, c'était lui qui était courroucé par le contact de ses doigts sur son bras. Elle ne l'avait pas touché depuis…

— Ne pouvez-vous donc pas venir à bout d'un enfant qui crie ?

Il s'attendit à son air de dédain habituel, mais elle ne sembla pas même faire attention à lui.

— Je n'entends plus aucun cri, rétorqua-t-elle. Il a dû lui arriver quelque chose !

Elle leva les yeux vers lui, avec l'air suppliant qu'il ne lui avait vu que lorsqu'elle lui avait demandé de lui permettre de voir son père.

— S'il vous plaît, aidez-moi à le retrouver !

— Où se cache-t-il, quand vous jouez ?

— Dehors, d'habitude. Sous un arbre, où il n'est pas réellement caché, d'ailleurs. Ou dans les écuries.

— Commençons par là.

Rob vit rapidement que Wat n'y était pas, mais il ne se fit pas vraiment de souci. Après tout, les enfants étaient bien connus pour se sauver tout le temps. Le fait qu'elle ne soit pas mère elle-même expliquait probablement son affolement. De toute évidence, elle n'avait guère plus d'expérience avec les enfants qu'avec la cuisine, même s'il la trouvait un peu plus douée avec ceux-ci.

L'inquiétude qu'elle manifestait finit toutefois par le gagner.

— Allons voir dans la tour, maintenant, proposa-t-il quand ils eurent épuisé toutes les possibilités de la cour.

Dès qu'ils y entrèrent, elle voulut monter l'escalier.

— Attendez, dit-il en la retenant par le bras. Par là, d'abord, dit-il en montrant la direction du sous-sol.

Elle se raidit, comme saisie d'une crainte nouvelle.

— Etes-vous sûr ? Il aime bien le toit et il pourrait tomber...

— Il y a plus de cachettes ici : derrière des tonneaux, sous des sacs...

Elle hocha la tête et serra les poings, comme pour se donner du courage. L'espace d'un instant, elle eut la même expression que le premier jour, quand il l'avait menacée de l'enfermer en bas.

— Wat ? lança-t-elle. Tu es là ? Sors, Wat !

Il n'entendit que le trottinement des souris.

— Je vais chercher là-haut, annonça-t-il lorsqu'ils eurent descendu l'escalier. Pendant ce temps, jetez un coup d'œil à la salle du puits, ajouta-t-il avant d'escalader prestement l'échelle menant à l'entresol où étaient stockés les barriques et les sacs de provisions.

L'enfant avait disparu depuis un peu trop longtemps, se dit-il.

Stella se força à avancer, un pied après l'autre, vers la salle du puits. En voyant que la grille qui en protégeait l'accès était fermée, elle soupira de soulagement. Wat n'aurait pas pu entrer là-dedans.

Et elle aussi était protégée, car elle ne pouvait pas y entrer non plus.

Elle se cramponna malgré tout aux barreaux et scruta l'intérieur. Un rai de lumière filtrait par une fente dans le mur. L'ouverture était suffisante pour laisser pénétrer l'air, mais pas assez pour qu'une flèche puisse passer.

Elle ne distinguait qu'une partie de la salle, et il n'y avait pas d'enfant en vue. Néanmoins, elle l'appela.

— Wat ?

Lorsqu'il jaillit tout à coup du côté de la salle qu'elle ne pouvait pas voir, elle sursauta.

— Nooooon ! hurla-t-il, Va-t'en ! Je veux pas de toi !

Il se mit à courir à toute allure autour du puits. Ce puits dont le couvercle était légèrement entrouvert...

— Wat, arrête !

Instinctivement, elle poussa la grille qu'elle avait à tort cru verrouillée, mais quelque chose l'arrêta soudain. Et si elle s'approchait, s'il trébuchait et...

Avant qu'elle n'ait eu le temps de réfléchir plus avant, Rob était apparu à son côté, avait franchi le seuil et saisi Wat entre ses bras.

Dès qu'il comprit qui le tenait, le garçon se calma et cessa de se débattre et de crier. Une grosse larme roula sur sa joue, puis il passa les bras autour du cou de Rob et enfouit sa tête au creux de son épaule.

Elle recula et s'adossa au mur. C'était fini, elle pouvait enfin respirer !

— Je vais le prendre, dit-elle en tendant les bras.

Rob n'avait jamais eu de patience avec le garçon mais, en cet instant précis, il y avait sur son visage une expression de douceur qu'elle ne lui avait pas encore vue.

Comme elle se penchait vers lui, Wat se détourna et serra plus fort le cou de Rob.

— Petit traître, murmura-t-elle en baissant les bras.

— Qu'avez-vous fait à ce garçon ? demanda Rob.

— Je lui ai dit qu'il ne pouvait pas reprendre de petit pain.

C'était un si petit plaisir... peut-être n'aurait-elle pas dû être aussi sévère.

L'enfant avait toujours le visage enfoui dans son épaule, aussi Rob put-il s'autoriser un sourire. Ensuite, il prit un air sévère.

— Ecoute-moi bien, Wat Gregor.

Le garçon leva lentement la tête et le regarda.

— Tu m'écoutes ?

Le petit opina énergiquement.

Stella se retint de sourire à son tour.

— A partir de maintenant, expliqua Rob à Wat sans le quitter des yeux, quand cette dame te dira de faire quelque chose, tu feras ce qu'elle dit. C'est compris ?

Wat la regarda avec un air coupable, en faisant la moue, et, cette fois, il n'acquiesça pas.

— Wat, je te parle.

— C'est un vilain dragon, comme vous l'avez dit !

Stella dut faire appel à toute sa volonté pour ne pas éclater de rire.

Rob parut tout à coup si furieux que Wat prit peur.

— Ça suffit ! s'écria-t-il. Maintenant, tu vas lui dire que tu es désolé et que tu ne recommenceras pas.

— Pardon, balbutia Wat en la regardant par en dessous. Je serai gentil.

— Je vais le prendre, maintenant, dit Stella.

Ses bras frôlèrent ceux de Rob quand il lui tendit l'enfant. Elle était si près de lui qu'elle sentait la chaleur qui irradiait de son corps, son souffle contre sa joue. Elle ne put s'empêcher de regarder sa mâchoire bien dessinée, la courbure douce de ses lèvres… Mais il n'y aurait pas de baiser. Et pas question de le toucher plus que ce qui était nécessaire pour saisir le petit corps de l'enfant ! Cependant, avec ce geste, elle se sentit aussi proche de lui que lorsque leurs lèvres s'étaient rencontrées. Peut-être même plus encore.

— Ce qu'a dit cet enfant… euh… à propos du dragon… Je n'avais pas l'intention de…, marmonna-t-il sans terminer sa phrase.

Mais elle n'avait aucune envie d'entendre ses explications, pas plus qu'elle n'avait envie de savoir ce qu'il pensait d'elle.

Elle serra Wat contre elle et s'écarta. Epuisé, l'enfant posa la tête sur son épaule et ferma les yeux.

Elle jeta un coup d'œil à Rob.

— A cet âge, la plupart des enfants en ont fini avec ce genre de crises de colère, fit-il.

— Mais il n'est pas comme la plupart des enfants, répliqua-t-elle.

Elle soupira, prête à l'entendre affirmer une fois encore qu'il vaudrait mieux que ce petit soit abandonné. Au lieu de cela, il observa Wat longuement puis reporta son attention sur elle.

— Il a de la chance de vous avoir. Un garçon comme ça… Un malheur lui arriverait bien vite.

— Je sais.

Elle serra Wat si fort qu'il émergea de sa somnolence et releva la tête.

— Wat, écoute-moi bien. Que t'ai-je déjà dit ?

— De toujours rentrer à la maison.

— C'est ça. Quoi qu'il arrive, que tu aies peur ou que tu sois en colère, tu ne dois pas te sauver tout seul. Il pourrait t'arriver quelque chose.

— Je serai gentil, assura Wat en hochant la tête à l'intention de Stella comme s'il le promettait vraiment.

— Tu as intérêt à l'être, dit Rob sur un ton destiné à lui signifier que l'incident était clos.

Elle se détourna et sourit, sachant très bien que Wat ne tiendrait pas sa promesse, mais reconnaissante à Rob de ses efforts. Il apprendrait au fur et à mesure, quand il aurait ses propres enfants.

Et cette pensée n'avait rien de réconfortant, découvrit-elle avec stupeur.

Chapitre 9

Quelques jours plus tard, Rob fut très heureux de voir Johnnie revenir aussi vite en compagnie du chef de clan des Elliot. Ces derniers temps, il avait trop pensé à cette Storwick. Et, avec ce simplet de Gregor dans les bras, il avait même pensé à des enfants !

Il fallait qu'il se marie, cela lui éclaircirait les idées.

Johnnie, Jock Elliot et lui s'installèrent devant l'âtre vide de la grande salle. Jock avait l'âge de son père. Le rencontrer comme un égal, en tant que chef de clan, et avec tous les devoirs que cela impliquait, lui faisait une étrange impression.

— Votre père était un homme de valeur, dit Jock.

— En effet.

Que dire de plus ? Jamais il n'admettrait qu'il lui manquait, sous peine de passer pour un gamin et non pour un homme.

Le silence s'installa. Il jeta un coup d'œil à Johnnie, qui se pencha vers lui comme pour l'inciter à parler. Il se lança donc.

— Ainsi, fit-il en souriant à Jock, vous avez une fille en âge de se marier.

Il essaya de se souvenir d'elle. Il avait dû la rencontrer à une occasion quelconque. A l'enterrement de son père, peut-être ? Difficile à dire ; le regard brouillé par les larmes, il n'avait pas vu grand-chose, ce jour-là.

— Oui, répondit Jock. Elle a eu ses dix-sept printemps.

Rob fronça les sourcils.

— Elle est donc si jeune ?

Plus jeune que sa sœur, Bessie, et plus encore que Stella Storwick…

— Elle est assez vieille pour se marier. A son âge, bien des filles le sont déjà.

Rob le savait très bien.

— Sait-elle faire la cuisine ?

Johnnie lui lança un regard noir, mais tint sa langue.

— Le ragoût d'agneau, les petits pains, les carottes. Elle est chez elle, dans une cuisine.

Les carottes… C'était loin d'être son plat favori.

— Et le poisson ?

— Oui, le poisson aussi.

C'était terre à terre mais utile. Et c'était exactement ce qu'il voulait.

— Et est-elle en bonne santé ? demanda Johnnie.

— Elle n'a pas été malade un seul jour de sa vie, assura Jock en se penchant en avant et en baissant la voix. Et c'est une jeune fille charmante, si un père peut dire ça. Cheveux blonds, yeux marron, bien bâtie. Il ne lui manque que deux dents.

Bah, cela ne devrait guère entrer en ligne de compte, songea Rob. Qu'elle soit gracieuse ou disgracieuse, peu lui importait. Il avait besoin d'une alliance avec une famille, et d'une femme qui serait capable de tenir correctement sa maisonnée.

— Et, poursuivit Jock avec un sourire édenté lui aussi, nous serions honorés d'être liés au chef des Brunson.

Rob se leva. « Au chef des Brunson » : la seule raison pour laquelle ils envisageaient cette alliance. Avec une femme qui ne le connaissait même pas.

« Elles veulent pouvoir dire ensuite qu'elles portent l'enfant du fils du chef de clan. »

Ce serait même du chef de clan en personne, dans son cas. Et c'était tout ce qu'elle voulait.

Et n'était-ce pas ce qu'il désirait lui aussi ? pensa-t-il avec un pincement de culpabilité. Après tout, il n'en avait pas demandé plus sur sa « future femme » qu'elle n'avait dû en demander sur lui. Il ne voulait pas d'une femme pour son agrément ; il lui fallait juste une épouse pour cuisiner et tenir sa maison.

Alors que son souhait semblait en bonne voie de réalisation, il avait tout à coup l'impression que cela ne suffisait plus.

Quand il quitta brusquement la grande salle, Johnnie s'emberlificota dans de piètres explications pour justifier le départ soudain de son frère.

Stella vit Rob arriver en trombe dans la cour. Elle le connaissait désormais assez pour savoir que ce n'était pas contre elle qu'il en avait.

C'était le monde entier qu'il détestait.

— Y a-t-il des nouvelles ? demanda-t-elle.

— Nous parlions mariage, lança-t-il.

Elle sentit son estomac se contracter.

— Le vôtre ?

Elle regretta aussitôt sa question. En quoi cela la concernait-il, après tout ?

A la vue de sa mine sombre, elle frissonna. Quelle femme pourrait vouloir vivre avec un homme pareil ? Etre lié à une telle créature serait une condamnation à mort, un bannissement dans un enfer éternel.

Jamais elle ne survivrait à ce genre de situation ; c'était le pire destin que l'on puisse imaginer.

Sans répondre, il plongea son regard dans le sien, et elle eut le sentiment qu'il essayait de lui faire comprendre quelque chose au-delà des mots.

— Oui.

Voilà, c'était donc ça. Elle tenta de parler d'un ton assuré et détaché.

— Je vous souhaite qu'il soit heureux.

Il changea d'expression du tout au tout, toute trace de dureté disparaissant.

— S'il a lieu…, fit-il.

Elle vit derrière lui un homme à l'air déçu qui venait de sortir de la tour en compagnie de Johnnie. Tous deux échangeaient quelques paroles en se dirigeant vers le cheval de l'inconnu.

— Ce n'est pas…, souffla-t-elle.

— Non, plus maintenant. Ce ne sera pas celle-là.

Elle ferma un instant les yeux pour adresser au ciel un remerciement muet, tout en ignorant la raison exacte de son soulagement.

Quand elle les rouvrit, Rob regardait l'étranger.

— Et maintenant il faut que j'aille réparer les dégâts que je viens de faire. La famille de Jock Elliot a été une alliée loyale des Brunson, jusqu'à aujourd'hui.

Il lui tourna le dos et partit rejoindre le visiteur. Curieuse, elle observa la scène. Johnnie avait posé la main sur l'épaule de l'homme, comme s'il essayait de le ramener à de meilleurs sentiments. Rob avait dû lui parler sans prendre de gants, comme à son habitude, et son interlocuteur en avait été offensé. Eh bien, son père à elle aurait frappé quiconque se serait risqué à manquer de respect à sa fille, même si elle comprenait désormais que son attitude hautaine aurait parfois mérité des commentaires peu amènes.

Mais Rob restait planté devant l'homme et, même si

elle n'entendait pas ses paroles, l'angle de sa tête et son front plissé suggéraient qu'il admettait être en tort.

Ce que semblait confirmer l'air stupéfait de Jock Elliot.

Le soulagement qu'elle avait éprouvé laissa place à l'étonnement.

Elle connaissait peu Rob Brunson, mais elle ne se souvenait pas l'avoir déjà vu reconnaître une erreur.

Elle se détourna. Se marier avec Rob Brunson. Quelle femme accepterait un tel sacrifice, à moins que…

A moins que ce ne soit pour cela qu'elle avait été sauvée.

Elle alla vers la tour en jetant de temps à autre un coup d'œil derrière elle. Si une Storwick épousait un Brunson, cela signifierait-il la paix entre les deux familles ?

Et que son père pourrait rentrer chez lui ?

Si ce devait être le cas, cela valait tous les sacrifices, et même une vie entière passée avec Rob Brunson.

Des Brunson et des Storwick s'étaient déjà mariés par le passé, bien sûr. Rarement. La loi de la frontière l'interdisait, mais même les édits des rois ne pouvaient rien contre le désir de jeunes gens. Cependant, très vite ces couples avaient dû choisir un camp ou l'autre.

Et aucun des membres de ces couples n'avait été chef de clan d'un côté et fille du chef de l'autre.

Cela commençait à lui apparaître comme une évidence…

« Stella, Dieu t'a sauvée pour une raison précise. Et importante. »

C'était ce que sa mère lui avait toujours dit. Elle avait donc attendu que Dieu lui envoie une vision qui lui montrerait ce qu'elle devrait faire exactement. Peut-être comme cette bergère de France ? Dieu la ferait monter sur un cheval, à la tête d'une armée, et lui demanderait de la conduire à la bataille en la guidant vers un triomphe glorieux…

Mais les années passaient, et aucune vision n'arrivait.

Elle s'était donc résolue à s'aventurer de l'autre côté de la frontière pour aller chercher son père. De tout ce qu'elle avait fait jusqu'ici, c'était là la chose la plus importante. Jusqu'à aujourd'hui.

Apporter la paix à deux familles qui s'entre-déchiraient depuis des générations, n'était-ce pas là ce à quoi elle était destinée ?

Elle resta pensive. Cela ne lui vaudrait ni gloire ni triomphe public. Ce serait un sacrifice privé, bien plus difficile. Et cela signifierait passer le reste de sa vie en exil, à la merci d'un monstre, jour après jour, et dans l'obligation de se soumettre à ses désirs…

Le frisson qui la traversa à cette pensée ne lui fut pas totalement désagréable.

Et la certitude grandissait en elle. Pour quelle autre raison Dieu aurait-il permis qu'elle soit capturée, si ce n'était pour qu'elle décide cet homme au cœur de pierre à libérer son père et à se lier à son clan ?

Elle se redressa. Elle ignorait comment elle s'y prendrait, mais elle devait épouser Rob le Noir Brunson, ou mourir en essayant.

Rob avait ravalé avec peine son orgueil devant Jock Elliot car il avait acquis une certitude. Le temps n'était pas venu pour lui de se marier. Pourquoi l'avait-il même envisagé ? Depuis l'arrivée de cette Storwick, il n'avait plus les idées claires. Ce n'était pourtant pas le moment d'être distrait par une femme, même par une épouse. Il devait aller de l'avant, échafauder des plans avec Johnnie et Carwell afin de négocier avec le roi.

Et avec les Storwick.

Ils l'avaient surpris, il ne pouvait le nier. Peut-être, tout compte fait, étaient-ils plus intelligents qu'il ne le croyait.

Car il semblait que les cousins Storwick avaient tout simplement décidé de laisser le pauvre Hobbes Storwick pourrir dans le château de Carwell, et sa fille dans le fort Brunson. Et, s'ils se montraient suffisamment patients et prenaient les rênes en douceur, leurs décisions auraient force de loi. Ils dirigeraient le clan de fait et, au bout d'un certain temps, à part sa pauvre femme, personne ne se souviendrait plus du vieux Storwick.

Parfois, la vie pouvait être aussi cruelle que cela.

Mais, pour Rob, la question essentielle était de savoir le genre de guerriers qu'ils seraient au moment de l'affrontement.

Johnnie et Cate étaient repartis au bout de la vallée, pour récupérer des pierres de l'église désaffectée qu'ils utilisaient pour construire leur tour, à une demi-journée de cheval. Mariés depuis quelques mois à peine, ils étaient impatients d'avoir leur foyer. Rob dormait donc de nouveau seul dans la chambre de son père et vivait dans l'attente, sachant qu'il faudrait agir bientôt puisque le roi allait arriver.

Il regrettait d'avoir insisté pour que Stella reste. Il avait relâché sa surveillance, mais il était vrai qu'elle avait l'air si à l'aise avec eux, comme si elle faisait partie de la maisonnée ! Aussi, tant qu'elle restait à portée de vue et prenait le garçon avec elle, il la laissait sortir pour aller surveiller le barrage à saumons. Car, si le petit l'accompagnait, il était certain qu'elle ne se sauverait pas.

Et quand bien même le ferait-elle, cela lui simplifierait la vie…

Il pensait trop à elle, songea-t-il alors qu'il était dans l'escalier de la tour. Où elle était, ce qu'elle faisait… Elle couvrait le pauvre Wat Gregor de baisers et le serrait dans ses bras à l'étouffer à la moindre occasion. De temps à autre, il la surprenait qui l'observait, comme si elle essayait de lire dans ses pensées.

Dieu merci, c'était impossible ! Parfois elle aurait pu s'y voir nue et…

— Y a-t-il des nouvelles de mon père ?

Sa voix le fit sursauter. Elle se tenait à la porte de sa chambre, l'air aussi naturel que si elle habitait là.

— Et pourquoi y en aurait-il ? Avez-vous vu des messagers arriver ou partir ?

— Cate m'a dit qu'elle l'avait vu, dit-elle en baissant les yeux. J'ai pensé qu'il y aurait des nouvelles, qu'il pourrait peut-être aller mieux…

De l'espoir, pensa-t-il. La plupart du temps, on n'avait que ça.

— Je suis désolé, fit-il en lui effleurant la manche.

Il ne savait pas au juste de quoi il était désolé, mais il n'avait aucun regret de ses actes. Cependant, il venait de dire cela d'une manière nouvelle pour lui.

— Quand votre père est-il mort ? demanda-t-elle.

Cette question inattendue l'atteignit comme un coup de poing. Il ne voulait pas qu'on lui rappelle son père, ni imaginer ce qu'elle ressentirait si le sien…

— En août dernier.

— Comment est-il parti ?

— Dans son sommeil, marmonna-t-il, honteux de l'avouer.

— Il a eu de la chance.

Il la regarda attentivement. Ce n'était pas ce qu'il avait pensé, alors.

— Et votre mère ? insista-t-elle.

— Quelques années plus tôt, dit-il en haussant les épaules.

Deux ans ? Trois ans ? Il ne le savait plus trop.

— J'ai eu de la chance d'avoir mes parents aussi longtemps, déclara-t-elle. Bientôt, je n'aurai plus personne.

La vie était incertaine et impitoyable, surtout pour les faibles.

— Mais vous avez encore de la famille, répliqua-t-il. Vous avez tout un clan de Storwick.

— Ce n'est pas pareil. Vous avez un frère et une sœur. Moi, je n'ai que mes parents.

— Il y a des jours où je vous les laisserais volontiers.

Sachant très bien qu'il ne pensait pas ce qu'il venait de dire, il ne put s'empêcher de sourire, comme l'aurait fait Johnnie.

Elle sourit en retour, comme si elle le savait également.

— Mon père et ma mère ont toujours pensé que j'étais spéciale.

Encore ce mot… comme si c'était un talisman avec des pouvoirs magiques qui n'appartenait qu'à elle seule.

— Mon père ne pensait pas la même chose à mon sujet.

Peut-être les pères étaient-ils plus cléments avec leurs filles. Il ne se souvenait pas avoir jamais vu Geordie le Rouge lever la main sur Bessie.

— Ce n'est pas toujours un avantage. C'est difficile de savoir si vous…

Elle sembla chercher ses mots.

— … si vous êtes capable de quelque chose.

— Ça, je le sais aussi, dit-il en hochant la tête. Avec mon père, la réponse était toujours « pas encore ».

Pas encore capable d'être chef de clan. Il y avait tant à apprendre ! Et, maintenant, il était trop tard pour que son père lui en apprenne davantage.

— Avec le mien, la réponse était « tu le seras ». Ils attendaient beaucoup de moi.

— Oui, mon père aussi.

Etrange… leurs pères les avaient traités très différemment, mais le résultat était le même.

Suis-je capable ?

Il n'aurait jamais imaginé que Stella Storwick doutait d'elle-même, alors qu'elle semblait se considérer tellement supérieure aux autres.

— Mais ils ont toujours cru qu'un jour je comblerais leurs attentes, reprit-elle. Un jour.

Il aurait voulu pouvoir dire la même chose. Il avait cru que son père vivrait éternellement, n'était-ce que parce qu'il n'était pas prêt à lui succéder.

— Et maintenant, ajouta-t-elle tout bas presque pour elle-même, ce jour ne viendra plus.

Il connaissait cela. En se réveillant un matin, il s'était retrouvé seul.

La même chose pouvait lui arriver, elle ne le savait que trop bien, et il en serait responsable. Une fois de plus il se sentit piégé et fut tenté de la laisser aller voir son père pour lui faire ses adieux.

Il eut envie de la réconforter, cette femme qui n'était pas uniquement isolée ici. Elle était aussi isolée parmi les siens. Tout comme lui… Il se sentit proche d'elle dans un certain sens, car un chef de clan était seul — la rançon du pouvoir. Quoi qu'il puisse faire ou dire, il était seul, en fin de compte. Un corps dans son lit, à côté du sien, y changerait-il quelque chose ?

Il se rendit soudain compte qu'il avait franchi le seuil de sa chambre, qu'il était entré avec elle dans la pièce. Il la prit dans ses bras et la sentit se blottir contre lui sans crainte. Quand il baissa les yeux, elle leva son visage vers lui. Leurs lèvres étaient toutes proches.

Alors il l'embrassa.

Tendrement.

Pas comme la dernière fois, où ce n'avait été que désir

et rage de possession mêlés. Cette fois, cela ressemblait à une bénédiction, un bienfait. Le partage de la tristesse, de la joie, de l'âpreté de la vie, dans une véritable communion.

Ils s'embrassèrent longuement et se séparèrent en même temps.

Le baiser avait parlé, exactement comme les regards que se lançaient ses parents autrefois.

Rob s'était toujours davantage fié aux faits plutôt qu'aux mots. Cette fois, les faits étaient particulièrement parlants, et il dut se fier à ce qui venait de se passer. Il la tenait toujours dans ses bras, légèrement frémissante.

Ce qu'il avait compris le fit trembler, comme aucune bataille ne l'avait jamais fait.

Stella sentait son pouls battre follement et le sang rugir dans ses oreilles.

Rob le Noir la serrait toujours, aussi solide que le mur de la tour, assez fort pour qu'il n'advienne jamais rien de mal à la femme qu'il choisirait pour épouse.

Jusqu'à aujourd'hui ils n'avaient partagé que colère, désir et leurs différences.

Ce baiser avait été échangé par deux êtres blessés, pleins d'imperfections, et qui pouvaient mutuellement se réconforter.

Et tandis qu'elle restait immobile entre ses bras, à l'écoute de son cœur, là où son oreille s'appuyait contre sa poitrine, elle entrevit des jours, des nuits, des mois et des années à rester exactement ainsi.

Cette pensée aurait dû la rasséréner, mais ce n'était pas le cas. Ce fantasme de vie avec lui devenait trop réel. Cependant, elle ne le voyait pas en tant que chef de clan, menant une armée, chargeant l'ennemi, ou se sacrifiant pour les siens avec gloire. Elle le voyait plus simplement, dans la vie quotidienne, avec ses aléas, les matins et les soirées, les naissances, les décès, les joies, les peines… quelqu'un avec qui partager tout cela.

Stella se raidit, et il la lâcha, comme si lui aussi venait de prendre conscience de ce qu'ils étaient en train de faire. Elle se détourna et lissa sa jupe du plat de la main, comme si elle pouvait par ce geste effacer leur soudaine intimité. Elle l'entendit se racler la gorge derrière elle et reculer de quelques pas. Non, elle ne voulait pas qu'il s'éloigne !

— Je ferais mieux d'aller voir où est Wat, dit-elle, sans être encore prête à affronter son regard. Si je ne le surveille pas, il risque de lui arriver quelque chose.

Comment avait-elle pu être si négligente ? L'enfant avait pu de nouveau être pris de l'envie d'explorer. Il pourrait tomber dans un puits…

— Stella…

Le ton de sa voix lui ordonnait de le regarder. Elle mit de côté sa peur, ses doutes et son ressentiment, et se tourna vers lui pour lui faire face.

— Oui ?

Il voulait manifestement lui parler, elle en était convaincue, car elle avait appris à déchiffrer quelques-unes de ses expressions : la souffrance, le regret, le désir… Elle eut même l'impression qu'il envisagerait de la laisser partir, avec un peu de conviction…

Ou ne projetait-elle sur lui que ses propres sentiments ? Avait-elle bien tous ses esprits ?

Alors, il sourit. Un petit sourire bourru qui indiquait clairement qu'il avait des choses en tête, mais qu'il ne les dirait pas.

— Y aura-t-il du poisson sur la table, ce soir ?

Elle hocha la tête, comme si cela avait été leur seul sujet de conversation jusqu'alors.

— Oui.

Et, quand il partit, elle ne réussit à penser qu'à une seule chose : ils avaient construit ce barrage à poissons ensemble.

Chapitre 10

Le baiser avait laissé Stella pensive. Dans les bras de Rob le Noir, tout avait semblé réel, et même possible.

Cependant, il était étrange de parcourir la tour, la cour, et de se les représenter comme sa future demeure, ainsi que de s'imaginer en tant qu'épouse de Rob.

Lors de son arrivée, lorsqu'elle avait été obligée de considérer la vie de ce côté-ci de la frontière, tout lui semblait bizarre, comme si elle voyait son monde inversé, de l'autre côté de son miroir. Même le soleil se levait et se couchait au mauvais endroit !

Elle s'attendait à pénétrer dans un univers de monstres maléfiques. Au lieu de cela, elle avait été entourée de gens qui mangeaient, dormaient et vivaient de la même façon que sa famille.

Et, si l'on considérait Willie Storwick, ces gens étaient probablement même plus gentils.

Ainsi, elle avait beau tenter de se persuader qu'épouser Rob Brunson serait une rude épreuve, ce n'était pas la stricte vérité, si elle voulait être honnête envers elle-même.

La cuisine avait besoin d'être améliorée, certes, et Cate la Hardie était aussi féroce que tous les guerriers qu'elle avait pu côtoyer, mais cela et leurs accents exceptés, ces gens n'étaient pas si différents des siens.

Et ce qu'elle appréciait, c'était qu'ils ne retenaient pas leur respiration en la regardant, dans l'attente de ce qu'elle allait faire ou dire. Ils la jugeaient simplement sur ce qu'ils voyaient : la Stella d'aujourd'hui, non le résultat d'un miracle du passé.

Et Rob Brunson, l'homme qu'elle imaginait aussi noir que son nom, était solide, silencieux, têtu, et aussi dévoué à ses gens que son père aux siens.

Le monde était effectivement un drôle d'endroit, si elle s'imaginait pouvoir vivre au fort Brunson. Et, dans cette éventualité, Rob Brunson ne pourrait pas interdire à sa femme de voir son père avant qu'il ne meure. Non, il ne le pourrait pas…

Ainsi, tandis que juin approchait lentement, elle se fondit dans le rythme de la maisonnée. Cate et Johnnie étant partis, Rob s'occupait des troupeaux. Elle prenait soin de Wat et du barrage à saumons.

Et on ne parla plus de rois, de trêves, ou de son père. Cependant quelque chose planait, non formulé, comme si tout le monde attendait…

Un beau jour de fin mai, Stella en eut assez d'attendre un miracle.

Assise dans sa chambre, après le repas du soir, elle écoutait la vie du foyer s'apaiser, en espérant que Rob ne veillerait pas pour superviser les tours de garde des hommes. Les moutons et les agneaux partiraient dans les collines le lendemain, avait-il dit, et il s'absenterait plus que d'habitude à partir de ce moment-là.

Quand elle estima qu'il était rentré, elle se faufila dans sa chambre, que n'éclairait qu'un rai de lune. Il ne s'autorisait même pas le confort d'une bougie, constata-t-elle.

Il était debout, torse nu, comme s'il était déjà en train de se déshabiller pour la nuit.

— Qu'est-ce qui vous amène ? lui demanda-t-il.

Stella ne dit pas un mot. Elle allait devoir lui montrer et vaincre sa résistance en utilisant son corps, pas le langage. Si elle parvenait à s'unir à lui, alors il comprendrait.

Se pressant doucement contre lui, elle attira son visage vers le sien avec ses mains. Alors qu'il aurait pu résister, la repousser facilement, il n'en fit rien. Cet abandon la toucha plus qu'elle n'aurait su le dire. La désirait-il autant qu'elle le désirait ?

Rob la serra dans ses bras, et l'embrassa. Très vite, son baiser s'approfondit.

Elle pensa donc que la réponse devait être « oui ».

— Stella…

Les lèvres de Rob s'écartèrent alors des siennes, puis explorèrent son oreille, sa nuque, jusqu'à ce que, jointes aux caresses des mains, elles semblent couvrir entièrement son corps. Soudain, il lui reprit la bouche avec fermeté, pressant avec force sa langue autour de la sienne, comme pour s'en emparer.

Les rares baisers qu'elle avait reçus jusqu'ici ne ressemblaient en rien à celui-là.

Une vague de chaleur telle qu'elle n'en avait jamais connu naquit au creux de son ventre et se répandit dans tout son corps.

Etait-elle venue ici par calcul, dans l'intention de le séduire ? Elle ne s'en souvenait plus. C'était désormais son corps qui la dirigeait.

Et le sien.

Elle laissa ses mains avides descendre de ses joues vers son cou et ses épaules, pour ensuite venir caresser son dos puis sa poitrine. Dans un élan incontrôlé, elle se pressa davantage encore contre lui, contre ces muscles aussi durs qu'elle l'avait imaginé. Elle sentit durcir la bosse entre ses jambes.

Que devait-elle faire, ensuite ? On ne l'avait pas préparée

à cela. Mais, en réalité, la question n'avait plus tellement d'intérêt. Ses mains et ses lèvres se mouvaient de leur propre volonté, sur sa peau, sa taille, puis plus bas.

Lorsqu'elle tomba à genoux et commença fébrilement à défaire ses braies, il lui saisit les poignets et la releva, puis la prit dans ses bras et la déposa sur son lit.

Elle ferma les yeux, pour mieux savourer toutes ses sensations. Depuis le premier jour, quand il l'avait plaquée à terre sous lui dans les collines, elle avait désiré cela : le sentir sur elle, prêt à la posséder, la prendre et la faire capituler, même si elle avait refusé de l'admettre toutes ces dernières semaines.

Suivant son désir le plus vif, les yeux toujours clos, elle remonta ses jupes, écarta les jambes et chercha à lui prendre la main.

Je vous en prie…

Comme il s'immobilisait, elle ouvrit les yeux.

Pendant un moment, alors qu'il était au-dessus d'elle, elle put distinguer ses yeux très nettement. Il ne disait toujours rien ; il n'était pas du genre à s'embarrasser de mots. Il s'exprimait par les actes.

Elle aussi devait donc agir, sans attendre que son cerveau l'embrouille avec ses questions habituelles. Elle voulait faire parler son corps, pour se mettre au diapason avec lui. Se montrer déterminée et sans hésitation.

Elle saisit finalement son membre viril et, avec d'infinies précautions, l'attira en elle, afin qu'il ne puisse plus résister et que l'inéluctable se produise.

Rob avait conscience que s'il serrait les dents plus encore qu'il ne le faisait déjà, il les casserait toutes et serait contraint de les avaler…

Tu ne peux pas faire ça, non ! Pas avec elle.

Mais les caresses de cette femme le rendaient fou, comme lorsque, jeune homme, il avait enlacé des filles qui ne le désiraient pas et qui voulaient seulement obtenir des avantages de lui.

Et pourquoi cette Storwick le désirait-elle ? Pour se jouer de lui ? Il l'ignorait. En tout cas, ce n'était pas de l'amour, c'était impossible.

Il s'écarta d'elle et la sentit le relâcher. A cet instant, il faillit renoncer à toutes ses résolutions et s'enfouir en elle, tout oublier. Il voulait la prendre, lui imprimer sa marque pour qu'elle ne soit plus jamais une Storwick, pour qu'elle lui appartienne…

Il se leva et se raccrocha au montant du lit.

La faire sienne ?

Non, il ne fallait pas !

Il essaya de reprendre sa respiration. Cela n'avait pas été un tendre baiser ou une exploration, mais l'expression du désir le plus primitif. Et, s'il s'y laissait aller, il ne vaudrait guère mieux que Willie Storwick le Balafré.

Mais il y avait eu quelque chose au-delà, et qu'il redoutait plus encore.

Elle se redressa et s'assit sur le lit, puis elle rabattit ses jupes sur ses jambes nues, sans le regarder. Sa poitrine s'élevait et s'abaissait sans retenue alors qu'elle tentait aussi de reprendre son souffle, sans plus de succès que lui. Elle était si désirable, en cet instant…

Dans quelques secondes à peine, elle le regarderait, et il devrait de nouveau affronter sa haine. Un sentiment que ces dernières semaines avaient presque réussi à effacer.

Il ferma les yeux.

— Je n'aurais pas dû…

Une bien piètre excuse, mais ce fut tout ce qu'il réussit à articuler.

Les bruits de tissu froissé sur le lit cessèrent, et il rouvrit les yeux.

L'expression qu'elle arborait n'était pas celle à laquelle il s'attendait.

— C'était..., lâcha-t-elle en respirant un grand coup. Il n'y avait pas que vous.

C'était exact, et c'était justement ce qui l'avait excité. Cette femme l'avait désiré et, s'il en jugeait d'après son regard, le désirait encore.

Son propre regard devait d'ailleurs exprimer la même chose.

Ils se dévorèrent des yeux, faisant l'amour sans avoir besoin de se toucher.

Ne lâche pas le montant de ce lit, Rob, sans cela tu ne contrôleras plus rien du tout !

Il aurait dû dire quelque chose, mais ce n'était pas son fort. Dans la famille, c'était Johnnie qui jonglait avec les mots. Rob, pour sa part, était convaincu que lorsqu'un homme avait quelque chose à faire il le faisait sans perdre de temps en vaines paroles.

Mais, si le désir de cette femme faisait écho au sien, il se retrouvait face au plus grand danger qu'il ait jamais eu à affronter devant un Storwick. Quelque chose de plus traître que la pointe d'une lance ennemie. Quelque chose de bien plus puissant.

Stella fut la première à détourner les yeux, avant de se lever. Rob poussa un soupir de soulagement et considéra ses vêtements éparpillés sur le sol. Cela lui fournit une occupation concrète : les ramasser, mettre sa chemise, faire un nœud... une bien piètre armure, mais c'était tout ce qu'il avait à sa disposition.

Lui tournant le dos, elle alla à la fenêtre.

— Votre chambre donne au sud, mais les nuages cachent les étoiles, ce soir. Pensez-vous qu'il va pleuvoir, demain ?

Il ramassa un bout de tissu. Un mouchoir… le sien. Il referma le poing dessus.

— Cela ne se reproduira pas, déclara-t-il.

— Ah non ? s'exclama-t-elle en se retournant vivement vers lui.

Il ne pouvait plus lire dans ses yeux. Etait-ce de l'angoisse ? De la provocation ? Et bombait-elle ainsi la poitrine vers lui pour le tenter ?

C'était elle qui l'avait embrassé, pour commencer.

— La prochaine fois que vous frapperez, dit-il, je ne vous ouvrirai pas.

Alors qu'elle s'était ouverte à lui, avec ses jambes si blanches, douces et accueillantes, et ses mains pour le guider…

Ce souvenir était encore si brûlant et vivace qu'il était prêt à recommencer sur-le-champ.

Elle dut s'en rendre compte. Elle fit le tour du lit qui les séparait en se déhanchant, jusqu'à être assez proche pour qu'il sente son odeur et perde de nouveau la tête.

Ses bras lui entourèrent le cou tels des serpents. Ses doigts se mirent à le décoiffer tendrement et à presser sa tête vers ses lèvres tentatrices…

— Non !

Il lui attrapa les mains, lui enserra les poignets et la maintint à bout de bras.

Enflammée, elle semblait assez furieuse pour cracher du feu. Ou bien était-ce le désir ?

— Que voulez-vous donc de moi ? Croyez-vous réussir à m'attirer dans votre lit pour ensuite m'accuser de vous avoir déshonorée ?

Elle secoua la tête, et il crut déceler de la honte chez elle.

Il s'efforça d'obliger sa raison à prendre le pas sur son corps.

— Ou peut-être escomptiez-vous me tuer dans mon propre lit ?

— J'avais pensé…

Voilà que c'était à son tour de ne pas trouver ses mots…

— A quoi ? demanda-t-il en lui secouant les bras et en plongeant enfin son regard dans le sien.

Qui était donc cette femme, à la fin ? Il l'avait trouvée arrogante, futile et inutile. Pourtant, personne n'aurait été plus attentionné qu'elle avec Wat. Quoi qu'il en soit, jamais il ne l'aurait imaginée assez effrontée pour se jeter à sa tête, alors qu'il se l'était lui-même représentée dans ses bras, et dans son lit, plus souvent qu'il ne voulait l'admettre.

Elle se contenta de hausser les épaules et de secouer la tête.

— Je vous reconduis à votre chambre, dit-il. Et, si vous recommencez ce genre de chose, je vous enfermerai dans la salle du puits.

C'était la seule menace qui semblait lui faire de l'effet. Car elle ne semblait pas avoir peur de quoi que ce soit d'autre, ni même de lui.

Lui maintenant les poignets de la main gauche, il entrebâilla la porte ; le couloir était désert.

Il l'entraîna derrière lui, ouvrit la porte de sa chambre et la propulsa dans la pièce.

Juste avant qu'il ne referme la porte, elle leva les yeux vers lui, avec toujours cette même faim, et plus…

A court de mots, toute résolution de fermeté envolée, il se pencha vers elle, vers ses lèvres entrouvertes prêtes à rencontrer les siennes.

Au dernier moment, il se reprit et s'obligea à tourner

la tête pour déposer un baiser sur sa joue, après quoi il referma la porte.

Il ne se rendit compte qu'ensuite qu'il serrait toujours son mouchoir dans sa main.

Chapitre 11

Stella ne put trouver le sommeil. Son corps la tourmentait toujours. Etait-ce le feu du désir ? La brûlure de la honte ? Comment savoir ?

Son plan avait échoué, à un point inimaginable.

Et tout le discours qu'elle s'était tenu sur son sacrifice personnel n'était qu'un tissu de mensonges. La vérité était qu'elle le désirait. Avec un abandon sauvage, absolu, et qui avait balayé ses intentions premières.

Ce n'était pas là la noble attitude de martyr qu'elle était supposée avoir. Ni une victoire durement gagnée.

Il ne s'agissait ni plus ni moins que de désir charnel…

Cela dit, elle n'avait pas été seule ; il l'avait désirée avec la même intensité. Elle le savait, l'avait senti à la réponse de son corps, puissante et virile, mais sans cruauté. Il l'avait désirée, avait voulu la prendre, et ce n'avait été qu'avidité et précipitation, presque irrépressible. Cependant…

Rob le Noir avait été le plus fort, celui qui n'était pas allé plus loin.

Mais pourquoi ? se demandait-elle. Sûrement pas parce qu'il la respectait. Son dédain avait été clair, depuis le premier jour. Mais elle avait perçu un combat dans son regard, un combat qu'il était incapable d'exprimer par des mots, et qui ne pourrait trouver son expression que dans le plus doux des baisers.

Alors, devait-elle l'aimer ou le haïr pour cela ?

L'amour… D'où ce mot avait-il donc surgi ? Elle avait envisagé le mariage et la paix entre les deux familles, mais l'amour jamais ! L'amour signifierait qu'elle serait vulnérable, sans défense, même…

Elle comprit aussitôt ce qu'elle devait absolument faire : s'enfuir.

Que pouvait-elle découvrir de plus dans cet endroit ? Son père était détenu très loin, et Rob le Noir avait refusé malgré toutes ses suppliques de la laisser aller le voir. Il fallait qu'elle s'enfuie, avant de perdre son père à tout jamais.

Avant de succomber à un nouveau baiser dans les bras de Rob Brunson…

Espèce de lâche ! C'est de lui qu'il faut que tu t'éloignes !

Bientôt. Tout de suite ! Dès demain.

Le lendemain matin, quand elle fut certaine que Rob était parti accompagner ses troupeaux, elle traversa la cour à toute allure, en portant le sac qu'elle utilisait pour attraper les saumons, rempli de choses diverses. Elle alla dans la cuisine et prit quelques galettes d'avoine après avoir salué Beggy.

— Wat a vite faim, dit-elle pour se justifier en les glissant dans ses poches.

Elle jeta à peine un coup d'œil autour d'elle en sortant, comme si c'était un regard insouciant, et non un adieu.

En se dirigeant vers la porte, elle fit signe de la main à Sim Tait, qui était de garde. Elle commençait à bien le connaître, aussi lui sourit-elle en espérant qu'il ne l'arrêterait pas.

Or, elle se trompait.

— Où est le garçon, ce matin ? demanda-t-il.

OFFRE D'ABONNEMENT
Amour
et scandale
H
Les Historiques
0€
Jenna Kernan
La tentation d'une fille trop sage
Série Retour à Cahill Crossing
0€
H
L'ÉPOUSE SECRÈTE
Terri Brisbin
L'ÉPOUSE SECRÈTE
HARLEQUIN
Recevez
2 romans
GRATUITS
+
2 cadeaux
MYSTÈRE
HF4E01
4 bonnes raisons d'en profiter
Envoi directement chez vous
Romans en avant-première
5% de remise systématique
Sans engagement de durée

— Il va me rejoindre, répondit-elle en espérant que ce ne serait pas le cas.

Elle savait qu'elle ne pourrait faire ses adieux à Wat sans se mettre à pleurer.

— Je vais juste vérifier le barrage, expliqua-t-elle. Ce soir, nous aurons du saumon, j'espère, ajouta-t-elle avec un sourire.

Par bonheur, non seulement Sim Tait aimait le saumon, mais il sous-estimait grandement la distance qu'une femme pouvait couvrir à pied.

Elle s'éloigna lentement, en flânant, tout en balançant son sac et en ondulant des hanches. S'il l'observait, il ne verrait qu'une jeune femme qui savourait le soleil matinal de la belle saison.

— Attends, attends !

C'était la voix de Wat, qui courait pour la rattraper.

Il se précipita dans ses bras, et elle le serra très fort.

Elle n'avait pas envie de le voir, ce matin-là, et de se retrouver face à face avec un enfant qu'elle en était venue à aimer.

Comme prévu, elle se mit à pleurer et essuya vite ses larmes.

— Ecoute, Wat. Je crois que Beggy vient de mettre des galettes à cuire au four. Retourne dans la cuisine, s'il te plaît, et attends qu'elles soient prêtes. Ensuite tu nous en rapporteras une chacun. Peux-tu faire ça ?

Il hocha la tête, fit demi-tour et partit en courant vers le fort.

Et si je ne suis pas là quand tu reviendras…

Non, elle ne pouvait pas dire cela, et encore moins lui expliquer quoi que ce soit. Peut-être penseraient-ils qu'elle s'était noyée dans la rivière…

— Oh ! Wat ! lança-t-elle alors qu'il était encore à portée de voix. Qu'est-ce que je t'ai dit ?

— De toujours rentrer à la maison.

— Alors va ! lui cria-t-elle avec un signe de la main.

Elle le regarda jusqu'à ce qu'il ait disparu derrière le mur d'enceinte. Puis elle reprit sa marche en direction de la rivière et poussa un soupir de soulagement dès qu'elle se sut hors de vue.

Son regard se porta vers l'eau, qui coulait avec son habituel petit bruit joyeux. Elle aperçut un éclat d'écailles argentées et retint sa respiration. Un poisson ?

Aucune importance. Elle ne voulait plus que cela ait de l'importance.

Elle avança jusqu'à la berge, les yeux fixés sur l'enchevêtrement de tiges et de bâtons que Rob, Wat et elle avaient construit.

Après avoir posé son sac, elle se mit en quête d'une branche suffisamment grosse pour faire des dégâts. En ayant trouvé une de bonne taille, elle s'en saisit, entra dans le courant et tapa avec sur le barrage, de toutes ses forces, telle une folle, comme Wat pouvait se comporter parfois, répétant le même geste, encore et encore.

Comme si, en détruisant ce qu'ils avaient bâti ensemble, elle pouvait se débarrasser de ses sentiments pour Rob.

Lorsqu'elle eut terminé son œuvre de destruction et envoyé les derniers débris du barrage voguer au fil du courant, elle était trempée de la tête aux pieds.

Lâchant enfin son bâton, elle repoussa ses cheveux dégoulinants de son visage, releva ses jupes et sortit de l'eau.

Sans un regard en arrière, elle ramassa son sac et prit la direction de l'ouest.

*
* *

La première pensée de Rob quand il rentra ce soir-là et découvrit qu'elle était partie fut qu'il avait été aveugle, stupide, et ne méritait pas d'être le chef des Brunson.

Le garde l'avait vue pour la dernière fois au milieu de la matinée mais, habitué à ses allées et venues à la rivière, il n'avait pas pensé à mal.

Mais Wat ? Il avait bien dû se rendre compte qu'elle n'était nulle part, et elle avait dû lui manquer !

— Pourquoi ne l'as-tu pas dit à quelqu'un, Wat ? lui demanda-t-il en refrénant son envie de le secouer.

— Rentre toujours à la maison.

Il soupira. C'était ce qu'elle avait dit au garçon, pour sa sécurité. Au moins ce pauvre simplet avait-il eu le bon sens de l'écouter.

— Elle s'est sauvée, expliqua Wat, dont les yeux étaient rouges d'avoir pleuré. Elle m'aime plus, ajouta-t-il tandis que de grosses larmes se remettaient à couler sur ses joues.

Rob s'agenouilla dans la poussière. Il se sentait trop grand, trop maladroit, et trop sur le point d'ajouter ses propres larmes à celles de l'enfant.

— Tu n'y es pour rien, mon garçon, dit-il en lui tapotant doucement l'épaule.

C'était un bien maigre réconfort, il en avait conscience, mais il ne savait que faire d'autre.

— Je vais la trouver et je la ramènerai, assura-t-il.

Qui des deux était donc le plus stupide ? Il avait été assez inconscient pour lui faire confiance plus qu'il ne l'aurait dû, et tout cela parce qu'il l'avait laissée lui tourner la tête ! Les baisers de la nuit précédente n'avaient pas plus de sens que ceux des autres femmes qui l'avaient approché. Elle ne l'avait embrassé que pour obtenir ce qu'elle voulait.

Il n'y avait pas d'autre raison, ni le moindre sentiment. Une femme pouvait manier le baiser avec autant de talent qu'un homme pour décocher une flèche vers le cœur d'une cible.

Avait-il réellement cru qu'une Storwick resterait chez lui ?

Il se releva et regarda derrière lui. Aujourd'hui, il avait chevauché jusqu'au bout de la vallée pour admirer la tour en construction de Johnnie et Cate, et ils étaient revenus avec lui pour chercher des céréales et de la bière. Quand ils se réunirent pour décider de ce qu'ils allaient faire, il se sentit reconnaissant de les avoir à ses côtés.

— Il nous faudra Belde, déclara-t-il alors qu'ils repartaient seller leurs montures.

Le molosse de Cate réussirait à pister cette femme comme si elle avait semé des étoiles derrière elle à chaque pas. Rob pouvait trouver son chemin dans ces collines en pleine obscurité comme en plein jour, mais comment savoir dans quelle direction était partie cette folle ? Sans le chien, ils pourraient perdre des heures.

Cate et Johnnie échangèrent des regards.

— Si elle rentre chez elle, reprit-il, elle n'est pas loin d'être arrivée.

Il y avait à peine cinq miles jusqu'à la frontière. Elle devait déjà y être et s'approcher de Bewcastle. Mais il avait pu lui arriver quelque chose, elle pouvait être blessée, seule, à l'approche du crépuscule…

Mal à l'aise, il s'agita sur sa selle.

— Tu veux dire que tu as l'intention de pénétrer sur les terres des Storwick ? Dans ce cas, je ne laisserai pas Cate partir avec toi, s'exclama Johnnie.

— Alors laisse-moi le chien. J'irai seul.

— Tu ne sais pas comment pister avec un chien, répliqua Cate.

— Je sais tout ce que j'ai besoin de savoir, rétorqua-t-il en tendant la main vers la laisse.

Johnnie regarda de nouveau Cate. L'animal lui appartenait, c'était donc à elle de prendre la décision.

— C'est une femme, même si c'est une Storwick, dit-elle en soupirant.

Elle mit le chien en laisse et en tendit l'extrémité à Rob.

— As-tu quelque chose qui lui appartienne ?

Il sortit le mouchoir qu'il avait mis dans son sac de selle et le lui tendit sans la moindre explication.

Cate et Johnnie ne posèrent aucune question, et il leur en fut reconnaissant. Ils ne purent cependant s'empêcher d'échanger des regards entendus.

Le chien renifla le mouchoir, tira aussitôt sur sa laisse et prit la direction de la rivière.

Vers le sud… C'était donc qu'elle rentrait chez elle.

Tout d'abord, Belde alla droit vers la rive, là où ils s'étaient reposés après avoir construit le barrage. L'eau s'écoulait avec un bruit différent, aujourd'hui.

Rob scruta le courant attentivement et, dans la lueur du crépuscule, il ne distingua que les ondulations du courant.

Il n'y avait plus de barrage, plus le moindre bâton dans l'eau. Il ne restait que quelques débris prisonniers des herbes au bord de l'eau.

Johnnie le rejoignit. Bien qu'il soit heureux de voir son frère à ses côtés, il ne se sentait pas capable de relever la tête pour le regarder, du moins tant qu'il n'aurait pas dompté ses sentiments.

Elle avait détruit le barrage qu'ils avaient construit ensemble !

Très resserré à cet endroit, le lit de la Liddel était le lieu de passage idéal pour traverser si l'on voulait gagner les collines en direction du sud. Or, le chien tirait de nouveau sur sa laisse, mais dans une autre direction. Vers l'aval, à l'ouest.

Johnnie tendit la main vers la laisse, et Rob la lui passa.

— Assis, Belde.

Seule Cate arrivait réellement à diriger l'animal, mais il obéit néanmoins, attendant que Johnnie lui ordonne « Cherche ! » pour repartir en chasse.

— Qu'y a-t-il vers l'ouest, dans cette direction ? demanda Johnnie.

Soudain, Rob comprit où elle était allée, et pourquoi.

— Il y a son père, répondit-il.

— Est-elle assez stupide pour aller au château de Carwell ?

Assez stupide ?

— Oui, fit Rob.

Une femme qui avait déjà traversé la frontière et pénétré en territoire ennemi n'hésiterait pas à se rendre dans un château près de la côte, même si elle n'avait pas la moindre idée du chemin pour y aller.

— Cela va la mener tout droit dans les Terres Litigieuses.

Et, dans ce territoire, aucune loi, pas même celles très floues et fantaisistes de la frontière, ne s'appliquait.

Il vaudrait mieux qu'il abandonne la poursuite et qu'il la laisse y aller, parce qu'elle était une Storwick et qu'elle l'avait trompé, songea-t-il. Et parce que, depuis son arrivée, elle n'avait fait que lui compliquer la vie.

Il fit cependant tourner Felloun en direction de l'ouest et tendit la main pour reprendre la laisse de Belde.

— C'est donc là que nous irons.

Parce que c'était une femme stupide, seule, et qu'il avait promis à Wat qu'il la ramènerait.

Et aussi parce qu'il ne pouvait pas la laisser s'en aller.

Dans combien de temps ? se demanda Stella alors que le soleil descendait et que les contours des collines se découpaient nettement contre le ciel.

Dans combien de temps découvrira-t-il mon départ ?

Au début, elle avait couru le long de la rivière. Cependant, dès qu'elle n'avait plus vu la tour, elle avait flageolé sur ses jambes. Finalement, elle avait décidé de s'accorder un moment pour reprendre son souffle et s'était laissée tomber dans l'herbe.

Encore quelques miles, et elle quitterait les collines. Les pentes s'adouciraient, et la rivière deviendrait la frontière. Puis, un peu plus loin, elle pourrait passer à gué et se retrouver en terre Storwick.

Mais tel n'était pas son plan.

Puisque ses cousins ne se souciaient pas de proposer une rançon pour la faire libérer, elle ne se souciait donc pas non plus de rentrer chez elle.

C'était son père qu'elle voulait voir.

Elle se releva et scruta la rivière aussi loin que portait son regard. Quelque part aux environs de Canonbie, le cours d'eau rejoignait l'Esk, l'autre rivière, qui traversait les Terres Litigieuses jusqu'à la mer. Si elle la suivait jusque-là, elle pourrait prendre la direction du nord et longer la côte. Le château de Carwell se trouvait dans ces parages. Une chevauchée de deux jours, si elle ne s'était pas trompée dans son estimation. Mais à pied, et sans vraiment connaître son chemin, il lui faudrait bien plus que cela.

Eh bien, cela prendrait le temps que cela prendrait, voilà tout, songea-t-elle en se remettant en route.

Malgré sa détermination, elle sentait croître ses doutes à chaque pas. Stella Storwick, sauvée par Dieu, mais pour faire quoi, exactement ? Pas pour sauver son père ou révéler à son clan les failles de la défense des Brunson. Ni même pour se marier et apporter la paix…

Stella Storwick n'était même pas capable de cuisiner,

de faire la lessive, de tenir une maison et donc d'être ne serait-ce qu'une épouse ordinaire.

Elle se racla la gorge pour chasser les sanglots qui menaçaient de l'étouffer. Pas parce qu'elle avait quitté Rob le Noir, cet homme en tout point conforme au nom sinistre qu'il portait. C'était Wat, qu'elle regrettait d'avoir laissé, un enfant dont personne ne semblait vouloir, qui risquait de tomber dans un puits et ne manquerait à personne. Elle avait peut-être fait une petite différence dans sa vie, du moins l'aurait-elle pu. Maintenant, c'était trop tard.

Elle ralentit l'allure. Quelle distance avait-elle déjà parcourue ? Et quelle distance lui restait-il à parcourir ? Combien de temps survivrait-elle, avec deux galettes ?

Un soupir lui échappa. Décidément, elle n'avait pas fait preuve de plus de réflexion que lors de sa dernière escapade… Elle avait été assez stupide pour croire qu'il lui suffisait de s'enfuir et que Dieu s'occuperait du reste.

Non, elle n'était tout de même pas bête à ce point. Elle n'avait pensé qu'à s'enfuir, voilà tout. Que cela ait été pour retrouver son père ou s'éloigner de Rob Brunson, elle n'aurait su le dire et, de toute façon, elle ne voulait pas le savoir.

Plongée dans ses pensées, elle trébucha sur une pierre, perdit l'équilibre et s'affala sur le sol.

Furieuse contre elle-même, elle se releva, prête à reprendre sa marche, mais elle grimaça dès qu'elle fit porter le poids de son corps sur sa cheville droite. Elle se rendit vite compte qu'elle ne pouvait plus marcher, mais tout juste boitiller. Et, à chaque pas, sa cheville l'élançait un peu plus.

Le château de Carwell n'était plus à des jours de marche, désormais. Il était aussi loin que les cieux.

Elle se laissa de nouveau tomber dans l'herbe et, serrant

les dents pour ne pas hurler de douleur et de frustration, martela la terre de ses poings.

« A quoi donc es-tu bonne, ma fille ? »

Ne pouvait-elle donc rien réussir ? Si Dieu l'avait sauvée, il devait bien le regretter, aujourd'hui.

Elle regarda autour d'elle, pour tenter d'estimer la distance qu'elle avait parcourue, et se demanda si Rob serait capable de la retrouver. Depuis son départ du fort, elle s'était efforcée de garder une bonne allure, au cas où les Brunson n'attendraient pas leur chef pour partir à sa poursuite. Le relief était plus plat par ici, les collines plus lointaines ; il y avait donc peu d'endroits où se cacher.

Il ferait bientôt nuit et, si les nuages qui assombrissaient le ciel ne se dispersaient pas, il n'y aurait pas de clair de lune.

Après avoir reniflé le mouchoir de Stella, Belde hésita peu. Sa piste n'était pas difficile à suivre, car elle avait emprunté le chemin qui longeait la Liddel, et une femme à pied ne pouvait de toute façon pas aller bien loin.

La lumière déclinait. Le flair du chien était toujours aussi aiguisé, mais les chevaux avaient le pied moins sûr. On disait que les hommes de la frontière pouvaient chevaucher par nuit noire. C'était presque vrai, et Rob avait des yeux bien plus perçants que la moyenne, mais les chevaux étaient habitués aux sentiers des collines, pas aux basses terres bordant la rivière.

Belde tirait sur sa laisse avec de plus en plus de force : elle devait être tout près. Il fit stopper le chien.

— Stella ! cria-t-il, sans se soucier du ton qu'avait sa voix, ou de qui pourrait l'entendre.

Il guetta la réponse en silence, mais n'entendit que le vent et l'eau.

Johnnie vint à sa hauteur.

— Lâche le chien, elle est tout près.

Il obéit, descendit de cheval et suivit le chien sous le couvert des arbres jusqu'à ce que l'animal s'arrête en agitant la queue, avant de repartir en bondissant pour aller triomphalement renifler sa découverte.

Rob comprit pourquoi elle n'avait pas répondu.

Affaissée contre un arbre, elle semblait presque sans vie et tremblait, alors que la température de la soirée était douce.

— Stella ?

Elle tourna la tête, comme si elle ne pouvait affronter son regard. Cependant, quand il la prit dans ses bras, il sentit une larme couler sur sa main.

Gardant pour lui le sermon qu'il avait préparé, il la porta jusqu'au cheval qui les attendait. Tout cela était arrivé par sa faute, à cause de sa faiblesse. Il s'était montré complaisant avec elle, lui avait fait confiance, et tel était le résultat.

Quand ils seraient rentrés, il s'assurerait qu'elle ne puisse plus jamais s'exposer à pareil danger.

Dès qu'elle fut dans les bras de Rob, la peur de Stella s'envola.

Elle avait travaillé au bord de cette rivière, pataugé des heures dans cette eau au cours des dernières semaines, mais c'était en plein jour. Dans l'obscurité, le bruit de l'eau faisait renaître sa peur familière.

Blottie contre sa poitrine, elle savoura les battements de son cœur et le rythme des sabots du cheval. Encore quelques miles, quelques marches, et elle retrouverait sa chambre dans la tour. On lui donnerait une chope de bière, on lui préparerait un feu et on la mettrait au lit après lui avoir bandé la cheville. Et elle serait de nouveau en sécurité, loin des ténèbres.

Demain, elle affronterait Rob. Il serait furieux…

Elle se réveilla quand on la prit pour la descendre du cheval. Elle passa d'une paire de bras à une autre, puis retrouva les premiers et fut portée à l'intérieur. Elle sentait la voix de Rob résonner dans sa poitrine alors qu'il aboyait ses ordres.

Ce ne fut que lorsqu'elle se rendit compte qu'ils ne montaient pas de marches qu'elle leva la tête et ouvrit les yeux.

Elle se trouvait dans une petite pièce obscure et entendait de l'eau clapoter contre de la pierre.

— Non…, articula-t-elle avec peine.

On s'affairait autour d'eux. Rob s'accroupit et l'assit sur des couvertures, puis on banda sa cheville. Nourriture et boissons furent disposées à portée de main.

Quelqu'un apporta un chandelier, qui fut déposé par terre, et elle put alors voir exactement où elle était.

La peur bloqua les mots dans sa gorge, et elle ne réussit qu'à se cramponner à Rob, les yeux écarquillés, enfonçant ses ongles dans son bras. Si elle ne le lâchait pas, il serait obligé de repartir avec elle.

Il se libéra de ses doigts, et elle émit un murmure guttural.

— S'il vous plaît…

Etait-ce de la souffrance, ce qu'elle vit dans son regard ? Peu importait. Sa mâchoire crispée montrait tout sauf de la pitié.

— C'est l'unique pièce munie d'un verrou. Ainsi, je serai sûr que vous resterez ici.

— Mais je ne peux même pas marcher ! se récria-t-elle d'une voix étranglée.

— C’est vous qui le dites. Est-ce que je vous crois ? persifla-t-il en secouant la tête. Non. Plus maintenant.

Il fit un pas vers la porte et heurta au passage le couvercle du puits, qui s’entrouvrit. Certaine d’entendre un cri, puis un bruit d’éclaboussement quand il atterrirait au fond, elle ferma les yeux.

Il n’y eut que le silence. Elle entrouvrit les yeux.

Elle réussit à reculer un peu pour s’éloigner du puits, mais fut presque aussitôt bloquée par le mur contre lequel elle se pressait déjà.

Rob s’éloignait en lui tournant le dos. Encore un pas, et il serait parti.

— S’il vous plaît…

En le voyant s’arrêter, elle laissa échapper un soupir de soulagement. Il ne serait pas assez cruel pour la laisser ici toute seule.

Mais, au lieu de se retourner, il s’adressa à elle pardessus son épaule.

— Je vous ai fait confiance, et vous m’avez ridiculisé. Vous ne quitterez pas cet endroit en usant de vos charmes.

Là-dessus il sortit et referma la grille.

Chapitre 12

Stella ne dormit pas cette nuit-là.

Ou, du moins, elle s'imaginait que c'était la nuit. Rob avait laissé le chandelier, mais la lumière vacillante la terrifiait autant que les ténèbres.

Au-dessus du puits, la fente dégagée par le couvercle qui avait légèrement glissé bâillait comme la gueule béante d'un monstre. Pendant les rares moments où elle somnola, elle rêva d'un dragon qui en surgissait, l'attrapait par la cheville et l'y attirait, toujours plus près, plus près…

Cette fois, impossible de s'échapper.

Elle se persuada que le couvercle du puits était solidement fixé, qu'un panneau de bois bien solide la séparait du conduit profond et sombre qui aboutissait dans la froideur de l'eau souterraine.

Mais cette pensée, qu'elle se forçait à garder présente, n'était que la toute petite voix de la raison.

Elle ne pouvait rivaliser avec le cri dont elle se souvenait, ni réconforter l'âme de la petite fille en elle, celle qui était tombée dans un puits il y avait si longtemps.

Et toute cette assurance qu'elle avait développée depuis, en se confortant dans l'idée que Dieu l'avait sauvée, n'avait plus d'effet. Elle avait été sauvée, certes, mais par erreur, et ce n'était que temporaire. Le puits allait finir par l'avaler.

Il n'y a rien de spécial en toi, Stella Storwick.

Ce n'était que le désir d'une mère et d'un père, les parents d'une enfant unique.

Elle pressa de nouveau son dos contre le mur, très fort, comme si elle allait l'obliger ainsi à la protéger. Le plus loin possible du puits pour ne pas pouvoir le toucher, même par accident. Finalement, terrifiée à l'idée de bouger, de crainte de se retrouver de nouveau d'une manière ou d'une autre dans ces ténèbres liquides, elle se roula en boule, bras et jambes bien plaqués le long du corps, afin que la mort ne puisse pas l'atteindre.

Et elle demeura dans l'ombre, avec ses peurs et ses doutes pour compagnie.

Le grincement de la porte, quand elle s'ouvrit, fit d'abord partie de son rêve, où il se transforma en crissement du grappin en fer sur la pierre, lors de son sauvetage, quand on essayait de la remonter dans l'affolement général. Puis elle entendit une voix — celle de sa mère ? Sa mère avait pleuré et prié.

Non, celle-ci était bien réelle.

— Rob Brunson, es-tu complètement stupide ?

C'était la voix de Cate la Hardie.

Une main de femme, petite et douce, se posa sur son épaule.

— Je voulais m'assurer qu'elle ne s'échapperait pas de nouveau et ne ferait pas traverser la frontière aux Storwick pour qu'ils viennent nous assassiner dans nos lits.

C'était on ne pouvait plus clair. Pourtant n'avait-elle pas décelé dans cette réponse une nuance de regret ?

Elle ouvrit les yeux et se retrouva face au regard de Cate, qui l'étudiait avec une froide attention. Cate n'aimait pas les Storwick, et pour une bonne raison.

Elle s'efforça de cacher la terreur de cette nuit en faisant appel à sa fierté, mais trop tard, Cate l'avait perçue, et quelque chose de différent apparut dans son expression : la compréhension.

Cate se baissa et fit passer son épaule sous son bras.

— Levez-vous, je vais vous aider.

Avec l'aide de Cate elle se mit debout et se tint bien droite, en évitant de regarder le gros trou circulaire au milieu de la pièce, ainsi que Rob le Noir. Elle l'avait supplié, comme la pire des lâches. Comment pourrait-elle le regarder dans les yeux, désormais ?

Cependant, alors que la lumière filtrait dans la pièce, sa peur reflua, et elle risqua un coup d'œil vers le puits.

Le couvercle était légèrement déplacé, mais guère de plus de la largeur d'un doigt.

Puis elle tourna les yeux vers Rob le Noir.

Le fait qu'il semblait avoir aussi peu dormi qu'elle lui fut une piètre consolation.

Rob traversa la pièce en deux enjambées pour la soutenir également.

— Votre cheville n'est pas assez forte pour supporter votre poids ! dit-il.

Il n'avait pu se résoudre à la regarder en lui disant cela. Il ne l'avait jamais vue ainsi. Elle n'était plus arrogante ni fière mais terrifiée, comme si elle avait passé la nuit seule parmi des fantômes.

— Elle est pratiquement morte de peur ! grommela Cate.

Mon Dieu ! Qu'avait-il fait ? Il avait seulement voulu la protéger.

Non. C'était lui qu'il avait essayé de protéger, en la plaçant hors d'atteinte.

Elle fit un pas et vacilla. Cate raffermit sa prise sur elle.

Avec détermination, il la prit de nouveau dans ses

bras, la serra contre lui et s'engagea d'un pas vif dans l'escalier, en laissant Cate derrière lui. Il avait hâte de la ramener dans la chambre où il aurait dû la conduire depuis le début.

Dès qu'il l'eut déposée sur le lit, elle essaya de se lever, mais il posa ses mains sur ses épaules et la força à se rallonger. Elle avait retrouvé son air combatif, mais la peur n'avait pas disparu de son regard.

— Vous m'avez enfermée en bas. Avec… ça.

— Il y a là quelque chose qui, pour vous…, dit-il en essayant de comprendre ce qui lui échappait.

La première fois qu'elle avait pénétré dans la salle du puits, alors qu'elle cherchait Wat, elle avait frissonné de tout son corps mais il n'y avait pas repensé la nuit dernière. Il avait seulement voulu l'enfermer, pour qu'elle ne puisse pas se sauver, et pour s'éviter la tentation.

— Il y a quelque chose, dans cette pièce, qui vous trouble, reprit-il.

Elle tourna la tête de l'autre côté, mais il vit qu'elle pleurait de nouveau.

Il retira les mains de ses épaules.

— Vous auriez dû me le dire.

Il ne connaissait rien aux femmes ; il ne savait que se battre, et aussi qu'il devait combattre sa faiblesse envers cette femme en particulier.

— J'ai essayé, répliqua-t-elle en se redressant pour s'asseoir.

— Je dois donc lire dans vos pensées ?

Il se mit à faire les cent pas dans la chambre. Il ne voulait pas la quitter, mais il ne tenait pas non plus à trop s'approcher d'elle.

Elle se mordit la lèvre et baissa la tête.

— C'est… difficile d'en parler.

Puis elle la releva, et il constata qu'elle avait retrouvé son air fier et hautain.

— En particulier à un Brunson, ajouta-t-elle.

— Oui, je comprends.

C'était aussi difficile pour elle que pour lui de s'excuser. Le doute, la faiblesse ne devaient se partager avec personne, et encore moins avec l'ennemi.

Elle esquissa ensuite un petit sourire. De pardon ? C'était plus qu'il ne méritait. Il n'était pas cruel, se répéta-t-il une fois de plus, mais il avait été négligent, ce qui était aussi condamnable.

Il s'assit au bord du lit et prit sa main dans la sienne.

— Racontez-moi quand même.

— Je ne peux vous dire que ce que l'on m'a rapporté. Je suis tombée dans un puits. Personne ne l'a vu et, quand on a fini par s'apercevoir de mon absence, j'étais introuvable.

Elle reprit sa respiration et, à son souffle court et haché, il reconnut la terreur qui l'envahissait de nouveau.

— Je suis restée introuvable très longtemps.

Il hocha la tête.

Couverte de bleus, affamée, dans de l'eau profonde. La mort avait tant d'outils à sa disposition… Même un combattant aguerri aurait été éprouvé, songea-t-il.

— Quel âge aviez-vous ?

— Deux ans, peut-être… Je ne sais pas trop. Je ne me souviens de rien, seulement du récit que ma mère m'en a fait.

Mais il voyait bien que son corps s'en souvenait et ne s'en était que trop bien souvenu cette nuit, alors qu'elle était enfermée dans la salle du puits.

Et c'était sa faute.

Les adultes mouraient, c'était dans l'ordre des choses.

Les enfants et les nouveau-nés aussi mais, cela, il n'avait jamais pu s'y habituer.

Cependant, Stella Storwick était bien vivante.

— Pourtant, ils vous ont trouvée. Vous avez survécu, vous avez eu de la chance.

— Plus que de la chance. C'était un miracle.

— Un miracle ? répéta-t-il en haussant les sourcils.

— C'est ce qu'a dit ma mère. Elle a prié la Vierge Marie, et la Vierge m'a sauvée.

Il ne voulait pas la traiter de menteuse, mais les miracles étaient plutôt rares, dans cette région.

— D'accord, mais qui vous a sortie du puits ?

— Un ange.

Elle l'avait dit sur le même ton banal qu'elle aurait eu pour annoncer que le dîner était servi.

— Vous avez vu un ange ?

L'ange de la mort, peut-être, qu'elle avait vu juste avant de…

— Non, mais ma mère l'a vu. Elle a prié pour qu'un miracle se produise, et la Vierge a envoyé un ange qui m'a sortie du puits.

Une histoire qu'on raconte le soir aux enfants, se dit-il. Pourtant, avec leurs récits, les parents façonnent notre monde.

Il ne poussa pas plus loin cette réflexion.

— Elle savait que Dieu m'avait sauvée pour une raison précise, poursuivit-elle en lui lançant un regard troublé.

— Pour quoi ?

— Je l'ignore. Personne ne le sait.

Rob n'était pas porté sur la religion. L'archevêque de Glasgow avait voué aux feux de l'enfer toutes les bandes armées de la frontière, et Rob le lui avait bien rendu. Mais si Dieu avait réellement sauvé cette femme…

Il lui relâcha la main. Cela ne lui semblait pas convenable de toucher une sainte. Pas plus que de lui demander de faire la cuisine.

— Est-ce pour cela qu'on vous a tant facilité la vie ?

— Croyez-vous que d'avoir été sauvée m'a facilité la vie ? dit-elle avec un air dur.

Il resta muet un instant. A aucun moment il n'avait pensé à cela.

— Que voulez-vous dire ?

— Toute ma vie, les gens m'ont regardée comme vous le faites en ce moment. On m'observe patiemment, en s'attendant à me voir faire quelque chose qui vaille que j'aie été sauvée.

Tout comme on regardait le chef de clan, en attendant qu'il offre à tous une vie agréable en dépit de cette terre ingrate.

Elle lui prit la main à son tour.

— La nuit dernière, je me suis de nouveau demandé si je n'avais pas été sauvée par erreur.

— Comment cela ?

— Pourquoi la Vierge m'aurait-elle sauvée, moi ? Que suis-je censée faire ? Je ne peux pas fendre les eaux de la mer en deux, changer l'eau en vin ou multiplier les pains et les poissons. Je n'arrive même pas à attraper un seul fichu poisson !

— Je ne sais pas ce que vous êtes censée faire. Je ne sais même pas ce que moi je suis censé faire au juste. Alors j'essaie de vivre en faisant honneur à toute la lignée des Brunson, depuis le Premier Brunson ! s'exclama-t-il.

Sur le point de crier, furieux contre lui-même ou contre son père, il lui serrait maintenant les mains avec force.

— Je suis censé tout savoir, tout faire, sauver tout le monde. Et, quand vous êtes arrivée, je n'étais même pas capable de mettre un poisson sur la table !

Elle cligna les yeux puis, lentement, tendit la main pour lui toucher la joue.

Alors qu'elle avait été au bord des larmes, son expression changea du tout au tout, et elle se mit à sourire, puis parut sur le point de rire franchement.

Il saisit la main qu'elle avait posée sur sa joue et y déposa un baiser. Elle se jeta dans ses bras, et ils s'enlacèrent, se blottissant l'un contre l'autre.

— Ah ! Stella ! Nous faisons une vraie paire, tous les deux, n'est-ce pas ?

C'était elle qui s'était élancée vers lui ; il s'en souvint par la suite.

Dans l'immédiat, peu importait. Ils se fondirent l'un en l'autre comme s'ils avaient été prédestinés, comme si deux personnes aussi différentes l'une de l'autre devaient inéluctablement s'unir.

Il explora d'abord son visage. Ses pommettes anguleuses, le menton pointu, les grands yeux aussi verts que l'herbe. Puis, très vite, il désira plus. Il désirait sa peau, voulait entendre sa respiration, au plus profond.

Il désirait cette femme, ce qu'elle était à l'intérieur, au-delà de ce ridicule nom de Storwick.

Il buta sur cette idée. Si elle était davantage que Storwick, qu'y avait-il au-delà de Brunson ?

Cette question liée à des mots, il la repoussa aussi vite qu'elle lui était venue. Il ne voulait pas de mots, ces choses trompeuses et sinueuses. Il désirait des gémissements, des halètements, plus profonds que le langage. Ni paroles ni pensées, seuls le souffle, la peau et les os, et les sons du désir.

Elle ne connaissait rien de l'amour, au point de n'en avoir aucune crainte. Elle n'avait pas embrassé beaucoup d'hommes, il l'avait constaté, et prendre farouchement possession de ses lèvres n'en était donc que plus délectable.

Oh oui ! Elle était spéciale, sa Stella ! Jamais il n'avait connu ce genre de femme. Elle se donnait avec fierté, tout entière, comme si elle connaissait parfaitement sa valeur et estimait la sienne digne d'elle.

« Je ne sais pas ce que je dois faire », avait-elle dit.

Mais là, elle savait…

Et il se laissa emporter dans cette folie sans nom.

Quand Rob la caressa, tout disparut. Le monde n'existait plus ; seuls subsistaient ce lit, cet homme, cette union. C'était nouveau pour elle mais parfait, et il ne fallait rien de plus.

Jamais elle n'avait espéré pouvoir ressentir tout cela.

Tout ce qu'elle avait entrepris et raté, tout ce qu'elle ne pouvait pas faire… rien de cela ne l'atteignait ici. S'offrir ou se sacrifier… alors qu'elle avait été créée pour ce qui se passait en ce moment, s'unir à cet homme, avoir un enfant.

Cette pensée fugitive s'envola vite alors qu'elle se pressait contre lui.

Mais plus tard, une fois qu'il eut répandu sa semence et se fut endormi, elle y repensa.

C'est donc ainsi, murmura quelque chose en elle.

Elle avait entendu des rumeurs, à propos de Willie Storwick. Sur la foi de celles-ci, elle s'était peu intéressée à ce que pouvaient faire ensemble les femmes et les hommes.

Et très peu d'hommes s'intéressaient à elle, également.

Elle croyait alors qu'il n'y avait rien de plus que leurs baisers fades. Peut-être Rob et elle se ressemblaient-ils pour cela aussi. Les hommes qu'elle connaissait la considéraient comme intouchable. Quant à Rob, les femmes ne le voyaient que comme chef du clan. Ils étaient tous deux exclus de toute relation ordinaire.

Mais pas l'un avec l'autre.

« Qui vous a sortie du puits ? »

Elle reposait entre ses bras, en essayant encore une fois de se remémorer les faits, de se souvenir du jour où elle était devenue… différente.

Et tout ce qu'elle se rappelait, c'était la peur.

Elle savait ce qui s'était passé seulement parce qu'elle en avait entendu le récit à maintes reprises, et cela s'était gravé dans sa tête, telle l'histoire de la multiplication des pains ou de la résurrection de Lazare.

« Tu étais une enfant têtue, disait sa mère. Même déjà à cette époque. Toujours à suivre tes impulsions sans réfléchir. »

Et sa mère racontait alors comment elle avait découvert sa disparition, fouillé la chambre, la salle commune, les escaliers et les étables, de fond en comble, pour finir par comprendre que le pire avait dû se produire, et qu'elle s'était aventurée du côté du puits.

Et, à chaque nouvelle version du récit, le laps de temps où elle avait disparu et les heures passées par sa mère à prier devenaient de plus en plus longs, jusqu'à ce qu'elle ait finalement été introuvable pendant quarante jours et quarante nuits avant d'avoir été découverte.

Combien de temps cela avait-il réellement duré ? Elle l'ignorait et, désormais, elle n'était plus certaine que sa mère le sache également. Seule restait l'histoire, rabâchée encore et encore, plus réelle que la vérité même.

Elle ne se souvenait pas de son sauvetage, ni de l'ange. Etait-il beau ? Ses ailes s'étaient-elles déployées jusqu'au sol ?

Elle avait confié une fois à sa mère qu'il avait des yeux

marron, mais celle-ci avait rétorqué que c'était impossible. Elle l'avait nettement vu : ils étaient bleus.

Aussi ne gardait-elle pas le moindre souvenir de quoi que ce soit avant le début de sa nouvelle vie, le moment où elle avait été sauvée d'un danger qu'elle redoutait toujours au plus profond d'elle-même, désormais placée sous l'œil de Dieu. Une vie qui tendait vers une fin prédestinée mais invisible.

Plus solide et réel que tout ce qu'elle avait jamais eu dans l'existence, le corps chaud de Rob pesait, blotti contre elle. Quel effet cela lui ferait-il d'avoir cet homme à son côté chaque nuit ?

Et comment pouvait-elle se demander ou même imaginer une telle chose ? Un Brunson et une Storwick ? Il faudrait une décision divine pour que la paix s'établisse enfin entre eux.

Une décision divine… comme celle qui l'avait sauvée.

Elle contempla les cils noirs qui ombraient son visage rude. Peut-être était-ce bien pour cela qu'elle avait été sauvée. Incapable de concilier passion et devoir, elle avait pris la fuite. Désormais, la chose même qu'elle avait fuie l'accueillait.

A cette pensée, elle soupira de soulagement. S'il en était ainsi, ce ne serait pas une faute de l'aimer. Ce serait accomplir sa destinée.

Ou alors, n'était-elle qu'en train d'interpréter la volonté divine ?

Non. Elle sentait que ce qui venait de se dérouler était dans l'ordre des choses, et qu'elle n'avait jamais éprouvé cela auparavant. Pas seulement de se retrouver dans ses bras, mais d'être là, dans la tour, avec Rob. C'était un lieu où elle n'était pas spéciale : elle pouvait y être ordinaire, acceptée, proche des autres sans ces distances absurdes que mettaient les gens entre elle et eux.

Elle se mit à formuler peu à peu ce que les transports de la passion l'avaient jusque-là empêchée de se représenter clairement.

Il te contrôle. Maintenant qu'il le sait, il pourrait de nouveau t'enfermer dans la salle du puits jusqu'à ce que tu deviennes folle de terreur. Il est fort. Il pourrait te terrasser, t'obliger à te soumettre...

Il n'y avait eu aucune violence, seule la force de leurs sentiments. Une faim dévorante, qu'ils partageaient. Un désir incontrôlable, qui avait fait fi d'un abîme si vaste entre eux que le moindre faux pas pourrait les vouer tous deux à la perdition.

Pourtant, elle se sentait plus sereine qu'elle ne l'avait jamais été. Après avoir vécu toutes ces années avec le regard des autres constamment braqué sur elle, elle avait enfin l'impression de s'appartenir, ici, dans la tour de l'ennemi.

Etait-il possible que Dieu l'ait sauvée pour qu'elle partage la couche d'un Brunson ? Quand sa mère découvrirait cela, ce qui était inévitable, elle s'en consumerait de chagrin et en mourrait.

Quoi qu'il en soit, Rob était un chef fiable et respecté, qui ferait tout pour protéger ceux dont il avait la responsabilité, comme son père à elle l'avait toujours fait. Et elle avait vu qu'il était gentil avec le petit Wat.

Elle l'avait même vu prendre délicatement un agneau blessé dans ses bras.

Et, surtout, elle avait vu qu'il était seul, comme elle.

Mais, maintenant, elle ne l'était plus, enfin !

Rob la tenait fermement serrée dans ses bras, comme si tout pouvait rester immuable tant qu'ils ne bougeraient pas, comme s'il pouvait la garder bien en sécurité dans son lit, dans cette chambre, jusqu'à la fin des temps.

Et comme s'il n'allait pas avoir à affronter par la suite un monde dans lequel il avait aimé une Storwick.

Sa respiration régulière lui indiqua qu'elle dormait.

Il ouvrit les yeux et resta immobile, de crainte de la réveiller. Elle reposait paisiblement lovée dans ses bras, des bras qu'il ne reconnaissait pas… Ils ne pouvaient pas appartenir à un Brunson. Aucun homme avec du sang Brunson dans les veines ne pouvait aimer une Storwick !

Qui vous aimez est qui vous êtes. Donc, s'il aimait une Storwick, cela signifiait qu'il n'était pas l'homme qu'il croyait être. Pas un Brunson.

Peut-être était-ce là ce qu'avait craint son père : qu'il soit faible et indigne de leur nom.

Il se redressa brusquement, et son mouvement la réveilla. Il quitta le lit afin qu'elle ne puisse pas le toucher, et que lui-même ne puisse être tenté de la toucher.

Il alla à la fenêtre, s'attendant presque à voir les Storwick prêts à enfoncer la porte, parce qu'il avait eu un moment d'égarement et s'était détourné de ses devoirs envers la terre qu'il aimait, les gens dont il était responsable et qui avaient besoin qu'il reprenne ses esprits.

Malgré la présence de Stella, il se sentait de nouveau seul. Il ressentit avec intensité la solitude qui avait été la sienne toute sa vie et que, jusqu'à ces moments d'oubli où elle avait totalement disparu, il n'avait jamais appréhendée dans sa totalité.

Il tourna le dos à la vallée et fit face à Stella.

— Nous ne referons pas cela.

Elle le regarda, plus calme qu'il ne s'y attendait.

— Pourquoi ?

Un mot. Il avait suffi d'un mot pour qu'il se retrouve désarmé.

— Ne jouez pas avec les mots.

Il n'était pas homme à se battre à coup d'arguments. Le silence et les épées, telles étaient ses armes. Comment formuler toutes les raisons pour lesquelles il n'aurait pas dû partager sa couche avec Stella Storwick ?

Un demi-sourire étira les lèvres de Stella, et son visage prit une expression à la fois rêveuse et calculatrice.

— Avec les mots ? Les mots sont trop faibles pour ça.

Elle rejeta les couvertures, se leva et couvrit en boitillant la distance qu'il avait essayé de mettre entre eux. Puis elle l'enlaça comme si sa vie en dépendait et lui tendit ses lèvres.

Il serra les dents. Son corps dont la force avait toujours fait sa fierté était soudain un vaisseau fragile, incapable de résister à la tempête d'émotions que provoquait en lui cette femme. Jusqu'à ses idées qui s'embrouillaient ! L'avoir pour captive était vite devenu un fardeau mais, quand elle l'avait débarrassé de ce fardeau, il s'était lancé à ses trousses pour la ramener…

— Croyez-vous que si je vous possède de nouveau je vous laisserai partir ? demanda-t-il d'une voix étranglée.

Elle se pencha un peu en arrière pour mieux le voir. Dans ses yeux, il n'y avait plus ni orgueil ni calcul.

— Si vous me possédez de nouveau, je crois que ni vous ni moi ne laisserons jamais partir l'autre.

Alors il l'étreignit et prit ses lèvres pour un baiser qu'elle lui rendit. Il eut un éclair de lucidité pendant lequel il se demanda s'il n'était pas aussi simplet que le petit Wat et ce qu'il se passerait si la semence qu'il avait déposée en elle prenait racine…

Il n'eut pas le temps de s'attarder sur ces questions, car on frappa à la porte.

— C'est Cate. Avec Wat.

— Une minute, répondit Stella.

Elle boitilla aussi vite qu'elle le put vers le lit, rajusta sa chemise et chercha sa jupe et son gilet.

Lui aussi réagit comme s'il était sur le point d'engager un combat et se rhabilla prestement avant de tirer les couvertures tant bien que mal pour refaire le lit.

— Le garçon s'est cru responsable de votre départ, expliqua-t-il quand Stella fut installée sur le lit, la cheville posée sur un coussin.

Il lut de la souffrance et du regret sur son visage, puis elle releva le menton.

— Entre, Wat, dit-elle.

La porte s'ouvrit, et le blondinet se précipita vers le lit en tendant les bras. Rob le souleva pour qu'il puisse s'asseoir près de Stella, et ils s'étreignirent sans rien dire pendant un long moment.

Il les laissa seuls et alla rejoindre Cate, qui était restée dans le couloir.

Séparé de Stella par de la pierre et du bois, il réussit enfin à penser de nouveau clairement. Oh oui ! Il avait été aussi bête que le pauvre Wat ! Mais, si ses limites n'étaient pas aussi évidentes, elles étaient plus dangereuses.

Cate l'observa les sourcils levés, sans rien dire.

Pour la femme de son frère, ce qui s'était passé dans cette chambre était évident, il s'en doutait. Cate et Johnnie avaient partagé le même lit ; rien de ce qu'il pourrait dire n'excuserait ou n'expliquerait ce qu'il avait fait.

Mais Cate savait manier l'arme du silence aussi habilement que lui.

— Si tu as des choses à dire, va les raconter à Johnnie ! s'exclama-t-il enfin, incapable de supporter plus longtemps cet examen silencieux.

Elle secoua la tête et lança un coup d'œil vers l'escalier, en direction de la salle du puits.

— J'espère que tu lui as dit que tu étais désolé, répondit-elle simplement avant de s'éloigner.

Pétrifié, il la regarda s'en aller. Non, il ne l'avait pas fait. Et de toutes les choses qu'il regrettait en cet instant celle-là était la pire.

Stella sourit quand Wat se blottit très fort contre elle et ne relâcha pas son étreinte avant de l'avoir d'abord bercé très, très longtemps en se demandant ce qu'elle allait lui dire.

Elle choisit de se taire pour le moment.

Il finit par la regarder, des sillons de larmes séchés sur les joues.

— Pardon. Je serai plus jamais vilain. Je promets.

Rob avait raison, Wat croyait que c'était sa faute.

— Wat, tu n'as rien fait de mal. Je voulais voir mon père, et il…

Mieux valait rester simple, songea-t-elle avant de continuer.

— … il est très loin d'ici.

— Vous l'avez vu ?

« Loin » devait être une mystérieuse distance, apparemment.

— Non, répondit-elle en montrant sa cheville. Je me suis fait mal à la cheville et je ne pouvais plus marcher.

— Et c'est là que le maître vous a sauvée ! s'exclama-t-il en sautant sur le lit, comme s'il venait de découvrir la conclusion heureuse de l'histoire.

— Oui, d'une certaine manière, dit-elle, consciente que la suite n'était pas à raconter à un enfant.

Wat descendit du lit et tira sur sa main.

— Alors on va pêcher.

Elle se rappela soudain ce qu'elle avait fait.

— Wat, il est arrivé quelque chose au barrage.

— Quoi ?

Oh ! elle ne méritait pas cette foi aveugle en elle ! Il fallait lui dire la vérité, mais pas toute la vérité.

— Je… je l'ai cassé.

— Exprès ? demanda-t-il, l'air stupéfait.

— J'en ai bien peur.

— Pourquoi ?

— J'étais en colère.

Le souvenir de sa peur et de sa rage lui revint. Oh oui, elle avait eu peur de ses sentiments pour Rob, presque autant qu'elle avait peur du puits ! Et pour de bonnes raisons.

— C'était mal de ma part, ajouta-t-elle.

Il soupira et secoua la tête, puis arbora une expression de souffrance résignée en roulant des yeux, qu'il avait dû copier sur sa mère. Après quoi il lui tapota la main.

— Je vous pardonne. Promettez que vous recommencerez pas.

— Je promets, dit-elle en retenant un sourire.

— Promettez que vous serez gentille.

Ah… Qu'est-ce que cela pouvait bien signifier, maintenant ?

— Promis.

— Alors on va en construire un autre, lança-t-il, de nouveau souriant.

— Je crains de ne pas pouvoir, répondit-elle en agitant sa cheville.

Elle regretta aussitôt ce mouvement et grimaça de douleur.

— Vous irez mieux demain ?

Elle n'en avait pas la moindre idée. Son corps réclamait

déjà de nouveau Rob, et elle avait hâte que la journée passe et que la nuit vienne. Cependant, rien n'avait été décidé entre eux.

— Je ne sais pas, Wat. Nous verrons bien.

Chapitre 13

Rob passa la journée à se persuader qu'il devait la renvoyer chez elle. Il aurait dû la laisser s'enfuir, et bon débarras ! Elle lui avait tourneboulé le corps et l'esprit, et la seule chose qui semblait certaine était la plus dangereuse de toutes.

« Si vous me possédez de nouveau, je crois que ni vous ni moi ne laisserons jamais partir l'autre. »

Tant qu'elle serait là, assez proche de lui pour qu'il la voie, qu'il la touche, tant qu'ils dormiraient sous le même toit, il la posséderait encore.

Et il ne la laisserait pas aux Storwick. Miracle ou non, ils n'avaient pas daigné offrir de rançon pour la récupérer. Quel genre d'accueil lui réserverait-on chez elle ? Et dire qu'il avait été assez écervelé pour lui confier la gestion de la maisonnée ! Elle en savait désormais assez sur la tour et les hommes pour fournir à sa famille tous les renseignements nécessaires sur ses nouvelles défenses et la manière de les contourner.

Mais où pourrait-elle aller, sinon ? Chez Johnnie et Cate ? Leur tour n'était pas encore terminée. Celle de Jock Elliot était solide, et l'homme digne de confiance, mais étant donné qu'il avait refusé d'épouser sa fille, ce n'était pas le moment de faire appel à lui.

Heureusement, il restait un endroit où la conduire : celui où elle voulait aller.

*
* *

Si Stella avait eu peur dans la salle du puits, et trouvé du réconfort dans son lit, elle se mit à ressentir quelque chose de tout à fait différent au fur et à mesure qu'avançait la journée.

Rob avait disparu, et elle ne pouvait pas assez bien marcher pour quitter sa chambre. Soudain, tout ce qu'elle avait trouvé juste et parfait commença à se déliter. Les heures lui paraissaient interminables, mais était-ce parce qu'elle était confinée dans sa chambre ou parce qu'elle ne voyait pas Rob ? Difficile à dire…

Wat resta un peu avec elle, mais il était jeune, plein d'énergie, et elle n'avait pas grand-chose pour l'occuper. Quand il commença à s'ennuyer et à devenir capricieux elle le laissa partir, en lui recommandant sévèrement d'être prudent.

On frappa à sa porte vers midi.

Son cœur se mit à battre plus vite, mais ce n'était pas Rob. C'était Cate, avec une écuelle de porridge.

— J'ai pensé que vous auriez faim.

Tant de gentillesse était surprenante de la part d'une femme qui la haïssait. Et toujours aucune nouvelle de Rob. Avait-il au moins pensé un peu à elle ?

— Merci, dit-elle en s'attendant à voir Cate déposer l'écuelle et s'en aller.

Au lieu de cela, elle resta dans la chambre tandis qu'elle commençait à manger son porridge en regrettant amèrement d'avoir détruit le piège à saumons.

— Il n'avait pas l'intention d'être cruel, dit enfin Cate.

— Cruel ?

Que pouvait-elle savoir sur ce que Rob lui avait fait ?

— Quand il vous a enfermée dans la salle du puits, précisa Cate.

Stella secoua la tête, comme si cela n'avait pas d'importance. Cette femme souillée par Willie Storwick savait ce qu'était la vraie cruauté, et comment la combattre.

Elle ne semblait pas attendre de réponse.

— C'est un homme qui ne sait pas s'y prendre avec une femme, ajouta-t-elle.

— Il ne sait s'y prendre avec personne, répliqua Stella en souriant à cette réflexion.

Cate ne se détourna pas. Au contraire, elle sembla l'étudier avec attention. Prenant son courage à deux mains, Stella soutint son regard. Que pensait-elle, et pourquoi était-elle venue ?

Après un long silence, Cate finit par faire une sorte de signe d'assentiment.

— Vous lui conviendriez bien.

Stella écarquilla les yeux. Elle avait dû mal comprendre ! Cate la Hardie ne pouvait pas envisager un mariage entre un Brunson et une Storwick !

Elle se racla un peu la gorge et se dit qu'il fallait être prudente. Très prudente.

— Que voulez-vous dire par là ?

Maintenant qu'elle avait lâché ce qu'elle avait sur le cœur, Cate se tourna vers la porte.

— Je n'aurais jamais cru voir ça un jour…, conclut-elle avant de sortir de la chambre et de refermer la porte sur elle.

Sidérée, Stella se demanda si Rob avait la moindre idée de ce que pensait Cate et s'il partageait son point de vue.

Des heures et des heures s'écoulèrent encore avant que Rob ne refasse son apparition.

Elle avait fait des allers et retours incessants à la fenêtre. Sa cheville l'élançait dès qu'elle s'appuyait dessus, et le sang semblait y affluer. Elle était bel et bien à la merci de cet homme, désormais, et ne pouvait s'en prendre qu'à elle-même.

Et elle s'efforçait de ne pas penser au fait que ses émotions étaient aussi prisonnières que son corps.

Elle reconnut sa manière de frapper à la porte, et il n'entra qu'après en avoir obtenu la permission.

Quand elle le vit, les battements plus rapides de son cœur et sa gorge soudain serrée lui indiquèrent que son corps plein de traîtrise avait succombé de nouveau.

Heureuse pour tous deux qu'il reste près de la porte et maintienne entre eux tout l'espace de la chambre, elle attendit qu'il prenne la parole tandis qu'il la dévorait des yeux.

— Nous partons demain.

Ce n'étaient pas là les paroles qu'elle attendait.

— Vous me ramenez donc chez moi ?

Cette pensée ne lui apporta pas la joie qu'elle en aurait retirée un mois plus tôt.

— Voir votre père, précisa-t-il.

Le soulagement, l'espoir, la gratitude et l'amour se bousculèrent en elle, et elle s'élança vers lui.

— Oh ! Merci !

— Ne me remerciez pas encore.

Elle s'immobilisa. Ils risquaient d'arriver trop tard ! Son père était peut-être déjà mort, mais au moins Rob avait accepté.

— Pouvez-vous monter à cheval ? demanda-t-il en regardant son pied.

A la seule perspective d'être ballottée des heures sur le dos d'un cheval, elle sentit la douleur pulser dans sa cheville. Eh bien, personne ne serait aux petits soins pour elle, voilà tout. Cet homme n'était pas cruel, mais il ne plaisantait jamais avec le devoir. Elle devait donc faire de même.

— Oui, j'y arriverai.

Il hocha la tête en évitant de la regarder.

— Alors à demain, donc. Aux premières lueurs de l'aube.

Il allait refermer la porte…

— Attendez !

Il s'arrêta aussitôt, comme si ce mot l'avait amené au bord d'un précipice, et la regarda de nouveau.

— Cette matinée n'a rien représenté pour vous ?

Elle lut dans ses yeux la réponse qu'elle espérait.

— Voulez-vous que je trahisse ce pour quoi je suis né ? lui demanda-t-il.

— Il n'y avait pas de Brunson dans ce lit. Pas plus que de Storwick. Il n'y avait qu'un homme et une femme. Et si votre corps m'a menti, eh bien, alors… alors vous n'êtes pas l'homme que je croyais.

— Et qui croyiez-vous donc que j'étais ? Vous le saviez très bien.

Elle sentit un mélange d'orgueil et de colère dans cette repartie.

— Oui, vous êtes un Brunson. Mais vous êtes aussi quelqu'un d'honnête et d'entêté, qui ne cède devant personne.

— Vous y compris.

Elle se mordit la langue. C'était un homme auprès de qui toute femme de ce côté-ci de la frontière aurait été fière de figurer. Comment avait-elle pu être aussi inconsciente et le croire assez magnanime pour épouser une Storwick ? Encore une des idées stupides qu'elle avait caressées, en espérant trouver le but de sa vie.

— Et, quand j'aurai vu mon père, que ferez-vous de moi ?

— D'abord le château de Carwell, répondit-il avec un soupir. Ensuite…

Il ne termina pas sa phrase.

Rob confia à Johnnie la garde de la tour et prit douze hommes avec lui, pas seulement pour qu'ils les protégent, mais aussi pour qu'ils l'empêchent de trop s'approcher d'elle, par leur simple présence.

Il avait envoyé un messager, pour se convaincre que ce voyage n'était pas uniquement une concession que sa faiblesse envers Stella l'avait poussé à faire. Il devait s'entretenir avec Carwell avant l'arrivée du roi, et Hobbes Storwick était trop souffrant pour être déplacé. C'était là la raison officielle du voyage, et ça n'avait rien à voir avec son penchant pour Stella Storwick, qu'il soit physique ou sentimental.

Mais ensuite ? Ses choix seraient plus difficiles. Le mieux serait de la laisser là, se dit-il alors que l'imposant château qui pouvait loger une bonne douzaine de captifs se profilait à l'horizon. Il la laisserait avec son père, qu'elle puisse lui faire ses adieux, à ce mécréant, et que Carwell se débrouille avec elle, après !

La première chose qu'il aperçut dans la vaste cour triangulaire fut la chevelure rousse de sa sœur, Bessie. Elle l'étreignit sans un mot. N'était-elle pas un peu plus ronde ? Peut-être mais, si Cate ne lui avait rien dit, il n'aurait pas deviné qu'elle était enceinte. Il réprima un soupçon d'envie quand il vit à quel point elle était radieuse, et que cette expression s'amplifiait à chaque regard qu'elle jetait à son mari.

Carwell lui serra le bras, ce qui était un salut plus chaleureux qu'il ne le méritait — ou ne le désirait, d'ailleurs.

Rob n'avait pas de temps à perdre.

— Est-il encore en vie ? demanda-t-il à Carwell.

— Oui.

— Où est-il ? s'enquit Stella, qui était aussitôt venue les rejoindre.

Rob regarda sa cheville en fronçant les sourcils. Elle n'aurait pas dû descendre de cheval sans aide.

Bessie s'avança et ne perdit pas de temps en politesses.

— Venez.

Il observa les deux femmes qui s'éloignaient, chevelure sombre contre crinière rousse. Stella marchait lentement.

— Vous ne devriez pas marcher ! cria-t-il.

Le château était vaste, et elle serait épuisée avant même d'arriver au chevet de son père.

En deux enjambées il les rattrapa et prit Stella dans ses bras. Elle ne se défendit pas et ne discuta pas davantage. Au contraire, elle se laissa aller contre son épaule, attitude plus parlante que des mots. Sa chaleur et le poids de son corps contre sa poitrine lui confirmèrent qu'il avait bien agi.

Il raffermit sa prise et regarda Bessie, ignorant la question implicite dans ses yeux.

— Où allons-nous ?

— Tu es un homme bon, Rob Brunson, dit-elle en souriant.

— Nous n'avons pas eu la chance de faire nos adieux à notre père, répondit-il en haussant les épaules.

Bessie hocha la tête et le conduisit.

Stella s'abandonna contre la poitrine de Rob alors qu'il parcourait des couloirs et des escaliers sans fin, jusqu'à une chambre aussi éloignée de l'entrée qu'il était possible.

— Etes-vous prête ? demanda-t-il en la reposant doucement à terre.

Elle le regarda longtemps, pleine d'espoir et troublée, vit-il. Tout comme lui l'était.

— Merci, dit-elle en hochant la tête.

Puis elle se tourna vers la porte et se redressa.

— Il faut que vous sachiez que, parfois, il n'est pas… vraiment là, expliqua Bessie avec douceur avant d'ouvrir la porte.

Ils avaient logé son père à un étage élevé, avec une fenêtre qui laissait pénétrer le bruit de la mer. Quand Bessie referma la porte, Stella ne distingua qu'une silhouette frêle couchée dans un lit à baldaquin, sous des couvertures trop chaudes pour l'air de mai.

Elle se précipita auprès de lui et le laissa la serrer dans ses bras réconfortants, comme s'il était toujours dans la force de l'âge et protégeait sa petite fille.

Ils se séparèrent, et elle s'installa sur le lit de manière à bien le voir. Il était décharné, pâle et affaibli. Ce n'était physiquement plus le même homme, mais son esprit était toujours là.

Elle avait l'impression que la main qu'elle tenait était toute en os, si fragile qu'elle risquait de se briser si elle serrait un peu. Ce qui lui donna confirmation de son état.

« Il se meurt », avait-elle dit à Rob. Mais elle ne pensait alors qu'à la douleur de la séparation. En chemin, elle avait projeté de lui exposer les problèmes des cousins qui se querellaient, certaine qu'il pourrait les résoudre s'il rentrait chez eux. La famille avait besoin de lui.

Si l'on pouvait obliger les cousins à verser une rançon, il rentrerait… Et les choses redeviendraient comme elles avaient toujours été.

— Ils t'ont laissée venir, dit-il enfin avec peine.

Toutes les pensées fantaisistes qu'elle avait nourries en route n'eurent plus la moindre importance.

— Oui.

— C'est plus que je n'en aurais fait.

— C'est un homme comme l'on n'en rencontre pas tous les jours, murmura-t-elle, et pourtant c'est un Brunson.

Il fronça les sourcils, refusant d'en écouter plus.

— Et ta mère ?

— Eh bien, la dernière fois que je l'ai vue…, souffla-t-elle.

Cela remontait à un siècle, lui semblait-il. Avait-on même dit à son père qu'elle avait été assez stupide pour se laisser capturer par Rob Brunson ? S'il ne le savait pas, ce n'était pas la peine de le lui révéler maintenant.

— Elle prie pour vous, ajouta-t-elle.

— Et toi ? demanda-t-il en lui serrant la main. Dieu te protège toujours ?

Il ne lui posait pour ainsi dire jamais de questions, alors qu'elle mourait d'envie d'en poser des dizaines, dont une, surtout.

Qu'attendez-vous de moi ?

Elle prit une profonde inspiration, puis renonça. C'était désormais trop tard pour le demander. Elle se borna donc à hocher la tête en signe d'assentiment.

Le sourire de son père suffit à la récompenser.

— Quand tu rentreras à la maison, dis-leur…

— Je ne vous laisserai pas, l'interrompit-elle.

— Après… quand je serai…

Quand je serai mort.

Elle le savait, elle l'avait dit à Rob, mais se retrouver en tête à tête avec lui, consciente qu'elle allait le perdre…

— Non !

Elle lui pressa la main sans se soucier de lui faire mal, cette fois, comme si elle pouvait ainsi le maintenir en vie.

— A quoi pensais-tu, ma fille, pour te laisser capturer comme cela ? lui demanda-t-il enfin.

Ah ! Il savait ! Il fallait donc qu'elle confesse l'inconscience de la jeune écervelée qu'elle était encore à peine quelques semaines plus tôt.

— Je pensais que puisque j'avais été sauvée je pourrais vous sauver à mon tour. Aussi ai-je traversé la frontière pour vous chercher.

Son regard se troubla, et il détourna la tête.

— Père ?

Elle lui agrippa les épaules, essayant de capter son attention.

— Que Dieu veut-il que je fasse ?

Il n'y eut pas de réponse. Seul le bruit de sa respiration fut perceptible.

Rob était assis face à Thomas Carwell dans le cabinet de travail de ce dernier. Tous deux étaient préoccupés.

— Tu as reçu le message du roi, dit Carwell. Tu sais donc qu'il vient à la frontière le mois prochain.

— Je sais qu'il doit venir depuis qu'il a vaincu Angus et envoyé Johnnie chez nous l'année dernière, répondit Rob.

Le roi avait renvoyé Johnnie dans son clan pour qu'il transmette ses ordres : les Brunson devaient s'allier avec lui contre le comte d'Angus. Mais les Brunson avaient refusé. Ils ne livraient pas bataille pour les autres, même s'il s'agissait d'un roi. Et ce dernier ne pouvait donc qu'être courroucé à leur égard.

— Nous ne l'avons pas encore vu, précisa-t-il.

— Cette fois, il viendra. Il a finalement obligé Angus à quitter le pays et, maintenan, il reporte son attention sur nous. Il prévoit de prendre plusieurs jours pour rendre la justice, et assez d'hommes vont l'accompagner pour imposer sa volonté par la force si la loi ne suffit pas.

Rob haussa les épaules et s'efforça de garder son

esprit entre les murs de cette pièce au lieu de le laisser vagabonder vers un autre endroit bien précis de la tour…

— Tu n'es donc pas inquiet ? demanda Carwell. Il t'a déjà proclamé hors la loi, et m'a donné l'ordre de te conduire à Edimbourg.

Un ordre qu'à son crédit Carwell n'avait pas exécuté, ce qui lui avait valu à lui aussi le statut de hors-la-loi.

— Et toi, tu t'inquiètes parce qu'il te traitera comme un Brunson ?

— Je m'inquiète parce que j'ai une femme qui porte mon enfant, répliqua Carwell.

— Ce sera donc un Brunson.

Un Brunson car évidemment, dans son esprit, Bessie aurait un fils.

Bessie enceinte… Peu importait qu'elle ait épousé un Carwell, que son fils hérite de la fonction de Gardien des Marches et porte un autre nom. Il aurait le sang des Brunson dans les veines, c'était ainsi. On ne choisissait pas sa famille.

— Parle-moi donc de ton roi, dit-il en se penchant vers Carwell.

Stella était toujours au chevet de son père lorsque Bessie entra discrètement dans la chambre. Elle vint arranger les couvertures, puis offrit une gorgée d'eau à son père. Ensuite, elle lui lava le visage avec une serviette.

De petits soins, et Stella songea qu'elle aurait fait de même.

Cette femme devait être bonne, pour les prodiguer ainsi à un ennemi.

— Quand devez-vous avoir votre enfant ? demanda-t-elle.

Bessie se redressa et posa sa main sur son ventre, les yeux agrandis de surprise.

— Je ne l'ai dit qu'à ma famille… Je ne pensais pas que cela se voyait… si tôt.

Stella haussa les épaules. Avec un regard envieux, impossible de ne pas le remarquer !

— Vous n'allez pas jeter un sort au bébé, n'est-ce pas ? s'enquit aussitôt Bessie, alarmée.

— Bien sûr que non !

Stella était choquée que Bessie puisse penser une chose pareille. Cependant, une Storwick devait lui paraître une menace, comme un Brunson en avait été une pour elle quelques semaines plus tôt.

Bessie se remit à faire la toilette du malade, et Stella serra la main de son père. Il ne répondit pas à la pression.

— Il somnole, puis reprend conscience, expliqua Bessie en chuchotant. Et parfois, pendant un moment, il s'exprime tout à fait normalement, comme s'il était en parfaite santé.

Stella la crut sur parole ; elle avait dû voir ce cycle à de nombreuses reprises.

— Vous avez été bonne pour lui, dit-elle.

Ces Brunson étaient vraiment d'étranges ennemis…

— J'ai perdu mon père brutalement, il y a dix mois à peine.

Et Rob était soudain devenu chef de clan.

— Rob et lui étaient-ils proches ?

Le père de Stella n'avait pas eu de fils ; il n'y aurait personne pour assurer la pérennité de son nom, quand viendrait l'heure. Les choses auraient-elles été différentes si elle n'avait pas été une fille ?

Bessie l'étudiait en silence. Stella eut l'impression qu'elle la jaugeait, pour estimer si elle était digne d'obtenir une réponse.

— Mon père a passé sa vie à former Rob, pour être

certain qu'il serait prêt. Tout le monde savait que c'était lui qui avait été choisi.

« Choisi »… tout comme elle, songea Stella. Mais lui, au moins, savait pour quelle tâche.

Le temps s'écoulait, rythmé par le bruit des vagues au-delà de la fenêtre. Bessie allait et venait, et Stella ne bougea pas du chevet de son père. A la fin de la journée, il se réveilla de nouveau. Elle reconnut dans son regard l'homme qu'elle connaissait et lui sourit.

— Ce Brunson, fit-il d'une voix rendue rauque par la douleur, quel genre d'homme est-il ?

Elle sentit son corps s'embraser à cette question.

— Jugez par vous-même, il est ici.

— Fais-le venir, dit-il en fermant les yeux.

Elle se leva et tenta de dissimuler son boitillement en se dirigeant vers la porte avant de sortir dans le couloir, où elle se heurta à Rob.

— Avez-vous rôdé ici toute la journée ? s'exclama-t-elle sur un ton plus agressif qu'elle n'en avait eu l'intention, ne sachant trop si elle devait être touchée ou furieuse.

— J'avais pensé que vous auriez besoin… d'aller quelque part, marmonna-t-il en regardant autour de lui pour bien vérifier qu'ils étaient seuls. Pour des… choses féminines.

Elle sourit avant d'avoir pu se contrôler. Cela faisait si longtemps que lui était arrivée cette mésaventure, la première fois qu'elle avait mis les pieds dans la tour Brunson !

— Merci d'y avoir pensé, dit-elle en lui montrant ensuite une petite porte tout près d'eux. Il y a des latrines juste ici.

Il s'empourpra et regarda le sol.

— Mais je suis contente que vous soyez venu. Il voudrait vous voir, reprit-elle en retrouvant son ton de Stella Storwick.

De son côté, il redevint immédiatement Rob le Noir.

— Pourquoi ?

— Qui sait pourquoi ?

— Je n'ai rien à lui dire.

— Il est mourant. Peut-être a-t-il, lui, quelque chose à vous dire.

Il resta silencieux, sans dire oui ou non. Elle le laissa prendre son temps. « Têtu comme un Brunson. » Même les Anglais connaissaient cette expression !

Le dernier rayon de soleil disparut du couloir, le plongeant dans la pénombre.

— Alors, voulez-vous bien le voir ? insista-t-elle.

Pour moi. Mais cela, elle ne le dirait pas.

Pourtant, il l'avait compris.

— Vous le souhaitez tant que cela ?

Oh oui ! Même si elle ne savait pas pourquoi il était important de réunir ces deux hommes qui ne pouvaient que se haïr. Si ce n'était parce que… parce qu'elle les aimait tous les deux. Une pensée qu'elle refoula très vite.

— Il y tient, dit-elle. Et c'est mon père.

Dents serrées, Rob pénétra dans la chambre.

Ainsi, c'était là Hobbes Storwick. Un homme qu'il avait haï toute sa vie, qu'il avait combattu et qui avait mis le feu à sa maison. Et voilà qu'il était alité, pâle entre ses draps, ne rappelant rien d'autre à Rob que son propre père quand ils l'avaient retrouvé mort dans son lit un beau matin.

Il n'y avait donc pas de différence, quand rôdait la mort, entre un père et un ennemi.

Storwick ouvrit les yeux et Rob y lut de la haine, une haine puissante, selon la bonne logique des choses. C'était rassurant. Il le comprenait et lui retourna un regard similaire.

Il resta à côté du lit et attendit, tandis que Stella se tenait près de la porte.

Son père tourna les yeux vers elle.

— Laisse-nous, ordonna-t-il.

Rob pensa qu'elle allait protester et jeta un coup d'œil dans sa direction. Mais, avant qu'il ne puisse croiser son regard, elle avait déjà quitté la chambre et refermé la porte, le laissant seul avec son pire ennemi.

— Vous détenez ma fille.

C'était donc cela. Quel imbécile de ne pas avoir compris ! Il était face à un père, et non à un chef de clan.

— Oui.

— A cause de sa propre inconscience.

— Oui, répéta Rob sans pouvoir s'empêcher de sourire.

— Je veux que vous la laissiez partir.

La laisser partir… Ce qu'il éprouva à cette idée ne fut pas de la colère, mais une sensation de vide.

— Et pourquoi devrais-je la laisser partir ?

— Parce que vous n'avez plus besoin d'elle, maintenant. Je serai mort avant l'aube.

Tous les arguments qu'il s'était passés et repassés dans la tête ces dernières semaines se retrouvaient lettre morte, excepté un, qu'il valait mieux que Hobbes Storwick ignore.

Qu'il pourrait y avoir un enfant…

— Ils ne veulent pas qu'elle revienne. L'ignoriez-vous ?

L'homme ferma les yeux, et la souffrance creusa son visage, mais cela ne semblait pas être une douleur physique.

— Sa mère désire son retour.

A cela, Rob n'avait rien à opposer.

Storwick leva la main, mais ne put serrer le poing comme il en avait eu l'intention.

— Il ne reste rien que des mauviettes dans ma maison.

Son père avait-il ressenti la même chose ? Avait-il aussi tenté de serrer le poing sur son lit de mort, dans la crainte de ce qui arriverait à la famille Brunson après son départ ?

Cet homme-là avait peur. Et, pour autant que Rob le sache, sa peur était justifiée. Personne ne s'était manifesté pour reprendre les rênes du clan Storwick.

Mais l'on pouvait aussi considérer, après tout, que Hobbes Storwick n'avait formé personne dans ce but. Alors, était-ce sa faute, ou la leur ? Il n'était pas parfait. Peut-être aucun chef de clan ne pouvait-il l'être.

Pas même Rob Brunson.

Hobbes Storwick reprit la parole.

— Il y avait une faiblesse dans notre sang. Willie…

— Willie Storwick a eu la mort qu'il méritait.

— Et pire. Il n'était déjà plus des nôtres.

Rob l'avait appris le jour même de la Trêve, quand le Balafré s'était enfui, mais il ne l'avait jamais vraiment cru.

— C'est difficile de renier quelqu'un, concéda-t-il.

— Je n'aurais pas voulu qu'il rôde autour de ma fille.

A la pensée qu'il aurait pu faire à Stella ce qu'il avait fait à Cate, Rob vit rouge. Si Willie le Balafré n'avait déjà été mort, il se serait mis à ses trousses pour le tuer. Il n'était pas surprenant que Johnnie se soit montré aussi féroce.

— L'homme qui l'a tué nous a rendu service à tous, déclara Hobbes Storwick.

Ou la femme, ou même le chien… Mais Rob ne partagerait pas ces secrets qui ne lui appartenaient pas.

— Oui.

Comme c'était étrange d'être d'accord avec cet homme…

— Alors, vous allez la ramener chez elle ? demanda-t-il.

— Je n'ai rien promis.

— Vous l'avez donc possédée ?

Rob ouvrit la bouche, mais aucun son n'en sortit.

— Ah… Ainsi, vous l'avez fait, murmura Storwick.

Devant ce vieil homme qu'il eut le sentiment d'avoir trompé, il se sentit aussi jeune et stupide que lorsque son père l'avait corrigé.

— Je devrais vous tuer moi-même, soupira le mourant. Mais je ne le ferai pas, parce que je vous demande de me ramener aussi chez moi.

Rob regarda l'homme, pâle comme de la neige grise, et fut pris de pitié. Il était comme son père, privé d'une mort au combat. Mais Geordie le Rouge avait été au moins enterré comme devait l'être un Brunson. Avec sa famille autour de lui, et son fils pour l'honorer en ajoutant un nouveau couplet à *La Ballade des Brunson*.

Et s'il s'était agi de son père, mourant, détenu du côté anglais de la frontière ? Rob aurait-il voulu qu'on le jette dans un trou boueux et l'y abandonne, anonyme, sans personne pour le pleurer ?

« Je vous demande »… Oh ! il avait dû coûter à cet homme de dire cela !

— Mourez en paix, vieil homme.

Il acceptait, évidemment. Un guerrier devait honorer ses semblables.

— Je vous ramènerai pour que vous reposiez chez vous.

Parce que vous êtes son père.

Les lèvres de Storwick esquissèrent un sourire, et il ferma les yeux.

Ce fut comme si la promesse de Rob l'avait libéré de ce qui le retenait encore, car Hobbes Storwick ne passa pas la nuit.

Chapitre 14

Pétrifiée, Stella laissa Bessie la persuader de quitter la chambre où son père gisait.

— Allez dormir, maintenant. Je le préparerai pendant ce temps. Venez.

Le préparer à quoi ? se demanda-t-elle. Mais elle était trop épuisée pour poser la question.

Il y avait des choses à faire, elle ne l'ignorait pas, mais on les avait toujours faites à sa place. Et, maintenant qu'elle aurait dû assumer le fardeau, elle n'avait absolument aucune idée de la manière dont on préparait un corps ni de celle de tenir le diable à distance.

Silencieuse, elle suivit Bessie dans les couloirs, jusqu'à une chambre. A côté du lit, sur un petit meuble, des galettes d'avoine avaient été disposées, dans le cas où elle aurait faim plus tard. La sœur de Rob ne lui posa pas de questions mais l'aida à se déshabiller, comme si elle était une enfant, puis, lorsqu'elle fut couchée, s'apprêta à quitter la chambre sur la pointe des pieds.

Bien qu'épuisée, Stella rassembla ses dernières forces pour soulever la tête de son oreiller.

— Merci.

Bessie hocha la tête.

— Et est-ce que Rob…

Où est-il ? Voilà ce qu'elle voulait demander. Liés par un curieux mélange de haine et d'attirance, ils avaient rarement été séparés, ces dernières semaines. Elle savait toujours à peu près où il était, et quand elle le reverrait. Et, dans son chagrin, il était la personne qu'elle désirait voir.

— Vous n'avez pas de famille, ici, et le corps de votre père ne devrait pas être laissé seul. Rob le veille.

La porte se referma.

Son père était mort loin de chez lui, entouré d'ennemis, et cependant ceux-ci se comportaient comme s'ils étaient de la famille.

Que se passerait-il ensuite ? Allaient-ils jeter son corps à la mer ?

Sa dernière pensée avant de sombrer dans le sommeil fut que Rob ne le permettrait pas.

Rob ne vit pas Stella le jour suivant.

Bessie, la sœur qui nettoyait tout derrière tout le monde, s'occupa de la toilette mortuaire. L'intendant de Carwell prépara une charrette pour transporter le corps, et des provisions pour les hommes, tandis que Carwell envoyait un message à lord Acre, le Gardien anglais de la frontière, pour qu'il les laisse passer sans tracas.

— Et tu t'attends à ce que lord Acre garantisse la sécurité d'une bande de Brunson ? lui demanda Rob, dubitatif.

Carwell soupira.

— Je lui fais encore moins confiance que toi. Mais c'est un allié du clan Storwick. Il laissera leur chef retourner sur ses terres.

Ensuite, une fois le corps remis à sa famille, aucune promesse ne tiendrait plus.

Bessie fit son apparition, épuisée, et s'appuya contre son mari d'une façon si naturelle que Rob en fut remué.

— Elle dort toujours, dit-elle comme si elle savait que son frère voulait des nouvelles de Stella.

— Toute cette histoire a une fin malheureuse, déclara Carwell. Mais, maintenant, tu peux les reconduire tous deux chez eux. Rends-la à sa famille. Les Storwick seront soulagés et, par la même occasion, cela calmera le roi.

Ils ne la veulent pas. Pas comme moi, je la veux !

Rob resta silencieux. Bah ! qu'ils pensent donc que Stella allait rentrer chez elle ! Le temps qu'ils arrivent chez les Storwick, il aurait peut-être trouvé la force de la laisser…

Stella se réveilla sans savoir combien de temps elle avait dormi. Nuit et jour s'étaient confondus au chevet de son père, et dans ce lieu étranger il était difficile de savoir si les rayons de soleil qui se dessinaient sur le sol venaient de l'ouest ou de l'est.

Après s'être habillée, elle sortit de sa chambre et fut surprise de trouver Rob assis sur un banc juste devant la porte. Depuis combien de temps était-il là ?

Il se leva et l'observa longuement, de la même manière qu'il aurait évalué une maison à piller. Elle se redressa et releva le menton, certaine qu'elle paraissait épuisée, puis elle tenta de sourire.

— Etes-vous prête à voyager ? lui demanda-t-il.

Si vite… La vie reprenait ses droits aussitôt après la mort.

— Où allons-nous ?

— Votre père m'a demandé de le ramener chez lui.

Elle ne perçut aucun ressentiment dans sa voix, même si son père avait été son ennemi. Ces deux hommes étaient avant tout des guerriers.

— Et que…

Contrainte de combattre les larmes qui lui étaient soudain montées aux yeux, elle ne put continuer.

Que va-t-il m'arriver ? songea-t-elle.

A vrai dire, elle connaissait déjà la réponse.

Il la reconduirait chez elle, là où était sa place. Toute cette mésaventure serait alors terminée, et elle ne reverrait jamais Rob le Noir Brunson.

Ralenti par la charrette qui portait le corps de son père, le voyage prit plus longtemps que s'ils avaient simplement été à cheval. A proximité de Kershopefoote, Rob renvoya la majorité des hommes à Liddesdale et n'en garda que deux pour les escorter jusque chez les Storwick.

— Craignez-vous une attaque ? demanda Stella quand les hommes furent partis.

— Je ne veux pas que votre clan se méprenne sur mes intentions.

C'était logique, certes, mais elle savait qu'il se mettait ainsi en danger. La capture de Rob Brunson serait aussi spectaculaire que l'avait été celle de son père.

Quoi qu'il en soit, il était prêt à courir ce risque pour permettre à un ennemi de reposer en paix.

— Et qu'arriverait-il à vos gens si…

Elle ne put se résoudre à dire « s'il vous arrivait quelque chose », et encore moins à y penser.

Il porta son regard sur la vallée et non sur elle quand il répondit.

— Ils auraient mon frère.

Ah ! Même en prenant la décision de ramener Hobbes Storwick, il avait pensé à son clan. Elle aurait voulu que son père ait fait de même.

Ils continuèrent sur la rive du côté écossais jusqu'à arriver en vue du village où avait eu lieu la Journée de la Trêve. Le bruissement des arbres et le clapotis de l'eau lui rappelèrent la nuit où elle s'était échappée, et toutes les raisons qu'elle avait eues de le faire.

Il la conduisit à une petite clairière entourée de jeunes arbres.

— Nous allons bivouaquer ici cette nuit. Demain matin, poursuivit-il en montrant le sud d'un mouvement de tête, nous entrerons sur les terres des Storwick. Vous serez chez vous avant la fin de la journée.

Il l'aida à descendre de cheval, et elle constata qu'elle pouvait rester debout sans peine, car sa cheville ne la faisait presque plus souffrir. Elle disposa des couvertures sur le sol et alla chercher de l'eau tandis qu'il nourrissait les chevaux et allumait un petit feu.

Demain... Et ensuite, je ne te reverrai plus jamais...

Elle se retint de le dire tout haut. Depuis qu'il avait quitté sa chambre, il était redevenu Rob le Noir, plus fort qu'elle, tel l'ennemi distant qu'il avait été lors de leur rencontre.

L'ennemi ? Quel mensonge ! Dès l'instant où il l'avait touchée, elle s'était enflammée.

« Si vous me possédez encore, ni vous ni moi ne laisserons jamais partir l'autre. »

Mais il le ferait ; désormais, elle en était sûre. Certes, elle avait vu l'incandescence dans ses yeux quand il la regardait, mais demain cela n'aurait plus d'importance. Il la rendrait aux bras impatients de sa mère et au reste de sa famille, puis remonterait sur Felloun et repartirait dans les collines, loin d'elle... si ses cousins ne le tuaient pas avant.

Sauvée par Dieu ou âme perdue, la seule chose qu'elle désirait dans la vie était à sa portée encore une nuit, et elle allait la prendre. Même au risque d'avoir un enfant. Si Dieu lui faisait la faveur — ou la défaveur — de lui donner un bébé de Rob Brunson, eh bien il faudrait qu'il lui donne aussi la force de le supporter !

Elle remonta la pente de la rive, heureuse que la pénombre qui commençait à s'installer dissimule le désir qui devait se lire sur son visage jusqu'à ce qu'elle soit trop proche de lui pour qu'il puisse s'enfuir.

Elle s'avança d'un pas déterminé, sans la moindre langueur séductrice, mais Rob, qui était accroupi devant le feu qu'il alimentait en brindilles, avait manifestement compris.

Il se mit brusquement debout et leva les mains pour la repousser. Mais quand elle glissa les doigts dans ses cheveux sombres, pressa ses seins contre son torse et leva ses lèvres vers les siennes, il n'émit aucune protestation. Juste un son : un gémissement, tel celui d'un animal souffrant.

Puis il prit ses lèvres.

Il avait essayé. Oh ! Dieu sait qu'il avait essayé ! Mais finalement, face à son désir, il était aussi vulnérable qu'il l'avait craint.

Rob désirait tout d'elle. Comme s'il pouvait la dévorer et faire d'elle une partie de lui-même, afin qu'ils ne puissent jamais être séparés.

Alors que, pour son salut, il devait la laisser. En réalité, jamais il ne le pourrait ! Elle serait gravée dans sa chair, enfouie dans chaque battement de son cœur.

Il repoussa ces pensées. Demain. Tout cela n'aurait lieu que demain. Maintenant, cette nuit était tout ce qui importait.

Tout d'abord, il voulait ses lèvres, douces et chaudes, qu'il s'était refusées des jours et des jours durant. Il prit son temps, goûta, mordilla, titilla avec sa langue. Il suivit le contour de sa lèvre supérieure, qui équilibrait à la perfection la légère moue naturelle de la lèvre inférieure. Puis il explora sa bouche offerte avec abandon.

Il entoura sa tête de ses mains, s'émerveillant de sa forme parfaite, en la rapprochant de lui pour mieux la caresser. Il laissa ses doigts suivre l'angle aigu de sa mâchoire, jusqu'à son fier menton pointu.

Elle était aussi affamée que lui, aimante avec l'élan désespéré de la séparation ou d'un adieu. C'était lui qui était prêt à ralentir, à savourer, à l'aimer toute la nuit s'ils le pouvaient, car ce serait la dernière fois.

Il avait soudain l'impression d'être doté de mains énormes. Afin de ne pas la heurter, parce qu'il était grand, fort et si passionné qu'il craignait de la serrer trop fort et de la briser, il essaya de rester très doux.

Il laissa donc ses doigts se mouvoir lentement, avec délicatesse, le long de son cou blanc, jusqu'à sa gorge où il sentit les pulsations d'un désir qui n'avait pas besoin de paroles.

Il repensa à ses yeux et la repoussa juste assez pour s'abreuver de son regard. Oh ! il savait à quoi elle ressemblait ! Il s'endormait tous les soirs en rêvant d'yeux verts, d'une cascade de cheveux sombres et de la courbe d'une hanche qu'il n'avait vue qu'une fois. Mais ce soir, yeux fermés, bouche entrouverte, languide de désir… c'était une image qu'il garderait en lui jusqu'à la fin de ses jours !

Elle ouvrit les yeux et, dans la lueur du crépuscule filtrée par les arbres, il lut le désir qui assombrissait son regard.

Il ouvrit la bouche pour lui dire…

Elle posa un instant un doigt sur ses lèvres pour l'empêcher de parler puis l'embrassa en se serrant de nouveau contre lui.

*
* *

Stella n'avait pas envie de parler, ni de penser. Elle voulait ressentir ce qu'elle était en train de vivre, sans plus.

C'est pour cela que je suis née, comprit-elle, comme si son corps, plus avisé que sa raison, l'avait déjà su.

Elle tâtonna pour trouver les fermetures de la veste qui protégeait Rob mais l'empêchait de sentir la chaleur de sa poitrine et les battements de son cœur, puis partit à la recherche des liens qui retenaient ses braies et le débarrassa de sa chemise. Sans qu'elle sache comment, sa propre veste et son corsage disparurent. Un air doux caressa sa poitrine, suivi des doigts de Rob. Ses dernières pensées cohérentes l'abandonnèrent alors.

Elle le tira par le bras pour l'entraîner sur les couvertures qu'elle avait disposées sur un tapis de jacinthes des bois. L'odeur entêtante des fleurs écrasées se répandit sur sa peau et se mêla à celle de Rob.

Désirant de lui tout en même temps, elle abandonna ses lèvres pour explorer la peau de son épaule, sous laquelle elle sentit ses muscles puissants, comme ceux de ses bras et de son dos. Avide, elle voulait toucher, goûter. Il y avait encore tant d'endroits mystérieux chez lui, et si peu de temps… mais ils avaient au moins toute la nuit.

Elle s'écarta un peu et s'accouda, pour admirer le spectacle de son torse en autorisant ses doigts à en détailler chaque courbe.

Jusque-là les lèvres de Rob n'avaient pas cessé leur voyage sur elle, aussi assurées et silencieuses que les chevaux des collines, qui savaient toujours quel nouveau sentier prendre quand l'un se terminait. Même dans la nuit noire, une monture des Ecossais de la frontière ne trébuchait jamais…

La sentant soudain s'écarter, il ouvrit les yeux avec une expression de regret. Mais quand il vit son sourire, il sourit à son tour. Puis il dégagea les cheveux de son visage, plongea son regard dans le sien et soupira.

— Je vous aimerai toujours. Jusqu'à la fin de mes jours, murmura-t-il.

Elle s'efforça de conserver un sourire égal, refusant de penser à toutes ces journées et ces nuits où ils seraient séparés, à partir de demain et jusqu'à la mort. Et elle se souviendrait toujours de cet instant parfait.

— Montrez-le-moi, Rob Brunson, chuchota-t-elle. Montrez-le-moi au plus profond de moi, fort, et assez longtemps pour que nous nous en souvenions jusqu'à la tombe.

Certes, Rob l'avait déjà possédée, mais avec réticence, en se battant contre son corps et son cœur, persuadé qu'il ne le fallait pas, donc sans en goûter chaque moment.

Ce n'était plus le cas maintenant.

Il devait créer une vie entière de souvenirs, en une seule nuit. Et, demain, il devrait la laisser partir ; elle le savait aussi bien que lui. Mais, cette nuit, ils auraient l'éternité.

Il voulut voir encore ses yeux avant le coucher du soleil.

Ainsi que les cheveux presque aussi noirs que les siens qui encadraient son visage, sa peau laiteuse et le vert de ses yeux qu'il discernait de moins en moins dans l'obscurité qui s'épaississait.

Elle souriait encore, et il se rendit compte tout à coup qu'il souriait lui aussi, sans réserve. Surpris de cette constatation, il sourit de plus belle et vit alors l'expression de Stella passer du plaisir au désir. Le sien n'attendant que cela…

Ensuite, il se concentra sur ses caresses. Il voulait la toucher, partout, de la tête aux pieds. Quand il commença, elle se serra contre lui et voulut le caresser elle aussi.

Il lui saisit les mains, les embrassa et les pressa contre ses lèvres.

— Chut ! fit-il, car il ne voulait aucune distraction.

Il la prit de nouveau dans ses bras et, cette fois, elle le laissa lui effleurer le cou du bout des doigts, jusqu'à la chaîne qui portait sa croix, puis continuer jusqu'à ses seins qu'il couvrit de ses mains, et il sentit la légère différence entre les deux. Il caressa leur douce chaleur, puis pinça légèrement chaque téton, intervertit ses mains et recommença. Ainsi saurait-il pour toujours, même dans l'obscurité, distinguer le droit du gauche.

Il l'aida à ôter sa jupe, ainsi que son jupon, plus lentement. Quand il vit sa peau blanche, et cependant pleine d'ombres secrètes, il eut l'impression de suffoquer. Il sentit monter en lui un désir irrépressible, qu'il s'efforçait pourtant de faire durer.

Il continua à la caresser et, même si Dieu devait le foudroyer pour cela, il se persuada que si un miracle avait sauvé cette femme afin qu'elle accomplisse une destinée particulière ce devait être aussi pour qu'elle puisse faire l'amour.

Légèrement saillant, l'os de sa hanche interrompait la courbe qui descendait de sa taille, de même que ses clavicules, qui dessinaient ombre et lumière au-dessus de ses seins. Plus il la contemplait de près, plus son corps semblait receler de secrets tandis que l'obscurité les enveloppait peu à peu.

Il ferma alors les yeux et s'en remit uniquement à sa peau, serrée si fort contre la sienne qu'il était certain d'en garder l'empreinte quand ils se sépareraient. Et cela suffisait à le rendre heureux.

Toutefois, il avait beau faire de son mieux, son corps ne voulait plus attendre. La dernière fois, il avait laissé son désir le conduire. Il l'avait pénétrée aussi rapidement qu'il aurait mené un raid de nuit. Cette fois, il fallait que ce soit différent : long, lent et aussi profondément que si c'était pour l'éternité.

Il se redressa un peu afin de voir encore ses yeux qu'il imaginait languissants.

Mais la nuit était là, sans le moindre rayon de lune, et le vert ne rencontra plus le brun.

Il avait rassasié ses yeux et ses mains. C'était maintenant le tour de ses lèvres.

Elle voulut le serrer contre elle de nouveau, et il s'écarta d'un mouvement de hanches car, s'il la laissait caresser son sexe, il n'aurait plus aucune défense. Son membre hors d'atteinte, il commença à faire voyager ses lèvres, depuis l'implantation de ses cheveux, jusqu'à sa tempe, son cou, s'arrêtant au creux de sa gorge pour entendre encore ce son guttural du désir.

Puis il les laissa aller à leur guise, vers le bout de chaque sein, et sourit lorsqu'elle gémit doucement.

Stella fit alors courir ses mains dans ses cheveux.

— Maintenant. Maintenant…, supplia-t-elle.

Ces appels provoquèrent un petit rire et, tout en continuant de parcourir son corps avec sa langue, il secoua la tête en signe de dénégation. D'abord, il comptait bien la torturer de plaisir…

Mais il accéléra son parcours, vers ses hanches, puis plus loin, vers ses replis secrets, au bas de son ventre, avide de trouver une nouvelle façon de l'aimer.

Enfin, il put la goûter vraiment. Elle était d'une saveur aussi enivrante que celle des fleurs qui les entouraient. Désireux de lui donner du plaisir avant de savourer le sien, il la caressa et la taquina de sa langue avec toute l'inventivité dont il était capable. Il dessina du bout de la langue des cercles concentriques qui intensifièrent chaque seconde son plaisir. Il la sentait frémir de plus en plus longuement, respirer de plus en plus fort. Il dut même lui saisir les hanches pour la maintenir en place, tandis qu'il prolongeait diaboliquement ses caresses… Jusqu'à ce qu'enfin ses gémissements inarticulés se transforment en cris d'exultation.

Chaque ondulation de plaisir qui la parcourait se répercutait en lui. Oh ! elle était comme la chair de sa chair, et il percevait les pulsations de son sang et l'emprise de son corps sur le sien comme s'ils étaient déjà unis !

Ah ! Robbie, se dit-il alors qu'il arrivait encore un peu à réfléchir, *comment pourras-tu vivre sans elle ?*

Stella ne dormit pas cette nuit-là. Cela semblait impossible, et pourtant il y avait toujours une autre façon d'aimer à découvrir. Elle ne s'arrêterait pas avant de les avoir toutes expérimentées, pour s'en souvenir à jamais.

Cela ne ralentit pas pour autant l'arrivée du jour. Bien trop vite à son gré, elle put distinguer les contours des arbres, qui commençaient à se découper dans le ciel rosi par le lever du soleil.

Ils reposaient dans les bras l'un de l'autre, silencieux, comme s'ils observaient l'approche de la fin des jours.

Alors, dans la quiétude pâle de l'aube naissante, Rob se mit à chanter.

Elle l'avait déjà entendu. Chez les Brunson, c'était lui qui avait de la voix, lui avait-on expliqué. Il y avait eu tant de veillées au cours desquelles quelqu'un prenait soit un pipeau, soit un archet, pour accompagner Rob qui chantait de sa voix grave et bien posée. Il le faisait comme si le chant à lui seul suffisait, et qu'il guidait ses gens de sa seule voix.

Ceux-ci se joignaient alors à lui pour entonner des chants guerriers, jusqu'à former un chœur qui résonnait avec autant de puissance que le martèlement des sabots de leurs chevaux quand ils dévalaient les collines.

Elle en avait tremblé, car elle avait senti les grondements des batailles dans ces notes.

Mais ce qu'il chantait là, il ne l'avait pas chanté à ses hommes. Cela ne s'accordait ni au rythme des sabots ni au vacarme de la guerre.

C'était une mélodie subtile, étonnante de la part de son interprète.

Elle était brave, loyale et forte
Tenait une place spéciale dans son clan
Une femme que l'on avait cherchée, et trouvée
Elle épousa ce Brunson

Brave, loyale et forte... une femme telle qu'elle aimerait être.

— Vous n'avez jamais chanté cela, dit-elle quand la dernière note se fut évanouie, et redoutant de lui demander pourquoi.

— C'est l'une des plus anciennes ballades des Brunson, dit-il avec un haussement d'épaules.

— Celle du Premier des Brunson ?

Elle avait entendu parler de ce rival impossible à égaler ou surpasser.

— Celle de la femme qu'il aimait, répondit-il.

« Qu'il aimait... », le mot la frappa avec la violence d'un éclair.

Elle avait entendu tout cela dans les paroles, la voix, dans un chant qui semblait parler de l'amour avec une puissance supérieure à tout ce qu'avait pu dire Rob Brunson.

— Qui était-elle ?

— Tout ce que nous avons, c'est ce chant, dit-il avec un léger sourire. Peut-être était-ce celle qui l'avait sauvé.

— Comment s'appelait-elle ?

— C'est étrange... Le Premier des Brunson n'avait pas de nom ; en tout cas, nous ne l'avons jamais su. Mais elle, elle en avait un. On l'appelait Leitakona.

— Qu'est-ce que cela signifie ?

— La femme que l'on a cherchée, et trouvée.

Chapitre 15

Alors qu'ils pénétraient sur les terres des Storwick, le ciel devint d'un bleu vif, et le soleil dessinait des ombres selon l'orientation familière à Stella.

La tour de sa famille apparut au loin, puis s'agrandit à mesure qu'ils approchaient. Ce paysage de son enfance, qu'elle connaissait par cœur, ne lui apparaissait plus comme son chez-elle.

Quand ils arrivèrent à la poterne de la tour, le chemin de ronde regorgeait d'hommes armés d'arcs bandés, prêts à décocher leurs flèches et arborant tous un air stupéfait.

Rob la regarda et attendit. Elle était chez elle : c'était donc à elle de prendre la parole.

— Je suis revenue. Et j'ai ramené Hobbes Storwick, pour qu'il repose en paix sur ses terres.

Ses deux cousins écartèrent la rangée d'archers derrière laquelle ils se tenaient et s'avancèrent.

— Et qui est avec toi ? demanda Oswyn.

— Je suis Rob le Noir Brunson, cria-t-il à côté d'elle, incapable de se taire plus longtemps. Je suis le chef du clan des Brunson. Je suis venu en paix, pour vous ramener votre chef.

— Etes-vous celui qui l'a tué ? demanda alors Humphrey.

Aucun des deux cousins n'avait donné l'ordre aux hommes de baisser les armes.

— Non ! s'exclama-t-il.

Craignant qu'il ne s'emporte après une telle insulte, Stella leva la main.

— Vous savez tous très bien que mon père était à la fin de ses jours quand il a été capturé. Il a demandé à Rob Brunson de le ramener chez lui, et vous ne lui ferez aucun mal car il a exaucé le dernier vœu de Hobbes Storwick. Maintenant, laissez-nous entrer !

Les hommes baissèrent leurs arcs. Ses cousins se mirent à chuchoter entre eux et, si elle lisait correctement leurs mimiques, à se disputer.

La porte s'ouvrit, et sa mère courut vers elle, suivie de quelques serviteurs.

Pendant qu'ils prenaient le corps de son père dans la charrette, Stella descendit de cheval et se jeta dans les bras de sa mère.

Elle était de retour chez elle !

En entendant des bruits de sabots derrière elle, elle se détacha de sa mère pour voir Rob et ses deux hommes faire demi-tour et s'apprêter à partir.

— Attendez ! cria-t-elle en tendant le bras vers Rob.

S'il partait maintenant, il la laisserait telle une coquille vide. Durant toutes les heures de leur nuit, ils n'avaient jamais envisagé la réalité de ce moment, ni de quelle manière ils se diraient adieu.

Elle n'était même pas certaine qu'il obtempère à son injonction, mais il s'arrêta. Puis, devant toute l'assemblée, il plongea son regard dans le sien. Un seul regard, pour remplacer tous les mots qu'il ne pouvait dire. C'était ce qu'il pouvait faire de plus courageux.

Sa mère lui prit le bras, comme pour l'entraîner à l'intérieur, mais Stella ne se détourna pas de Rob.

— C'est grâce à vous que mon père a pu revenir ici, dit-elle. Vous l'avez honoré par cet acte. C'est à nous de vous honorer. Restez avec nous jusqu'à son enterrement.

Reste avec moi. Juste encore un peu ! hurlait-elle intérieurement.

Rob cessa de la regarder, pour considérer sa mère et la rangée d'archers sur le chemin de ronde. Brave, il l'était, elle le savait. Il pouvait affronter la mort sans broncher.

L'était-il assez pour rester avec elle encore quelques jours ? Et faire face à de nouveaux adieux ?

Il reporta son regard sur elle, et tout ce qui l'entourait disparut.

— Si cela vous agrée, dit-il.

Elle soupira. Il lui était donc accordé un autre jour, ou deux, ou trois…

Rob maudit sa faiblesse. Rester ne ferait que rendre son départ plus difficile. Ici, il n'y aurait ni baisers, ni caresses, ni union. Seulement la torture de la voir à portée de la main, et hors d'atteinte.

Comme il n'avait plus besoin de la surveiller pour voir où elle était, il eut tout loisir d'observer la demeure fortifiée des Storwick. Il en connaissait le plan et les dimensions : elle était plus vaste que la tour Brunson, mais plus petite que le château de Carwell. Il en connaissait les points forts et les points faibles, les avait expérimentés lors de maintes attaques, mais toujours de l'extérieur.

Cela faisait trois mois que ses hommes et Carwell avaient fait leur descente, munis de lances et de flèches enflammées, et capturé Hobbes Storwick, mais il y avait encore des trous béants aux bords carbonisés dans les toitures en chaume des dépendances.

Cette vision le mit mal à l'aise. Bien sûr, il savait ce qu'ils avaient fait, et c'était à dessein. Mais pénétrer sur les lieux en y étant invité, même s'il était loin d'être le bienvenu, et y constater ces destructions lui donna à réfléchir. Et cela lui permit de se rendre compte simplement que ses sentiments avaient changé.

Trois mois suffisaient amplement à réparer des toits et nettoyer des murs, et rien n'avait été fait.

« Des mauviettes », avait dit Hobbes en parlant des hommes qui se querellaient sur le chemin de ronde. Ce que Rob voyait autour de lui le confirmait.

Hobbes Storwick n'avait pas formé de successeur comme l'avait fait Geordie le Rouge Brunson.

Désormais, les Storwick n'avaient plus de chef.

Chez moi…

Stella franchit la porte en essayant d'accorder ce mot avec les lieux. *Je suis chez moi.*

Pourtant, cette cour lui semblait maintenant étrangère. Elle s'attendait à entendre Beggy chantonner faux en faisant la cuisine, ou à voir Wat courir vers elle pour lui prendre la main.

Quelque chose cependant lui était familier, et qui ne lui avait pas manqué ces dernières semaines : la manière dont tous la regardaient.

Elle avait presque oublié leur façon de garder une distance respectueuse, comme si Dieu l'avait placée dans une bulle pour les y obliger.

Rob Brunson n'avait pas eu ce genre de comportement.

Même maintenant, il marchait tout près d'elle, comme s'il devait la protéger à tout moment et que c'était elle qui était en danger.

Le souvenir de la nuit précédente l'envahit. Sa peau contre la sienne, son odeur, la façon dont elle s'était arquée contre lui quand ils s'étaient unis…

Convaincue que ses joues s'étaient empourprées à cette pensée, elle releva le menton. Elle refusait de revoir ces scènes. Pas ici, tandis que Humphrey et Oswyn l'observaient, attendant qu'elle leur prouve qu'elle était une sorte de prophète.

Non, elle n'était plus la femme qui avait considéré cet endroit comme chez elle.

Sa mère s'approcha et l'entraîna à l'écart de Rob. Stella lut dans les yeux de celle-ci une foule de questions, et de la tristesse.

Elle voulut lui dire que Hobbes Storwick n'avait pas souffert à la fin, qu'il avait parlé de son épouse, s'était réconcilié avec Dieu. Mais tout ce dont elle se souvenait, c'était son regard, toujours empli de colère, et qu'il avait demandé à voir Rob.

— Ils ont pris soin de lui, dit-elle pour la rassurer. A la fin, il…

Elles furent interrompues par leurs larmes mutuelles.

— Et ont-ils pris soin de toi, mon enfant ?

La question portait un sous-entendu. Que pouvait lire sa mère en elle ? Et comment Stella pourrait-elle réussir à expliquer ce qui s'était passé ces dernières semaines ?

— Oui, répondit-elle enfin. Ils ont pris soin de moi.

Toute autre réponse l'aurait amenée à dévoiler ce qu'elle préférait taire.

— Mais…, ajouta-t-elle.

— Va te reposer. Nous parlerons plus tard, lui enjoignit sa mère, avant de se retirer pour aller veiller le corps de son père et laisser libre cours à son chagrin.

Stella entendit un brouhaha derrière elle. Quand elle se retourna, elle vit Rob entouré par des Storwick. Ils le serraient de si près qu'il semblait prisonnier d'une cage humaine.

— Il est ici parce que votre chef lui a demandé de venir, dit-elle alors que les hommes lançaient des regards noirs à Rob. On ne doit pas lui faire de mal.

— Cela ne signifie pas pour autant que nous devions le laisser libre de fouiner et de nous espionner, répliqua Humphrey de sa voix de crécelle tandis qu'il descendait les dernières marches de l'escalier menant dans la cour où tous se tenaient.

Il appartenait à la famille de Storwick le Rouge, à laquelle elle avait prétendu être apparentée : cheveux roux, yeux bleus, et une peau si claire et fine qu'elle se crevassait au vent d'été.

Il était suivi d'Oswyn, plus jeune, plus petit et moins pâle que son frère.

— J'ai ramené mon père chez lui, déclara-t-elle alors qu'ils se rapprochaient. Nous lui offririons les funérailles qu'il désirait.

Ou, du moins, celles que souhaitait sa mère. Les prêtres viendraient. Eux aussi la regarderaient, en attendant comme le faisaient Humphrey et Oswyn en cet instant et en se tenant à une certaine distance d'elle.

— Alors ? demanda Oswyn après s'être éclairci la voix. As-tu fait un miracle, pendant ton absence ?

Sur le point de secouer la tête pour leur signifier que non et prête à affronter leur déception autant que la sienne, elle se ravisa et sourit.

— Oui, répondit-elle. J'ai ramené mon père chez lui.

— Et en quoi est-ce un miracle ? s'enquit-il avec un air sceptique.

Comment lui expliquer tous les tours et détours qu'il avait fallu pour en arriver là ? Même ceux qu'elle avait cru malheureux, telle sa décision irréfléchie de traverser la frontière… Finalement, pas à pas, jour après jour, elle s'était rapprochée de Rob Brunson ; trop près même, avait-elle pensé. Assez près toutefois pour qu'il la conduise chez Carwell auprès de son père, qu'elle le revoie avant qu'il ne meure, et qu'il demande à être ramené chez lui.

Et assez près pour que Rob ait accepté.

Elle sourit de plus belle en pensant aux voies de Dieu, impénétrables, et fit un geste de la main en direction de Rob, toujours entouré des Storwick.

— Vous voyez cet homme ?

Humphrey jeta un coup d'œil par-dessus son épaule.

— Oui, et alors ?

— C'est Rob le Noir Brunson, dit-elle en se délectant à prononcer son nom, car elle connaissait désormais aussi bien l'homme que la légende.

— Tu ne m'apprends rien, rétorqua Humphrey.

Oswyn resta silencieux et hocha la tête, regardant tour à tour Stella et Rob.

— Il est ici à la demande de Hobbes Storwick. Parce qu'il a honoré les dernières volontés de son ennemi juré. Il est ici pour rendre hommage à l'un de ses pairs, qui va être porté en terre.

Elle sentit son cœur se gonfler à ces paroles. Pour tout ce qu'il avait fait pour elle, bien sûr, mais aussi parce qu'il honorait son père.

— Un Brunson qui se recueille aux funérailles d'un Storwick, je ne peux pas imaginer plus grand miracle que cela, conclut-elle.

L'archevêque de Glasgow avait certes excommunié les habitants de la frontière, mais Rob vit que cette famille tenait à la religion. La femme de Hobbes ayant insisté pour que l'on envoie un prêtre, il fut donc forcé d'attendre son arrivée.

Cette attente fit donc de lui l'hôte non désiré de la famille Storwick. Dans ces circonstances, « hôte » signifiait qu'il était un prisonnier, et non un homme mort. Ils le traitaient à peu de chose près comme il avait traité

Stella au début. On lui attribua une chambre, qui était même meilleure que la sienne, dotée à la fois d'un lit à baldaquin et d'une tapisserie au mur. Mais elle était aussi assortie d'un garde à la porte et n'offrait donc aucune possibilité d'aller et venir à sa guise.

Aucune occasion d'intimité avec Stella non plus mais, tout compte fait, c'était mieux ainsi ; il devait perdre l'habitude de sa présence.

Il ne la voyait que dans la salle commune, pour les repas. Il était servi mais isolé en bout de table, et personne ne lui adressait la parole. Il avait l'impression qu'elle aussi était peu ou prou soumise au même traitement.

Sa mère passait le plus clair de son temps dans sa chambre pour laisser libre cours à son chagrin, aussi Stella était-elle seule à la table des maîtres. Personne ne riait avec elle, ni ne lui parlait, ou ne partageait de petites choses insignifiantes. Elle avait pleuré, vit-il, et il en souffrait pour elle.

Bessie avait été exactement comme cela après la mort de leur père.

Or, personne ne semblait le remarquer ou s'en soucier. Personne ne venait la réconforter, ne lui prenait la main, ne lui passait le bras autour des épaules. Aucun adulte ou enfant ne s'approchait d'elle. Jusqu'à la servante qui restait hors de sa portée, comme si elle craignait de franchir une barrière invisible qui l'entourait.

Ils se contentaient tous de l'observer et la laissaient seule.

« Toute ma vie, les gens m'ont regardée, observée, en attendant que je fasse quelque chose qui prouve que j'avais mérité d'être sauvée », lui avait-elle confié.

Cela les avait rapprochés, il le comprenait aujourd'hui. Depuis son enfance, tout le monde s'était tenu à distance d'elle. Quant à lui, on lui avait accordé beaucoup d'espace vital, témoigné du respect, de la peur, de la crainte… Peu importait le nom que l'on mettait là-dessus ou la manière dont cela se manifestait, l'effet était le même : tous deux étaient solitaires.

A quelques reprises, au cours de ces rares nuits passées ensemble, aucun d'eux n'avait été seul. A présent, séparé d'elle, il se languissait de la seule personne qui n'avait pas peur de le toucher.

Une nuit, avait-il dit, qui durerait pour toutes celles à venir. Cependant, si son corps se languissait d'elle, c'était son cœur qui avait reçu le coup fatal. Qui d'autre lui tiendrait tête comme elle ? Qui d'autre aurait envie de le taquiner, de se chamailler avec lui et de l'aimer ?

Qui d'autre réclamerait du poisson et l'aiderait ensuite à construire le piège pour en attraper ?

Elle lui avait demandé de rester, et il avait accepté. Pas par respect pour Hobbes Storwick, même si aujourd'hui, en tant que chef de clan, il avait davantage de sympathie pour cet homme.

Non, il était resté parce qu'il n'était pas prêt à la quitter.

Pourtant, il le devait. Il n'y avait pas d'autre solution. Le roi Jacques arriverait bientôt, c'était l'affaire de quelques semaines, peut-être même de quelques jours seulement. Et à ce moment-là, il fallait que Stella Storwick soit en sécurité de son côté de la frontière.

Cependant, à cette pensée, il avait l'impression qu'on lui arrachait le cœur.

Stella avait oublié à quel point les prêtres étaient rares dans la région de la frontière. Il fallut à ses cousins jusqu'à la fin de la semaine pour en trouver un qui enterrerait son père.

Des sacs de paille préparés pour réparer les toits avaient

été entreposés dans l'ancienne chapelle de la tour. On les en enleva afin de faire de la place pour l'office funèbre.

Stella ne reconnut pas le prêtre. Il portait une épée, sa robe était aussi sale qu'un drapeau après une bataille, et la messe qu'il dit fut bâclée. Quand elle s'agenouilla pour qu'il la bénisse, elle perçut dans son haleine une odeur d'alcool.

Elle fut surprise qu'il n'ait pas entendu parler d'elle. Lorsqu'elle était enfant, les hommes d'Eglise leur rendaient régulièrement visite. Ils l'observaient, comme les autres, comme si des ailes allaient lui pousser à tout moment. Quelqu'un avait suggéré de porter témoignage du miracle à l'Eglise, mais elle n'avait jamais su si cela avait été fait. Voilà des années que les moines avaient décrété qu'elle avait été sauvée par Dieu.

Peut-être n'y avait-il plus que les Storwick pour s'en souvenir, aujourd'hui.

Les terres consacrées n'étaient pas très éloignées, à côté d'une église abandonnée depuis longtemps. Elle regarda les hommes porter son père en terre puis, au bras de sa mère, s'apprêta à quitter les lieux.

— Il n'y a donc personne pour chanter pour lui ? demanda Rob, qui s'était soudain avancé pour la prendre par le bras, imposant, calme et fort.

Elle sentit que la liturgie de cette cérémonie bâclée l'avait mis mal à l'aise.

— Chanter pour lui ? répéta-t-elle.

— Vous ne chantez pas pour honorer vos morts ? Vous ne créez pas de nouveau couplet, pour transmettre son souvenir ?

— Il ne reste personne pour le faire, répondit sa mère.

Il regarda la tombe, déjà presque comblée.

— Il n'est pas mort en combattant, mais il mérite d'être honoré.

Stella pensa que sa mère allait protester mais, trop épuisée ou terrassée de chagrin pour s'en soucier, elle se borna à faire un vague signe de la main.

— Faites ce que vous voudrez. De toute façon, il n'est plus.

Rob les laissa et retourna vers la tombe. Les hommes qui achevaient leur tâche levèrent leur pelle, méfiants, comme s'ils s'imaginaient que Rob était revenu pour uriner dessus. Il contempla la terre fraîchement jetée sur le cercueil pendant de longues minutes.

Sa mère n'attendit pas. Avec un regard assassin Humphrey vint se placer à sa droite, Oswyn à sa gauche, et ils prirent le chemin de la tour.

Stella les regarda partir sans broncher, mais aussi incapable de se rapprocher de Rob que de le laisser.

Il se mit alors à chanter.

C'était un nouveau chant, très court. Il aurait pu se lancer dans un récit de saccages et de destructions dirigés contre d'innocents Brunson. Au lieu de cela, il évoqua un homme courageux, aimé de sa famille, d'une voix si profonde et avec tant de sincérité que les hommes qui comblaient la tombe s'appuyèrent contre le manche de leur pelle et inclinèrent la tête.

Et, quand les dernières notes s'envolèrent dans les collines, Stella les écouta en frissonnant.

Et quel sera son legs?
Quelle empreinte laissera-t-il dans les collines?
Quand Hobbes Storwick reposera dans sa tombe
Qui se souviendra de lui?

Il n'y avait plus personne, avait dit sa mère. Sans son père, qu'allait-il se passer, à l'avenir ? En dépit de tout le mal qu'il s'était donné, de ce qu'il avait fait pour les

Storwick, il n'avait jamais formé de successeur. Sans fils et sans la perspective d'un mariage pour Stella, il n'y avait aucun héritier naturel.

Rob se tourna vers elle, avec cette dernière question dans les yeux, comme si elle pouvait y répondre. Elle se mit à pleurer. Pour Hobbes Storwick, et pour l'avenir.

Elle attendit qu'il la rejoigne en s'efforçant de contenir ses larmes.

— Merci, murmura-t-elle.

Un seul mot avant que ses yeux ne se remplissent encore de larmes. Son père était mort, et le seul qui semblait vraiment regretter sa perte était un Brunson.

En guise de réponse, il se contenta de hausser les épaules et de hocher la tête.

Ils prirent la direction de la tour. Elle mourait d'envie de se blottir contre lui, de sentir son bras entourer ses épaules, d'être réconfortée par sa présence. Au lieu de cela, ils se tenaient à bonne distance l'un de l'autre, de crainte de se toucher même par accident.

— Le puits où cela s'est passé est-il près d'ici ? lui demanda Rob au bout d'un moment.

Elle ralentit l'allure. Depuis qu'elle lui avait raconté ce qui lui était arrivé, ils n'en avaient jamais reparlé.

— Assez près comme ça, répondit-elle.

Elle savait très bien où il se trouvait, ainsi pouvait-elle l'éviter sans hésitation.

Il croisa les bras en une attitude qui aurait pu paraître menaçante, mais elle pensa que c'était plutôt pour s'empêcher de la toucher.

— Voudriez-vous me le montrer ?

Elle secoua la tête et croisa elle aussi les bras, pour se protéger.

— Je ne vais jamais là-bas ; il y a d'autres gens chargés de puiser l'eau.

Quelqu'un d'autre avait toujours fait les choses pour elle. C'était un genre de prison, en fait, songea-t-il.

— Ce n'est rien de plus qu'un trou dans le sol, Stella. Vous avez déjà passé des nuits avec bien pire que cela.

— Avec vous ? répliqua-t-elle en souriant, tout en comprenant très bien ce qu'il voulait dire.

— Parfois, il nous faut affronter la peur.

Peut-être réussirait-elle, avec lui à ses côtés. Mais ensuite, quand elle le perdrait… Cette peur-là, il lui faudrait l'affronter seule !

— Venez, dit-elle en tournant le dos à la tour.

— Ce n'est pas à l'intérieur de l'enceinte ? s'étonna Rob.

Une tour assiégée avait besoin d'un point d'eau ; tout chef digne de ce nom le savait.

— C'est pour cela que personne ne m'a entendue, expliqua-t-elle. Il est là-haut, dans les vieilles fortifications, ajouta-t-elle en montrant la colline.

Ils partirent dans la direction qu'elle avait indiquée, sans être suivis.

En réalité, elle n'était pas sûre de pouvoir le retrouver. Oh ! elle savait parfaitement où se trouvaient les anciennes murailles ; tout le monde ici les connaissait. De là à aller de son plein gré vers ce trou et plonger son regard dans les ténèbres…

Non, elle n'en aurait jamais le courage.

Cependant, avec Rob près d'elle, elle trouva son chemin d'instinct. Les jacinthes semblaient lui indiquer la route à suivre.

Tu adorais les collines, se remémora-t-elle.

Oui, elle s'imaginait que ce devait être par une belle journée comme celle-ci qu'elle s'y était aventurée, presque encore bébé, trop jeune pour connaître la peur et avoir conscience du danger…

Sa joie éphémère s'évanouit, et elle se crispa soudain.

Tout son corps se souvenait. Ils devaient être très près, maintenant.

Le vieux fort où avaient vécu ses ancêtres n'existait plus. Il n'en restait que quelques ruines, envahies d'herbes folles, indiquant l'emplacement de murs autrefois imposants. Certains de leurs vestiges étaient encore assez hauts pour que, une fois grimpé dessus, on ait une bonne vue sur la vallée.

Il était là, dans un coin envahi de broussailles, et elle se sentit tout à coup comme paralysée, incapable de faire un pas de plus.

Rob s'approcha et lui prit la main. Ils ne s'étaient pas touchés depuis leur arrivée, de crainte de ne pouvoir se refréner s'ils se laissaient aller au moindre contact, mais cette fois c'était un geste de réconfort.

— Voilà, dit-elle, toujours figée. C'est ici.

Elle sentit le vent tiède dans ses cheveux, le soleil de juin sur ses joues, et frissonna au souvenir du puits sombre et glacé.

— Ce n'est guère plus qu'un trou dans le sol, répéta-t-il, tout en lui passant la main dans le dos pour l'encourager.

Elle avança avec prudence, comme si elle devait le prendre par surprise, comme s'il s'agissait d'un être vivant seulement endormi qui pourrait se réveiller brutalement au moindre bruit.

Encore quelques pas…

De là où elle se trouvait, elle ne voyait pas le puits que dissimulaient de hautes herbes et des fougères. Il était facile de ne pas le voir, un enfant pourrait si vite courir droit dessus et y tomber…

Elle lui serra la main, très fort.

— Quelques pas à peine, Stella. Je ne vous laisserai pas tomber dedans.

Elle se décida à les faire, ces quelques pas, puis s'arrêta

juste au bord. Le vent fit voler sa jupe vers le gouffre béant et sombre ; la terre sembla frémir sous elle.

Sans lâcher la main de Rob, elle se laissa tomber à genoux. Grâce à la fermeté de la terre sous elle, elle se sentait plus en sécurité au niveau du sol. Quand elle jeta un coup d'œil par-dessus le parapet, elle ne vit que des pierres.

Elle regarda plus attentivement. Où était ce long conduit qui plongeait dans les entrailles de la terre ? Où était l'eau glacée qui attendait de l'engloutir ?

Il n'y avait qu'un tas de pierres, qu'elle pouvait même toucher.

Levant les yeux vers Rob, elle tenta de fouiller dans sa mémoire.

— Je ne comprends pas… C'était profond, sombre, avec de l'eau au fond. Ça, c'est… fit-elle, honteuse, avec un geste de la main, inoffensif.

Il s'agenouilla près d'elle, lui passa le bras autour des épaules et la berça contre sa poitrine, mais rien ne pouvait la réconforter.

— Me suis-je trompée ? Se sont-ils tous trompés ? Pendant tout ce temps ? gémit-elle.

— Qui sait ? La construction a pu s'écrouler depuis, ou on l'aura comblé délibérément pour qu'aucun autre enfant n'y tombe.

Ces explications étaient logiques, mais elle était toujours submergée de honte. Elle avait été terrifiée par… quoi ? Une histoire que sa mère lui avait racontée ?

Et si ce n'était qu'une histoire, alors… pourquoi ?

La honte reflua peu à peu, et elle prit soudain conscience qu'elle respirait normalement, comme elle ne l'avait plus fait depuis quinze ans.

Plus jamais elle n'aurait peur du puits !

Chapitre 16

Chaque pas que faisait Rob vers la tour des Storwick lui coûtait.

Cette dernière journée passée avec elle n'avait fait que prolonger ses tourments et retarder l'inévitable. Il était temps qu'il monte Felloun et retraverse les collines pour rentrer chez lui, en remerciant Dieu d'être sorti indemne des mains des Storwick.

Le désir qui le rongeait était devenu aussi familier qu'une vieille blessure qui se rappelait sans cesse à vous.

Stella marchait à côté de lui en souriant. Elle avait toutes les raisons de le faire : elle était de retour chez elle et libérée de la terreur qui l'avait hantée toute sa vie.

Elle n'avait plus besoin de lui.

Quant à lui, il avait exaucé le dernier vœu de son ennemi et ramené son corps chez lui.

Son père ne l'aurait pas fait, il n'en doutait pas, mais c'était lui le chef de clan, aujourd'hui, et cela avait été sa décision.

Quoi qu'il en soit, le malheureux Hobbes Storwick devait se lamenter au purgatoire sur ses successeurs. Tant d'argent dépensé en tapisseries alors que des toits n'étaient même pas réparés !

Rob eut une pensée reconnaissante pour son père, avec qui il avait passé tant de temps seul à seul, apprenant tout ce que devait savoir un chef de clan : le devoir, le courage, la force. Les doutes qui l'avaient assailli s'éloignèrent. Le clan Brunson était en de bonnes mains, les siennes.

Humphrey et Oswyn passaient plus de temps à se quereller qu'à échafauder des plans de bataille ou à organiser la vie quotidienne. Même leurs moutons restaient avec de la laine sur le dos alors qu'ils auraient dû être tondus depuis belle lurette !

Il n'y avait donc aucune raison de s'étonner qu'ils n'aient pas lancé de raid pour sauver leur chef. Ces deux idiots n'étaient pas même capables de se mettre d'accord sur le menu du souper.

Même Wat Gregor était plus sensé, et plus honnête aussi, songea-t-il. Non seulement aucun des deux ne laisserait sa place, mais ni l'un ni l'autre n'étaient capables d'assumer le commandement du reste de la famille. Leur monde allait donc s'effriter lentement sous leur direction, ainsi qu'il avait déjà commencé à le faire, jusqu'à ce que ce clan ne représente plus aucune menace pour quiconque.

Et ne soit plus un rempart pour Stella.

Elle pouvait bien sourire, mais il voyait clairement l'avenir des Storwick. Un beau jour, peut-être pas pour cette génération, mais sans doute pour la suivante, les Robson, les Elliot ou n'importe quelle famille de l'autre côté de la frontière lanceraient un raid et découvriraient que les Storwick étaient sans défense. Et alors, ce clan cesserait d'exister.

Cette perspective aurait dû l'enchanter, mais ce n'était pas le cas.

Et s'il y avait bien une chose que la vie lui avait apprise ces derniers jours, c'était que son père avait été avisé de le choisir puis de le former si jeune pour faire de lui son successeur.

Il devait donc faire de même.

Si quoi que ce soit lui arrivait dans un proche avenir,

Johnnie pourrait et devrait prendre la succession. Mais s'il voulait protéger sa famille pour la génération suivante, et celles d'après, il était de son devoir de se marier, d'avoir des fils et de les former. Il y avait eu le Premier des Brunson, et il ne devrait pas y en avoir un dernier.

Il connaissait son devoir. Cependant, quand il regardait Stella, le désir lancinant lui brouillait les pensées. Il n'avait qu'une envie : la saisir à bras-le-corps, enfourcher son cheval avec elle, traverser la frontière et la garder pour toujours.

Quel rêve égoïste, qui était à la fois une violation de son devoir et contraire à son bonheur !

Il avait tenu sa parole et ramené son père chez lui. Les Storwick avaient traîné les pieds pour offrir une rançon, certes, mais il avait pu être témoin de leurs égards envers elle. Il était convaincu qu'ils veilleraient à ce qu'il ne lui arrive rien de fâcheux, quels que soient les dangers auxquels la famille serait exposée.

Mais le prix de ce respect et la vie solitaire qui l'attendait ici lui déchiraient le cœur.

Stella se sentait apaisée quand ils quittèrent la colline. Elle y avait fait ses adieux à son père. Elle l'avait porté en terre et avec lui, grâce à Rob, elle avait aussi laissé en ces lieux la peur qui l'avait hantée toute sa vie. Ce rare instant où elle n'était que Stella, une simple jeune femme en train de marcher avec Rob au soleil, lui paraissait être tout ce dont elle avait besoin au monde.

Mais cette quiétude disparut quand ils approchèrent de l'entrée de la tour.

Que s'était-il passé autrefois ? Pourquoi ne se souvenait-elle de rien ? Et quelle était la part de vérité dans le récit de sa mère ?

— Je vais partir, dit-il.

Une ombre se posa aussitôt sur elle, et la peur revint. Ah, voilà ce qu'elle avait essayé d'oublier ! Il lui faudrait faire face seule à ces questions.

— Il est tard, objecta-t-elle. La journée est presque terminée. Attendez demain.

Juste encore un peu…, pria-t-elle.

Elle voulut lui prendre la main, comme si cela pouvait suffire à le faire changer d'avis.

Il s'écarta dès qu'il la sentit l'effleurer.

— Ne rendez pas cela plus difficile, demanda-t-il.

Elle avait mendié un jour de plus, une heure, comme si elle pouvait dilater le temps qu'ils passaient ensemble et s'enfuir avec lui, disparaître et l'obliger à s'arrêter jusqu'à ce qu'un miracle qui leur permettrait de rester l'un avec l'autre se produise.

Mais les miracles étaient rares dans la région de la frontière, et il semblait qu'elle avait atteint ses limites.

— Cela ne pourrait pas être plus difficile…, dit-elle d'une voix rendue atone par la défaite.

Il ne se détourna pas, et elle vit dans ses yeux la même souffrance que la sienne.

— Oh si ! s'exclama-t-il, sinistre. Vous pourriez être enceinte.

Machinalement, elle posa sa main sur son ventre. Il était trop tôt pour le savoir. Dieu ne serait pas aussi cruel.

Ou aussi clément ?

Elle lui tourna le dos pour cacher ses larmes et scruta les collines, le sentier qu'il emprunterait pour rentrer chez lui. Elle savait maintenant ce qu'il y avait de l'autre côté : une vallée qui ne l'accueillerait plus, désormais.

— Dites à Wat que je ne l'ai pas abandonné, murmura-t-elle. Dites-lui… dites-lui que je l'aime.

Et toi, je t'aimerai toute ma vie, ajouta-t-elle intérieurement.

Mais, pour Rob, le devoir passerait toujours avant tout, comme cela devait être.

Ils entrèrent dans la cour sans se toucher, et il se rendit directement aux écuries.

Elle le suivit, aussi silencieuse que lui, consciente que rien de ce qu'elle pourrait dire ne changerait le fait qu'elle était une Storwick, et lui un Brunson.

Après avoir enfourché Felloun et pris les rênes, il la regarda. Son côté sombre et la raison pour laquelle on l'avait appelé Rob le Noir, elle le comprenait maintenant, ne semblaient plus être dus à la noirceur de la colère mais à la tristesse.

Il s'éclaircit péniblement la voix.

— Si jamais vous avez besoin…

Il ne put terminer sa phrase.

Elle secoua la tête et détourna les yeux. Si elle croisait son regard maintenant, ni elle ni lui n'auraient le courage de combattre le désir.

Le cheval traversa la cour avec lenteur, comme si lui aussi rechignait à partir. Personne ne vint vers eux, et la porte s'ouvrit en grand, sans faire obstacle à son départ.

Rob mit rapidement sa monture au galop, et elle l'observa jusqu'à ce qu'il ait disparu dans les collines.

Il ne s'était pas retourné.

Ce soir-là, Stella prit sa place à la table des maîtres, seule avec son chagrin et ses interrogations. Sa mère s'était alitée, et personne n'osait s'approcher d'elle.

Sauf Humphrey Storwick.

Elle l'avait vu s'agiter toute la journée, allant de droite à gauche, mais il n'était jamais venu près d'elle. Elle en avait été heureuse, car Rob lui manquait terriblement. Plus que cela : son âme pleurait le seul homme qui ne craignait pas de la toucher.

Humphrey se pencha vers elle autant qu'il l'osa afin de pouvoir s'adresser à elle discrètement.

— Voudrais-tu t'entretenir avec moi en privé ?

Elle se dit que ce devait être en rapport avec une quelconque affaire domestique, même si on ne lui avait jamais demandé auparavant de se charger de quoi que ce soit de ce genre. Puisqu'elle avait acquis quelques connaissances au fort Brunson, autant les mettre à profit. De plus, cela lui donnerait l'occasion de s'occuper.

Elle acquiesça donc d'un hochement de tête, se leva et le suivit hors de la grande salle.

Arrivé dans le couloir, Humphrey s'arrêta soudain puis recula vivement en voyant qu'elle s'était immobilisée trop près de lui. Il déglutit péniblement et se passa la langue sur les lèvres.

— Il faut que je t'épouse demain.

— « Il faut » ? répéta-t-elle, choquée.

Ces mots lui avaient semblé encore plus incongrus que le « demain » qui les suivait.

— Oui, si je veux être le chef des Storwick.

Elle secoua la tête. Pendant des années, elle avait espéré que quelqu'un demanderait sa main, voudrait partager son intimité, lui faire des enfants. Aujourd'hui, c'était trop tard.

Trop tard non pas parce qu'elle avait perdu sa virginité, mais parce qu'elle l'avait offerte à Rob. Après lui, rien ne pourrait avoir plus de substance qu'une plume ballottée au gré du vent.

Il restait toutefois une question en suspens. Que se passerait-il si elle était enceinte ?

Non, même cela ne la forcerait pas à épouser cet

homme qu'elle n'imaginait pas en train d'élever l'enfant de Rob Brunson.

— Tu n'as pas besoin de m'épouser, répondit-elle.

Le regard de Humphrey lui semblait exprimer plus de peur que d'admiration.

— La famille récompensera celui qui conviendra le mieux, reprit-elle. Peu importe sa femme, ou même qu'il en ait une.

— Mais j'ai besoin de toi.

— Besoin ?

Elle n'avait perçu aucune passion dans sa déclaration, pas la moindre trace de ce désir si puissant qu'il ne pouvait passer par les mots.

— Je n'entends rien qui reflète l'amour dans ta voix, dit-elle.

— L'amour ?

Il la regarda comme si elle était stupide.

— Je n'ai jamais parlé d'amour ! se récria-t-il. J'ai besoin de toi parce que me marier avec toi prouvera que Dieu veut que ce soit moi qui commande. Une fois que nous serons mariés, tu feras ce que tu voudras, poursuivit-il en haussant les épaules, sans la regarder. Tu iras faire d'autres miracles.

Il aurait tout aussi bien pu ajouter : *T'occuper des enfants des autres, continuer à être intouchable comme tu l'as été toute ta vie. Fais de moi le chef, c'est tout ce que j'attends de toi.*

— Ou tu es assez fort pour être le chef des Storwick ou tu ne l'es pas.

La question ne s'était jamais posée de savoir qui dirigerait le clan Brunson quand Geordie le Rouge ne serait plus, elle en était certaine.

— Et m'épouser n'y changera rien, ajouta-t-elle.

— Raconte donc ce que tu veux, répliqua-t-il avec un

froncement de sourcils qui se voulait menaçant. Cela aura lieu demain, avant que le prêtre ne reparte.

— Tu peux m'épouser moi, intervint soudain Oswyn qui venait d'arriver derrière eux.

— Non, elle ne peut pas. C'est moi qu'elle va épouser, assena Humphrey.

— Pas si elle ne le veut pas. Laisse-la choisir. C'est pour cela que Dieu l'a sauvée : pour qu'elle choisisse qui de nous deux sera le chef des Storwick.

Oh non ! Dieu ne l'avait certainement pas sauvée pour une chose de la sorte, elle en était sûre !

— J'irai au couvent plutôt que d'épouser l'un d'entre vous ! s'exclama-t-elle.

— Ta mère saura te faire entendre raison, répliqua Oswyn. Je vais aller lui parler.

Il tourna les talons, aussitôt suivi de Humphrey, qui lui cherchait querelle.

Un frisson glacé secoua Stella tandis qu'elle les regardait s'éloigner dans le couloir.

Sa mère devait savoir ce qui lui était réellement arrivé ce jour-là. Si elle l'obligeait à le lui révéler, que dirait-elle ?

Une foule d'éventualités se bouscula dans son esprit. Etait-elle réellement tombée dans le puits ? Avait-elle simplement disparu quelques heures, comme il arrivait à Wat de le faire, par exemple, sans se soucier de ce qu'en penseraient ses parents ? Peut-être s'était-elle aventurée trop loin de chez elle et s'était-elle affolée en se rendant compte qu'elle s'était perdue ?

Quoi qu'il en soit, sa peur du puits, la terreur que lui inspirait cet endroit étaient bien réelles. Il s'y était passé quelque chose, mais quoi ? S'il ne s'agissait pas d'un miracle, si elle n'avait pas été sauvée par un ange, alors qui l'avait sauvée ?

*
* *

La mère de Stella la convoqua avant que la première étoile n'apparaisse dans le ciel du soir.

Ce genre de convocations l'avait toujours mise mal à l'aise. Quand elle était petite, cela signifiait des leçons ou un sermon dans une pièce qui semblait être plongée dans un crépuscule permanent.

Cette fois, ce serait différent, se promit-elle. C'était elle qui avait des questions à poser.

Elle entra en silence, comme on le lui avait appris, et attendit que sa mère s'adresse à elle. Aujourd'hui, du moins, la pénombre ambiante convenait aux lamentations du deuil.

Sa mère était agenouillée sur le prie-Dieu où elle l'avait vue si souvent durant son enfance.

« J'irai au couvent. » C'était ce dont elle venait de menacer ses cousins, tout en sachant que ce serait pour elle un sacrifice de se retirer du monde.

Elle se demanda, et ce n'était pas la première fois, si sa mère n'aurait pas été plus heureuse dans ce genre de vie, et ce que son père en aurait pensé. Mais maintenant, alors qu'elle savait ce qui se passait entre un homme et une femme, elle voyait les choses sous un angle différent.

Voyant sa mère se relever péniblement, elle s'approcha d'elle pour lui offrir son bras.

— Dieu a été bon, quand il t'a envoyée à nous, dit sa mère en lui tapotant la main.

Le fardeau de cette journée et la mort de son mari lui avaient ôté toute vigueur. Visage pâle, yeux battus, épaules basses, elle s'appuya contre elle pour faire les quelques pas entre le prie-Dieu et sa chaise.

Stella l'aida à s'asseoir, puis attendit en silence, doutant soudain de pouvoir affronter cette femme dont la piété avait modelé toute sa vie. Et surtout aujourd'hui, alors qu'elle venait de tant perdre.

La tête de sa mère reposait contre le haut dossier, et elle gardait les yeux fermés.

— Dieu a exaucé une seule de mes prières, dit-elle enfin, toujours immobile. Il t'a ramenée à moi.

— Oui, mère.

Elle n'avait nul besoin de demander lesquelles ne l'avaient pas été, alors que son père venait d'être enseveli.

Sa mère sembla enfin reprendre quelques forces ; elle se redressa et ouvrit les yeux.

— L'homme qui a présidé aux funérailles de ton père n'est que l'ombre d'un prêtre, mais il est le représentant de Dieu. Aussi est-ce lui qui te mariera.

Stella se retint de hurler.

— Et qui voulez-vous que j'épouse ?

— Humphrey, Oswyn… C'est à toi de choisir.

— Je ne choisis ni l'un ni l'autre.

Elle avait envie d'en dire plus, de lui faire admettre qu'un homme incapable de devenir chef du clan sans son approbation ne serait jamais en mesure de prendre les difficiles décisions qui incombaient à un chef, comme renier Willie Storwick.

— Mais tu le dois ! objecta sa mère en la dévisageant, stupéfaite.

— Pourquoi ?

— Pourquoi Dieu t'aurait-il renvoyée vers nous, sans cela ?

Il n'y avait pas d'autre raison. Ni qu'elle puisse être aimée, ou désirée, ou vue comme autre chose que l'instrument de Dieu.

Il n'y a rien de spécial en toi, Stella Storwick…, se répéta-t-elle avec amertume. Mais il y avait eu Rob Brunson, et entre eux aucune distance, mais de l'attirance pour son corps et son âme. Et l'accord parfait qu'elle avait ressenti avec lui semblait plus en harmonie avec ses désirs que l'honneur factice que lui accordait sa famille.

— Ce n'est pas Dieu qui m'a ramenée, c'était Rob le Noir Brunson.

— C'est un miracle que seul Dieu aurait pu accomplir, répondit sa mère avec un hochement de tête.

— Je suis allée voir le puits aujourd'hui, mère.

Sa mère cligna les yeux, tel un oiseau apeuré.

— Pourquoi ? Tu n'y étais pas retournée depuis que Dieu t'a sauvée.

— Il fallait que je le voie.

Rob l'avait compris. Pourquoi n'était-ce pas le cas de ses parents ? Pourquoi l'avaient-ils laissée vivre avec sa terreur, toutes ces années ?

— Et savez-vous ce que j'ai trouvé là-bas ? poursuivit-elle.

Elle se mit à faire les cent pas, regardant sa mère par intervalles et rassemblant son courage, comme si toute sa vie venait de s'écrouler.

— J'ai trouvé un trou plein de pierres, à peine plus profond que mon bras.

— Nous l'avons fait combler, plus tard, pour qu'il ne puisse plus se produire d'accident, expliqua sa mère sans la regarder.

Stella resta silencieuse un moment. Rob avait émis la même hypothèse mais, aujourd'hui, plus rien ne lui semblait vrai, et elle avait le sentiment de ne plus pouvoir se fier à rien. Il ne restait plus que la peur en elle, mais était-ce celle d'un traumatisme dont elle ne se souvenait pas, ou celle de ne jamais pouvoir être à la hauteur des attentes de sa famille ?

— Que s'est-il vraiment passé, mère ?

— Cela ne te fera aucun bien de revivre ça, ma fille. Tu as hurlé pendant des jours et tu étais inconsolable.

Elle préféra ignorer l'expression de regret sur le visage de sa mère.

— Combien de temps ai-je disparu ? Une heure ? Deux ? Cela n'a pas duré des jours, n'est-ce pas ?

— Les heures sont pareilles à des jours, pour la mère d'un enfant qui a disparu.

Sachant à quel point c'était vrai, elle se mordit la lèvre. N'avait-elle pas ressenti la même chose, durant les quelques minutes où Wat avait été introuvable ?

— Mais je t'ai cherchée, poursuivit sa mère, reprenant les mots que Stella connaissait par cœur. Toute la journée, toute la nuit, et après avoir cherché partout en vain je suis allée à la chapelle. Je me suis allongée sur le sol et j'ai prié la Vierge, une nuit et un jour, plus…

Elle avait prié tandis qu'une petite fille attendait, seule au fond d'un puits sombre.

— M'ont-ils cherchée, pendant vos prières ? Père ? Les autres ?

Il devait y avoir une réponse quelque part, qui lui avait échappé toutes ces années.

Sa mère fit un geste de la main, comme pour repousser ce genre de question.

— Cela n'a pas d'importance. C'est la Vierge qui t'a sauvée.

Stella soupira. S'il y avait une véracité quelconque dans cette histoire, le compte rendu exact en avait été perdu depuis très longtemps.

— La Vierge vous a donc dit où je me trouvais ?

Sa mère hocha la tête en souriant.

— Elle m'a accordé une vision. Je suis allée au puits, et tu y étais, dans les bras d'un ange.

Toujours les mêmes mots, la même version, songea-t-elle.

— Mais, si vous saviez que j'étais dans le puits, pourquoi y êtes-vous allée seule ? Pourquoi n'avez-vous pas emmené quelqu'un pour m'aider à en sortir ?

— La vision était très nette. L'ange t'avait sauvée.

— Mais s'il n'y avait pas eu d'ange ? Et si vous vous étiez trompée ?

Et si Dieu avait décidé que je ne méritais pas un miracle ?

— La vision était précise. Il fallait que j'y aille seule. Viens donc près de moi, ma fille, dit-elle en lui tendant les bras. Nous avons toutes les deux souffert, ces dernières semaines. Nous devons de nouveau demander l'aide de Dieu, pour qu'il te mène dans le bon chemin.

Stella se précipita dans les bras de sa mère, s'agenouilla à côté d'elle et posa la tête sur ses genoux.

Elle était rentrée chez elle. Elle avait retrouvé la confusion, les attentes et l'isolement qui avaient assombri toute sa vie. Et maintenant s'y ajoutaient des interrogations qu'elle n'avait jamais formulées auparavant.

Par contraste, la vie au fort Brunson semblait limpide : s'occuper de Wat, pêcher, des choses simples qui la reliaient au monde et aux autres.

Bien que de retour chez elle, elle se sentait de nouveau perdue.

Elle releva la tête, les joues baignées de larmes qu'elle n'avait même pas senties couler.

— Racontez-moi l'histoire de la Storwick Disparue, mère.

Et elle écouta son histoire préférée, celle de cette femme isolée et seule, qui avait défié tout son clan et s'était échappée.

— Que croyez-vous qu'il lui soit arrivé, mère ? lui demanda-t-elle quand le récit fut terminé.

Sa mère lui caressa les cheveux et essuya ses larmes.

— Personne ne le sait. Certains disent qu'elle a été

ravie par Dieu, d'autres par Satan. D'autres encore assurent qu'elle s'est échappée à pied, puis a erré dans les collines avant de rencontrer une autre âme perdue et de l'épouser.

Errer dans les collines… tout comme elle, et rencontrer une autre âme perdue, peut-être semblable à Rob Brunson.

Mais Rob n'était jamais perdu quand il s'agissait de sa famille. Il n'avait jamais douté de son devoir, pas plus qu'il ne s'était demandé ce qu'il devait faire, contrairement à elle, qui avait passé sa vie à s'interroger.

Elle soupira et se détacha de sa mère. Après s'être relevée, elle lissa sa jupe et s'essuya les joues du revers de la main. Le devoir, c'était ce que dirait Rob. Miracle ou non, c'était son devoir qui comptait.

— Si Dieu m'a sauvée pour que je choisisse le prochain chef de la famille, c'est ce que je ferai.

Cela ne lui faisait pas peur, pas plus qu'un trou rempli de pierres.

— Mais je le ferai en mon temps, et à ma manière.

Peut-être Dieu pourrait-il faire un autre miracle. Il y avait certainement quelqu'un, n'importe qui, plus digne que ces deux-là.

Cependant, quand elle quitta la chambre de sa mère, elle aurait voulu pouvoir disparaître, comme la Storwick de la légende familiale.

Chapitre 17

Rob avait regretté d'être parti avant même que les murs de la tour Storwick ne disparaissent derrière lui.

Cependant, il n'y avait rien eu d'autre à faire. Elle était chez elle, en sécurité.

Le sang, la famille étaient tout ce qui comptait. Des générations de Brunson le savaient. Le destin d'une Storwick ne pouvait pas être plus important que son devoir.

Alors pourquoi en doutait-il maintenant ?

Lorsqu'il franchit la poterne du fort Brunson, il se persuada de nouveau qu'il avait fait ce qu'il fallait, ce qui était utile, et ce qui était le mieux pour eux.

Jusqu'à ce qu'il voie Wat courir vers lui, les yeux débordant d'admiration, et découvrir que son héros était revenu seul.

— Où elle est ? Pourquoi elle est pas revenue ?

Il n'attendit pas les réponses, mais se mit à hurler et hululer... Savait-il d'instinct que Stella ne reviendrait plus jamais ?

Rob descendit de son cheval et subit les coups de pied et de poing désordonnés de Wat, qui semblait penser pouvoir ainsi le punir pour son propre chagrin. Rob attendit qu'il se calme un peu, puis le prit dans ses bras et le berça, tel un bébé que l'on pouvait apaiser ainsi.

Il appuya son front contre celui de Wat et lui murmura à l'oreille, comme il était sûr que Stella l'aurait voulu.

— Elle m'a dit de te dire qu'elle t'aime.

Si seulement elle m'avait dit la même chose ! songea-t-il.

Quand il retrouva Johnnie, celui-ci ne parut guère plus content que Wat.

— Tu l'as donc ramenée chez elle, lui dit-il d'un air entendu.

— Avec le corps de son père, répondit Rob en essayant de prendre un ton détaché.

— Cate l'aimait bien.

— Tu en es sûr ?

— C'est ma femme, j'en suis sûr, répliqua Johnnie en souriant.

— Et pourquoi me dis-tu ça ?

— Parce que ça ne l'aurait pas contrariée, si tu l'avais ramenée avec toi.

Trop tard ! Trop tard pour calmer les battements de son cœur à cette pensée.

— Elle ne nous servait plus à rien, après la mort de son père, expliqua-t-il.

En fait, il semblait bien qu'ils n'aient plus besoin d'aucune protection vis-à-vis des Storwick. Hobbes Storwick disparu, ce clan se trouvait sans défense.

— Cela fera un crime de moins sur la liste de ce que le roi a à nous reprocher, ajouta-t-il.

— Que va-t-il arriver à cette femme, à ton avis ?

Il fronça les sourcils. La question de son frère était exactement celle à laquelle il ne voulait pas penser.

— Ça ne me regarde pas, marmonna-t-il en détournant les yeux.

Quel mensonge ! Il espéra que Johnnie ne le dévisageait pas avec trop d'attention, car il était certain que son trouble était manifeste.

Celui-ci sirota quelques gorgées de la bière qu'une

servante venait de leur apporter et étendit ses jambes sous la table.

— Elle se mariera, j'imagine.

C'était là tout Johnnie, usant de tours et de détours, souriant sans dire exactement ce qu'il pensait ! Mais imaginer Stella dans le lit d'un autre était plus que Rob n'en pouvait supporter.

Il reposa sa chope en serrant les dents, puis se leva brusquement.

— Eh bien, moi aussi, dit-il. Il faudra donc que ce soit la fille Elliot. Un mariage et une alliance avant l'arrivée du roi insuffleront de nouvelles forces aux Elliot, qui sont à nos côtés.

Et mettraient du même coup un terme à ses interrogations à propos d'une femme qui ne serait jamais sienne.

Après quelques jours passés chez elle, Stella était de nouveau prête à s'enfuir dans les collines.

Jusque-là, sa famille l'avait gardée à distance respectueuse, accentuant sa solitude. A présent, il ne se passait pas une heure sans que Humphrey, Oswyn ou sa mère ne l'abordent, dans l'attente de sa réponse. Parfois, ils lui posaient des questions sur les défenses de la tour Brunson mais, le plus souvent, c'était sur ses intentions.

Personne n'attendait manifestement plus de miracle divin. Ils avaient décidé de ce qui serait et, maintenant, elle les gênait plus qu'autre chose.

Plus elle observait la maisonnée, plus elle était convaincue qu'épouser l'un ou l'autre des cousins signifierait la fin de la famille Storwick.

Elle avait vu comment fonctionnait le fort Brunson et, même si elle y avait déploré le manque de confort, elle ne voyait plus que les excès de celui-ci chez elle : repas trop riches, tissus somptueux, mais… accrochés devant des murs décatis. Les besoins quotidiens, les réparations, de bonnes défenses, l'entretien des armes, tout était laissé à l'abandon. Jusqu'au barrage à saumons détruit par Rob, et qui n'avait pas été reconstruit. Elle avait désormais honte quand elle repensait à la façon dont elle l'avait houspillé alors que sa principale préoccupation était le bien-être de ses gens et de ses troupeaux.

Ah ! si seulement le clan Storwick pouvait avoir un chef aussi efficace que Rob Brunson !

Il faudrait un miracle pour cela.

Ou peut-être autre chose…

« J'épouserai quelqu'un de spécial », avait-elle dit quand il se moquait d'elle. Ensuite, ignorante et naïve, elle s'était persuadée qu'elle se sacrifierait en l'épousant. Puis, avant même qu'elle ne s'en rende compte, l'amour était arrivé, et avec lui passion et embrasement.

Mais c'était avant qu'elle ne sache que Rob ne laisserait rien se mettre entre lui et son devoir, pas même Stella Storwick.

— Stella ?

Elle leva les yeux, surprise de voir sa mère accompagnée de Humphrey et Oswyn. Mal à l'aise, elle les considéra tour à tour.

— Oui ?

— Il semblerait, ma fille, que tu aies été incapable d'entendre la voix de Dieu dans le vacarme de notre vie quotidienne.

— Tu ne peux même pas te rappeler combien d'hommes défendent le fort Brunson, renchérit Humphrey.

— Je t'ai dit que j'étais prisonnière, dit-elle en priant pour que Dieu lui pardonne son mensonge. Ils ne m'ont pas permis de circuler librement, pas plus que vous n'y avez autorisé Rob le Noir.

— Nous avons été assez patients. Tu dois choisir, ou…

— Ton esprit a été troublé, reprit sa mère. Nous devons te conduire dans un endroit calme, où tu entendras Sa Voix.

— Peut-être devrais-je me retirer dans la chapelle, jusqu'à ce que la Vierge m'envoie une vision.

Des paroles bien amères, qu'elle ne pensait pas, mais n'avait pu s'empêcher de prononcer.

Sa mère hoqueta, comme si elle venait de recevoir une gifle.

— Nous avons un meilleur endroit dans l'idée, dit Oswyn.

Il la saisit par le bras, en enfonçant ses doigts dans sa chair assez fort pour lui faire des bleus, et l'entraîna derrière lui sans ménagement.

Le roi doit être en route.

Ce fut la première pensée de Rob quand le messager vint l'informer que Thomas Carwell arriverait avant le coucher du soleil.

Son beau-frère annonçait toujours sa venue, ce qui était la meilleure manière d'éviter de recevoir une flèche malencontreuse avant d'atteindre la poterne et d'avoir été reconnu.

Cela n'empêchait cependant pas que, parfois, sa main posée sur son arc le démange un peu malgré tout.

Il reconnut de loin la chevelure flamboyante de Bessie à côté de l'homme qui arrivait et regretta qu'il n'y ait pas de poisson au garde-manger.

— Est-ce que le roi arrive ? demanda-t-il dès qu'ils furent entrés dans la cour, avant même que Bessie n'ait pu descendre de cheval et le serrer dans ses bras.

Elle regarda son mari, pour le laisser répondre.

— Pas encore.

Cate et Johnnie se précipitèrent à leur rencontre, et toute une série d'effusions s'ensuivit.

— Alors, qu'est-ce qui vous amène ?

Ils n'avaient pas passé deux jours à cheval uniquement par plaisir, même s'il faisait beau.

Bessie hésita un instant avant de prendre la parole.

— Eh bien… Nous avons entendu des rumeurs, au sujet de Stella.

Rob sentit son estomac se contracter et crut entendre aussi des bourdonnements dans ses oreilles. Il était trop tard pour feindre de ne pas se soucier d'elle… Ils l'avaient déjà compris, pourquoi seraient-ils venus, sinon ?

— Quand je l'ai quittée, elle était chez elle, en sécurité.

Et c'était pour cette raison qu'il était reparti ; parce qu'elle était sous la protection des siens.

Cate glissa sa main dans celle de Johnnie.

— Personne n'est jamais en sûreté auprès des Storwick, dit-elle sur un ton qui laissait à penser que Stella était aussi une Brunson.

Johnnie lui lança un coup d'œil surpris, mais il s'adressa à Thomas.

— Et comment se fait-il que tu aies entendu des rumeurs sur les Storwick ?

— Je suis toujours Gardien des Marches, vois-tu, ironisa Carwell. Le Gardien anglais et moi échangeons… des informations.

— Peux-tu avoir confiance en ce qu'il te dit ? intervint Rob.

Les rapports étroits entre Carwell et le Gardien anglais lui déplaisaient même si, en ce moment précis, il trouvait que c'était plutôt une bonne chose.

— Ecoute d'abord, répondit Thomas. Tu décideras ensuite. Il m'a rapporté que les Storwick ont enfermé Stella dans une hutte, jusqu'à ce qu'elle accepte de se marier.

— Se marier ? s'écria-t-il.

Il afficha un air faussement surpris, alors qu'il savait déjà très bien qu'elle y serait obligée.

— Et jusqu'à ce qu'elle accepte d'épouser qui ?

Thomas haussa un sourcil, avec l'expression d'un homme qui savait décrypter les intentions cachées.

— Humphrey ou Oswyn Storwick. C'est l'un d'eux qu'elle — ou Dieu… — choisira.

— Ce n'est pas du tout un choix ! Ils sont encore plus idiots que Wat Gregor !

« Il ne reste que des mauviettes dans ma maison », avait déploré Hobbes Storwick.

— Sans aucun doute, mais elle va être contrainte d'en choisir un. Et celui qu'elle épousera deviendra le chef des Storwick.

Ainsi, la Vierge l'aurait sauvée pour qu'elle choisisse le prochain chef de clan… Cet homme l'épouserait donc pour le pouvoir et la position qu'il en retirerait ; en aucun cas parce qu'il aimait une femme têtue et obstinée qui avait peur du noir. Non, la seule chose en elle qui l'intéressait, c'était le statut qu'elle lui procurerait. Exactement ce que les femmes voyaient en Rob !

Ils étaient là tous les quatre en arc de cercle autour de lui : Bessie et Thomas, Johnnie et Cate — cinq même en ajoutant Belde, le chien de Cate — à l'observer, dans l'attente de ce qu'il allait dire.

— Qu'est-ce que vous regardez, à la fin ? s'exclama-t-il, poings serrés et muscles bandés. Que voulez-vous que je fasse ?

Oh ! il le savait fort bien et en mourait d'envie ! S'il s'écoutait, il serait déjà sur Felloun, en train de galoper dans les collines vers la frontière.

Son père l'aurait tué de ses mains plutôt que de l'autoriser à sacrifier sa famille pour sauver une Storwick.

Les autres échangèrent des regards entendus.

Ce fut Cate qui reprit la parole, elle qui avait souffert plus que quiconque entre les mains des Storwick.

— Va la chercher. Elle ne devrait pas être obligée de se marier. Aucune femme ne devrait l'être.

Pensait-elle vraiment ce qu'elle venait de dire ?

Il regarda son frère, qui hocha la tête. Johnnie lui avait déjà dit que cela n'aurait pas gêné Cate qu'il ramène Stella avec lui.

— C'est une histoire de famille qui concerne les Storwick, pas nous.

— Nous n'avons que faire du reste de la famille, intervint Bessie. Seule Stella nous intéresse.

Etaient-ils tous devenus fous ? Etait-il le seul à savoir ce qu'était le devoir, pour un Brunson ?

Il se battit contre la tentation, en avançant un autre argument qui lui était venu à l'esprit.

— Pourquoi devrions-nous faire confiance au Gardien anglais ? Il nous a déjà trahis, par le passé, en étant du côté des Storwick.

Thomas fronça les sourcils à ce souvenir.

— Il m'a parlé de Stella parce que je le lui ai demandé, expliqua-t-il.

Et pourquoi Thomas Carwell se préoccupait-il soudain d'elle ? Cet homme devenait-il donc aussi mou et faible que les autres ?

— Eh bien, lord Acre ne serait pas ravi, si je la kidnappais. Et le roi non plus.

Comme si l'opinion du roi l'avait déjà empêché de faire quoi que ce soit !

— Si nous nous étions souciés de l'opinion du roi, nous ne serions pas venus du tout, rétorqua Thomas en souriant, après avoir pris la main de Bessie.

Et s'ils l'avaient redoutée, ils ne se seraient pas mariés non plus…

Il était celui en qui son père avait cru pour maintenir la cohésion du clan. Il avait été choisi parce que, à la différence de Johnnie et de Bessie, il plaçait sa famille au-dessus du penchant qu'il pourrait avoir pour une certaine jeune femme aux cheveux sombres et aux yeux verts. Il serait égoïste de sa part de ne penser qu'à son seul bonheur.

Cependant, en regardant son frère et sa sœur, unis à des partenaires qu'ils aimaient, il eut l'impression qu'ils avaient trouvé quelque chose qui lui avait échappé : le contentement, la paix, le bonheur… L'amour.

Toutes ces faiblesses qu'il fuyait et qu'il n'avait jamais été assez égoïste pour désirer. Et, surtout, qu'il n'avait jamais cru mériter.

Stella non plus, d'ailleurs. Tous deux avaient été choisis par leurs parents pour des desseins plus élevés que s'abandonner à ses sentiments personnels. Certes, il ignorait quelles pouvaient être les intentions de Stella mais, de toute évidence, ce n'était pas un mariage avec Oswyn ou Humphrey Storwick.

Ils le scrutaient tous, impatients. Cate caressait son chien, qui avait retrouvé Stella tout récemment.

— Ramène-la à la maison, Rob, dit-elle.

Dès qu'il entendit ces simples paroles, il sut ce qu'il devait faire, et ce que son père, Dieu ait son âme, aurait désiré.

Il hocha la tête.

— Je ne la laisserai pas être unie à l'une de ces mauviettes.

A quelles conséquences allait-il s'exposer ? Bah… il y ferait face le moment venu !

*
* *

Il n'y avait aucun puits dans la hutte sombre et humide où ils l'avaient conduite, mais Stella ne pouvait s'empêcher d'éprouver ses terreurs familières.

Sa mère lui avait glissé un crucifix et un chapelet dans les mains pendant que Humphrey et Oswyn se tenaient un peu à l'écart.

« Dieu te guidera, lui avait-elle dit en lui serrant les doigts si fort qu'elle aurait pu les briser. Nous attendons. »

Stella regarda les perles de buis reposant dans sa paume et ne ressentit rien.

Humphrey et Oswyn avaient ensuite déposé de la nourriture et de l'eau sur le sol et étaient ressortis en refermant la porte sur eux.

Le plafond était très bas, les murs à peine assez hauts pour que l'on se tienne debout, et seuls quelques interstices laissaient entrer la lumière.

La hutte servait peu. Le berger n'y passait que quelques rares nuits, l'été, lorsqu'il y avait de l'orage. Le reste du temps, il dormait à la belle étoile, avec son troupeau.

En entendant le bruit d'une barre que l'on abaissait en travers de la porte, elle n'avait pu retenir un cri.

Elle avait alors été heureuse de disposer d'un chapelet, car il allait lui permettre de prier. Pas pour que Dieu la guide, mais pour qu'il la délivre !

La première impulsion de Rob avait été de s'attaquer aux défenses des Storwick. Il en avait largement assez vu pour savoir où il serait possible d'entrer et il avait pu observer assez de membres du clan pour comprendre que, sans Hobbes à leur tête, ils n'étaient plus que l'ombre d'eux-mêmes.

Cependant, il ne voulait pas mettre ses hommes en danger pour satisfaire ses désirs personnels. C'était hors de question. Une fois encore, seule sa famille la plus proche serait mise à contribution. Lui, Johnnie et Thomas Carwell agiraient seuls.

Johnnie et Thomas seraient chargés de faire diversion chez les Storwick.

Et lui ? Il trouverait Stella.

Stella avait perdu conscience des jours.

A travers les interstices des pierres, la lumière venait et repartait. Une fois par jour — ou était-ce tous les deux jours ? — quelqu'un ouvrait la porte et déposait de la nourriture. Elle en était à moitié aveuglée chaque fois.

Sa mère était venue une fois prier devant sa porte.

— Dieu t'a-t-il envoyé une vision, Stella ?

Elle avait éclaté de rire. Oh oui ! Dieu lui en avait même envoyé plusieurs ! De Rob Brunson se dressant nu devant elle ; de son regard brûlant quand il la prenait ; de son visage apaisé lorsqu'il dormait, rassasié d'elle…

En fait, elle en était sûre, il était encore en elle.

Elle n'avait eu aucune gêne mensuelle depuis la mort de son père. L'enfant qu'elle avait toujours désiré grandissait dans son ventre. Et, s'ils la laissaient sortir un jour, elle était convaincue qu'ils ne croiraient pas que Dieu l'avait visitée comme la Vierge. L'enfant serait en danger, une fois son péché découvert.

Cependant, y aurait-il plus grand miracle qu'un enfant conçu entre Brunson et Storwick ? Qu'y aurait-il de mieux pour apporter la paix ?

Cette idée qu'elle avait déjà eue d'épouser Rob s'enracina en elle et finit par lui apparaître comme une évidence, la seule chose à faire.

Etait-ce un cadeau de Dieu ou des divagations dues à la solitude ? Etait-ce logique ou résultat d'une idée fixe ? Elle l'ignorait, mais cette perspective la réconfortait dans son épreuve.

Si seulement elle pouvait s'échapper et traverser la frontière comme elle l'avait déjà fait ! Mais elle ne croyait pas que Rob la garderait… Cate et Bessie s'y opposeraient, c'était certain, et il ne la choisirait jamais contre sa famille.

Un autre jour s'écoula, puis une autre nuit.

Rob suivit Belde dans les collines quand le soleil disparut. Les nuits de juin étaient courtes ; il disposait de peu de temps.

L'odeur de Stella était toujours présente sur le mouchoir qu'il avait heureusement gardé. Belde l'avait sentie. Rob le conduisit à l'endroit où ils avaient passé la frontière, en espérant reprendre sa piste depuis là. S'il avait de la chance, le chien repérerait son odeur plus récente et le conduirait là où sa famille l'avait emprisonnée.

Dans le cas contraire, il se retrouverait devant les murs de la tour Storwick et ferait une cible parfaite pour leurs archers.

Par bonheur, le chien suivit une piste qui montait dans les collines et l'entraîna vers un pâturage vide.

Belde accéléra, et Rob discerna bientôt trois huttes de berger à la lueur du clair de lune.

Le chien se précipita sur celle du milieu et en renifla la porte en agitant la queue, impatient d'être récompensé du succès de sa quête.

Rob descendit de cheval avec précaution. Pas de gardes, ni de lumière. Pas le moindre bruit. Rien qui indiquait une présence à l'intérieur.

Ce n'est qu'en arrivant devant la porte qu'il s'aperçut qu'elle était barricadée de l'extérieur.

Fou de rage, il la débloqua avec tant de vigueur qu'il faillit l'arracher de ses gonds et l'ouvrit à la volée.

Tout d'abord, Stella crut que le bruit faisait partie de son rêve. Puis un homme se pencha vers elle dans l'ombre, et elle fut un instant effrayée.

La tristesse remplaça la frayeur quand elle reconnut le dessin des muscles de son bras et l'odeur familière du cuir et de la terre de sa vallée.

Je le vois dans mon rêve, songea-t-elle.

Alors, redoutant de se réveiller, elle ferma les yeux de toutes ses forces.

La truffe froide de Belde et sa langue râpeuse la ramenèrent à la réalité. Non, elle ne dormait pas !

Et Rob était vraiment là !

Il s'agenouilla et lui caressa le visage.

— Vous ont-ils fait du mal ?

Elle ouvrit la bouche pour lui répondre mais, après ces longues journées de solitude pendant lesquelles elle n'avait parlé à personne, elle ne put dire un mot. Certaine qu'il comprendrait sa réponse en sentant son mouvement sous sa main, elle se contenta de secouer la tête.

Non, ils ne lui avaient pas fait de mal. Pas dans le sens où il l'entendait.

Il soupira, soulagé.

— Je ne veux pas vous laisser ici, reprit-il. Vous ne serez pas en sécurité avec les Storwick tant qu'ils voudront quelque chose de vous.

Elle sourit et lui effleura la main.

— Et je serai en sécurité avec vous ? dit-elle alors.

— J'en réponds sur ma vie.

— Et protégée de vous ? ajouta-t-elle.

— Oui, aussi.

Elle sourit de nouveau, comme si elle savait ce qu'il voulait dire et ne formulait pas. Dès l'instant où elle lui ferait comprendre qu'elle le désirait, ni l'un ni l'autre ne seraient plus en sécurité.

— Je ne vous y obligerai pas, mais je vous emmènerai d'ici, si vous voulez venir avec moi.

— Et s'ils viennent me chercher ?

La façon dont Humphrey et Oswyn réagiraient cette fois à sa disparition était difficile à prévoir. La première fois, ils n'avaient rien fait, mais l'enjeu était désormais plus élevé, et si elle mettait Rob en danger…

Il fit courir ses doigts dans ses cheveux, comme s'il essayait de lire ses pensées.

— Nous, les Brunson, nous sommes des durs à cuire. De plus, votre famille ne saura pas où vous êtes.

— Je vais donc m'évanouir dans la nature, exactement comme la Storwick Disparue ?

— Jusqu'à ce que vous soyez prête à être retrouvée, pour aussi longtemps que vous voudrez.

Et si c'était pour toujours ? songea-t-elle. Mais elle ne pouvait pas demander cela, pas maintenant. L'enfant n'était pas encore une certitude. Pourtant, elle devait se décider, même sans savoir.

— Je viens, déclara-t-elle.

— Vous en êtes sûre ?

— Oui, dit-elle sur un ton cette fois plus ferme.

Il la prit dans ses bras, et le chapelet tomba sur le sol. Lorsqu'il la porta hors de la hutte, sous le ciel étoilé, elle cligna des yeux, presque éblouie, après les ténèbres où elle avait vécu ces derniers jours.

Chapitre 18

Quand ils franchirent la poterne du fort Brunson, à l'aube, Stella était en selle devant lui, tout comme le jour où il l'avait capturée dans les collines.

Dans un premier temps, personne ne fit le moindre mouvement vers eux. Les regards, la distance, c'était la même chose, que ce soit chez elle ou ici. Honorée ou ennemie, personne ne l'approchait.

Excepté cet homme, dont elle sentait le torse, rassurant et fort, contre son dos.

A peine l'eut-il aidée à descendre de sa monture que Wat se précipita vers elle, lui entoura les jambes de ses bras et se pressa très fort contre elle.

Elle posa les mains sur sa tête et répondit à son étreinte en souriant.

— Tu es revenue ! s'exclama-t-il dans les plis de sa jupe. Il me l'avait dit ! Il m'avait dit que tu m'aimais.

Elle lança à Rob un regard stupéfait.

— Vous lui avez dit ça ?

— Le petit faisait une crise, expliqua-t-il en haussant les épaules.

Avait-il alors compris que cette déclaration d'amour s'adressait aussi à lui ?

Wat leva la tête, lui prit la main et la tira vers la poterne.

— J'ai remis les bâtons. On peut de nouveau attraper du poisson ! Viens voir !

Stella sentit son cœur se serrer à la pensée qu'elle avait fait souffrir cet innocent.

— C'est bien, Wat. J'ai très envie de manger du poisson.

Elle regarda Rob pour lui demander la permission, au moment où Cate et Bessie arrivèrent dans la cour. Belde se précipita vers Cate pour lui faire la fête. Celle-ci jeta un coup d'œil vers la poterne, puis vers Rob.

— Ils vont bientôt rentrer, lui dit-il.

— Johnnie et Thomas ? demanda Stella, surprise.

— Ils sont en train d'examiner les moutons des Storwick, pour voir si ça vaut la peine de les emprunter, expliqua Rob sur un ton facétieux.

Elle se mordit la lèvre, puis croisa les regards de Cate et Bessie. Leurs maris avaient risqué leur vie pour elle.

Bien qu'elle soit à peu près certaine que cet entêté de Rob aurait agi de toute façon, même seul, elle dut retenir ses larmes à la pensée que sa famille les avait soutenus tous les deux. Les siens en auraient-ils fait autant pour elle ?

Bessie s'avança vers elle.

— Allons, Wat ! Laisse-la d'abord se reposer, dit-elle en souriant à Stella. Elle a fait un long voyage.

— Avez-vous..., lâcha-t-elle.

Comment formuler sa question ? Pourquoi Bessie et Thomas étaient-ils là ?

L'air pur et la liberté lui avaient rendu sa vivacité d'esprit et, pour la première fois, elle se demanda comment Rob avait appris qu'elle avait besoin de son aide.

— Emmène-la dans la tour, Cate, dit Bessie, faisant preuve d'esprit pratique, comme à son habitude. Je vais m'occuper de Belde et de Wat.

Silencieuse et dubitative, Stella suivit Cate dans l'escalier désormais familier et fut étonnée d'être conduite dans la chambre qui lui avait été attribuée auparavant.

— Je ne peux pas loger là, objecta-t-elle.

Il n'y avait que deux chambres dans la tour : celle du chef, et celle-ci, elle ne l'ignorait pas.

— Et où croyiez-vous que nous allions vous installer ? Dans la salle du puits ?

— Mais Johnnie et vous, Bessie et Thomas…

Ils n'auraient aucune intimité, si elle occupait cette chambre.

— C'est pour cette nuit seulement, expliqua Cate. Vous avez passé des moments difficiles.

Stella éclata alors en sanglots.

Oh ! elle avait déjà pleuré ! Trop, même. Mais, cette fois, c'était différent. Elle laissa libre cours à tout ce qu'elle avait retenu depuis toujours. Les larmes de ces heures sombres, de tout ce temps perdu, et de la joie d'avoir été sauvée. Celles de la frustration, aussi, pour la vie qu'on voulait lui imposer, et qui appartenait à tout le monde sauf à elle. Et parce qu'elle avait finalement trouvé un homme qui avait mis fin à sa solitude.

Et elle pleurait également parce que cette Brunson, qui avait toutes les raisons du monde de la haïr, se montrait bonne avec elle.

Cate se contenta de s'arrêter mais n'intervint pas. Elle resta simplement là, en témoin silencieux de ses pleurs, et respecta son chagrin.

Cet accès de larmes passa aussi vite qu'il était venu, et Stella s'essuya les joues.

— La peur ne vous quitte jamais vraiment, dit alors Cate. Mais, si vous arrivez à prendre le contrôle de votre vie, elle s'atténue.

— Comment… comment pouvez-vous le savoir ?

— Parce que j'ai laissé un Storwick contrôler ma vie trop longtemps.

Pour Cate, « Storwick » avait représenté l'ennemi,

et il était normal de craindre l'ennemi. Surmonter cela prouvait une force de caractère peu commune.

Or, c'était sa propre famille que Stella craignait, et cela gâchait sa vie autant que sa terreur d'un puits sombre. Le sang des Storwick coulait dans ses veines et, pourtant, ils l'avaient traitée avec autant de cruauté que si elle avait été de leurs pires ennemis.

Pourquoi ?

Elle caressa une pensée nouvelle : *Reste loin d'eux, vis dans les collines, ne retourne jamais chez eux…*

Or, cela ne s'était produit que dans une vieille légende. Grâce à Rob, elle avait disparu aussi mystérieusement que la Storwick Disparue. Elle savait néanmoins qu'il ne s'agissait que d'un sursis ; les questions et les mystères étaient toujours là.

Et il fallait qu'elle trouve les réponses.

Thomas et Johnnie rentrèrent à midi et perdirent leur air réjoui dès qu'ils virent l'expression de Rob.

— Ceci vient d'arriver, dit-il.

Il tenait une missive portant le sceau royal.

Les trois hommes se rendirent aussitôt dans le cabinet de travail. Rob tendit la lettre à Thomas, le plus habitué à lire des trois. Il déroula le parchemin et s'approcha de la fenêtre pour profiter de la lumière.

Rob n'avait pas besoin que son beau-frère commence sa lecture pour savoir ce qu'il allait entendre.

— Le roi annonce qu'il vient à la frontière pour les plaisirs de la chasse.

— Tu veux dire, pour les plaisirs de la chasse aux Brunson, intervint Rob.

— Sans aucun doute, approuva Thomas avec un sourire amer. Il doit prouver à son oncle, le roi Henry, qu'il est capable de maintenir l'ordre du côté écossais de la frontière. S'il n'y parvient pas, les Anglais ont le droit, selon les termes de ce maudit traité, d'intervenir dans la vallée et de faire régner l'ordre eux-mêmes.

— Il ne sera pas ravi d'apprendre que tu détiens une Storwick en captivité, dit Johnnie en fronçant les sourcils.

— Elle n'est pas prisonnière ; elle est ici de par sa propre volonté.

Aussi vrai que cela puisse être, le clan de Stella ne le croirait jamais, et le roi non plus.

— Il sera là dans la semaine, ajouta Thomas, sur un ton où perçait l'avertissement. Avec huit mille hommes…

— Je me battrai contre lui, dit Rob, dont les poings s'étaient serrés d'eux-mêmes.

— Avec combien d'hommes, Rob ? demanda Johnnie, qui connaissait déjà la réponse.

Rob desserra les poings. Les clans Brunson, Carwell et Elliot rassemblés n'atteindraient même pas la moitié de cet effectif.

Se battre, c'était ce qu'il savait faire de mieux mais, cette fois, ce ne serait pas la meilleure solution pour ses gens. Et il devait bien admettre qu'il était fatigué des conflits.

— Il doit bien exister un moyen de faire la paix avec lui, suggéra Johnnie. Certains des seigneurs de la frontière ont promis de gouverner selon les règles. Le roi a accepté…

— Mais ils n'ont pas reçu d'édits royaux avec des condamnations à leur nom, le coupa Thomas.

Rob éprouva un regret momentané. Thomas avait passé outre les ordres du roi et, désormais, son sort était lié à celui des Brunson. Et tout cela par amour.

Alors, qui était-il donc pour proclamer que cela n'en valait pas la peine ?

— N'oublions pas qu'il écrit aussi qu'il vient en paix,

dit-il. Je ne traiterai jamais le roi de menteur. Qu'il vienne, et nous lui offrirons l'hospitalité au nom des Brunson. Ensuite, nous verrons.

Rob sortit de la tour. En retrouvant la lumière du soleil, il retrouva aussi le poids de toutes les générations depuis le Premier Brunson qui pesait sur ses épaules et il se demanda ce qu'aurait fait Geordie le Rouge.

Affronter ouvertement les forces du roi ? Disparaître dans les collines, là où Jacques ne le retrouverait jamais ? Ou harceler ses hommes, simplement pour prouver qu'il le pouvait ?

Cette fois ce ne serait pas la décision de Geordie le Rouge, mais celle de Rob le Noir, son fils.

Depuis la mort de son père, chaque pas qu'il avait effectué avait été accompagné de doutes. Son père avait été taciturne, plus encore que lui. Il n'avait jamais dit : « Oui, tu fais comme il faut. » Rob ne recevait jamais de compliment et ne savait donc jamais si ce qu'il faisait plaisait à son père ou non.

Parfois, une fois par an peut-être, Geordie le Rouge le regardait en souriant et hochait la tête. C'était tout.

Il avait toujours espéré qu'un jour son père lui donnerait une grande claque sur l'épaule et lui dirait : « Oui, maintenant, tu es prêt. »

A chaque raid, il se préparait. Serait-ce cette fois-ci ? Serait-il celui qui survivrait et ramènerait les hommes à bon port ?

Mais son père était mort dans son lit, et il s'était réveillé un matin avec tout le fardeau sur ses épaules. Seul.

Ensuite, Johnnie était revenu et avait remis en cause tout ce que leur père défendait. Que fallait-il donc faire, finalement ? Qui avait raison ? Son père ? Son frère ?

Il avait voulu que son frère soit à ses côtés. Au lieu de cela, ils avaient passé des mois à s'opposer, jusqu'à ce que Johnnie prenne enfin conscience qu'il était lui aussi un Brunson.

Puis sa sœur l'avait défié en voulant épouser Carwell, alors qu'il était prêt à le tuer pour trahison. La famille était censée faire confiance au chef de clan et lui obéir. S'ils ne le faisaient pas, se pouvait-il que ce soit parce qu'il n'agissait pas correctement ?

Qui l'avait sauvé ? La question que se posait Stella le hantait lui aussi, mais il ne voulait pas y penser. Un homme tel que le Premier Brunson n'avait eu besoin de personne pour le sauver.

Mais Rob le Noir Brunson commençait à penser qu'il lui fallait quelqu'un.

Johnnie vint le rejoindre dans la cour. Ils montèrent ensemble les marches vers le chemin de ronde et regardèrent vers l'est, du côté où la vallée tremblerait bientôt sous les sabots des chevaux du roi.

— Après tout ce temps, je pensais être prêt, dit Rob, heureux de pouvoir se confier à son frère. Je croyais qu'il m'avait appris tout ce que j'avais besoin de savoir.

— Il ne le pouvait pas, répondit Johnnie. Personne ne le peut.

Non, personne n'aurait pu lui enseigner ce qu'il devait faire d'une certaine Storwick. Ou bien, si cela avait été le cas, la leçon se serait conclue par : « Fais-la sortir de ta vie ! »

C'était aussi facile à envisager que de s'arracher le cœur !

Non seulement il ne l'avait pas fait sortir de sa vie, mais il lui avait avoué qu'il l'aimait — ce qu'il n'avait jamais dit de sa vie, à personne.

Qu'allait-il faire, maintenant ?

Arguments, opinions, il lui fallait tout écouter. A la fin, cependant, la décision lui reviendrait, et il serait le seul à blâmer si elle était mauvaise.

Il scruta les collines qui les protégeaient.

— Au moins, tu sais ce qu'il y a au-delà de cette vallée, reprit-il. C'est toi qu'il a choisi pour avoir le privilège de voir le monde.

Ah ! toutes ces années passées par son frère auprès du roi et au cours desquelles il lui avait tant manqué !

Johnnie le regarda en écarquillant les yeux, puis éclata de rire.

— Je suis celui qui a été banni ! Tu étais son fils préféré, celui qu'il voulait auprès de lui.

— Celui qu'il ne voulait pas laisser hors de sa portée, de crainte qu'il ne fasse des bêtises sans sa surveillance.

Johnnie retint un sourire à cette remarque.

— Tu sais ce que m'a dit Bessie, une fois ? Qu'il m'avait envoyé à la cour parce qu'il fallait que je parte d'ici pour devenir un homme. Il devait penser que tu étais assez fort pour le devenir malgré sa présence.

— Et s'il s'était trompé, Johnnie ?

Et si, moi, je me trompais maintenant ? ajouta-t-il pour lui-même.

— Eh bien, si c'était le cas, il ne serait pas le premier.

C'était exact. Même un chef de clan n'était pas parfait. Hobbes Storwick, par exemple, ne l'était pas.

La main de Johnnie se posa sur son épaule.

— Mais puisque tu le demandes, non, il n'avait pas raison sur tout. Il a eu tort de vouloir te façonner à sa propre image, mais il a eu raison de te choisir.

Rob se sentit soudain réconforté.

— Il n'empêche que tu m'as contredit en permanence, répliqua-t-il.

— A quoi servirait un frère, sans cela ? répondit Johnnie avec son sourire charmeur si familier.

Rob n'était jamais parvenu à maîtriser ce genre d'expression.

— A épauler, dit-il en remarquant que le regard bleu de son frère était soudain devenu sérieux.

— Ecoute-moi bien, dit alors Johnnie. Quoi que tu décides, à propos du roi ou de Stella, je serai à tes côtés.

Assez fort pour devenir un homme… Pas seulement un Brunson, mais un homme à part entière.

C'était un combat différent, qui lui demanderait une nouvelle sorte de courage, celui d'affronter Stella Storwick.

Car une décision au moins ne pourrait être uniquement la sienne.

A la fin de l'après-midi, Stella fut surprise d'entendre Rob frapper à sa porte.

— Venez, dit-il quand elle lui eut ouvert. Je dois vous montrer quelque chose.

Ils partirent à cheval dans les collines, en silence, dans une direction qu'elle n'avait jamais empruntée auparavant. Et, tandis qu'ils galopaient, elle chercha comment formuler ce qu'elle avait en tête et tenta de rassembler son courage pour en parler.

Nous qui sommes seuls, nous le serons ensemble, finalement. Tu dois lui parler de l'enfant. Tu dois lui dire que tu l'aimes et que tu veux rester, se répétait-elle.

Et ne plus jamais rentrer chez toi.

Quand ils atteignirent une crête, elle découvrit des pierres disposées en cercle dans la pente et fit arrêter son cheval.

— Quel est cet endroit ?

— C'est d'ici que je viens. Hogback Hill.

Un frisson la parcourut. Elle avait entendu parler de ce lieu, mais ne l'avait jamais vu. Et n'en avait d'ailleurs jamais eu envie ! Il était habité par des esprits, disait-on, ceux des anciens Brunson. Donc, des esprits prêts à tuer une Storwick, elle en était convaincue.

Rob l'aida à descendre de sa monture, et elle resta à bonne distance, ne désirant pas franchir la ligne imaginaire qu'elle avait tracée entre elle et les pierres.

La journée d'été s'étirait autant que les ombres que les pierres projetaient. Elles n'étaient pas très hautes, ne dépassant pas sa taille, avec d'étranges symboles sur les côtés.

Refusant de pénétrer dans le cercle, elle effleura du bout des doigts l'une des gravures, puis retira précipitamment sa main.

— Ce dessin ressemble à un poisson, avec toutes les écailles de la même dimension.

— Certains disent que ce sont les maisons des morts, expliqua Rob. J'aime à penser que c'est ici que repose le Premier Brunson.

Ces symboles n'avaient rien de chrétien, constata-t-elle en les examinant de plus près. C'était plutôt la marque de Vikings païens et sanguinaires, comme ceux qui avaient massacré ses ancêtres.

— Sous quelle pierre ? demanda-t-elle.

— Personne ne le sait, répondit-il en haussant les épaules.

— Et la femme ?

La femme de la légende, celle qu'il a aimée, ajouta-t-elle intérieurement.

— Oui. Je pense qu'elle est là aussi, dit-il en détournant la tête. Mais quelqu'un d'autre repose ici, et je crois que vous devriez le savoir.

Il lui tendit la main, et elle y posa la sienne. Il la conduisit au bord du cercle, près d'une ravine qui s'ouvrait à quelques mètres de là. La colline y plongeait brutalement vers un cours d'eau, trop éloigné pour qu'on puisse l'entendre. Parsemée de pierres saillantes, la pente était d'une raideur impressionnante. Elle n'y entendit que le vent, comme s'il remplissait le vide béant.

Elle serra plus fort la main de Rob. Un pas de plus vers le bord, et l'on dévalerait jusqu'en bas en se brisant tous les os sur les pierres.

— Il est en bas, dit alors Rob. Willie le Balafré.

« Où est son corps ? » avait-elle demandé à Cate. « Au fond d'un ravin, là où il doit être », avait-elle répondu.

Elle ressentit un étrange mélange de soulagement et de regret.

— Est-ce Cate qui l'a tué ?

— Cate, Johnnie, le chien et Willie le Balafré étaient là tous ensemble. Willie n'est pas revenu. Cate et Johnnie n'en ont jamais dit plus que ça, ajouta-t-il avec un sourire où elle lut de la fierté. Ensuite, les ballades inventent leurs propres histoires…

Des histoires d'esprits, sans aucun doute. Elle regarda autour d'elle. Les esprits étaient-ils aux aguets, en train d'observer la Storwick ?

— J'aimerais bien les entendre un jour, dit-elle.

Un soir… quand ils seraient assis devant leur propre foyer.

Le sourire de Rob s'effaça, et il redevint Rob le Noir.

— Stella, le roi va venir.

— Quel roi ?

Dire qu'ils n'avaient même pas un roi en commun !

— Le roi d'Ecosse. Et il n'est pas très satisfait de moi.

Elle glissa sa main dans la sienne.

— Alors, il ne vous connaît pas comme moi je vous connais.

La chaleur qui était née au creux de son ventre et envahissait soudain sa poitrine lui rappela à quel point elle le connaissait…

— Stella, j'ai dit aux autres que vous étiez ici de par votre propre volonté.

Subodorant qu'il y avait quelque chose de plus, elle hocha la tête.

— Est-ce exact ? ajouta-t-il.

Elle sourit, et tout son corps, qui se tendit vers lui presque malgré elle, en attesta.

— Oui, Rob Brunson. C'est exact.

Maintenant, c'est le moment de lui dire, songea-t-elle.

— Et quand vous serez prête à repartir vous devrez le signifier.

Il lui avait dit qu'elle pouvait rester aussi longtemps qu'elle le désirerait, mais il n'avait pas précisé pour toujours.

Elle hocha mécaniquement la tête. Depuis le début, elle désirait lui demander quand il s'attendait à ce qu'elle reparte, et même s'il souhaitait qu'elle le fasse.

Le roi serait bientôt là…

Et, quand il découvrirait Stella Storwick chez les Brunson, les choses ne seraient pas faciles pour Rob le Noir. Etait-ce pour cette raison qu'il voulait connaître ses intentions ?

— Voulez-vous que je reparte maintenant, Rob ?

Il se détourna pour qu'elle ne voie pas son regard et ne répondit pas.

« Je vous aimerai chaque jour de ma vie », lui avait-il déclaré, mais il ne lui avait jamais demandé de les partager. Il avait prononcé ces mots après une nuit de passion, juste avant qu'elle ne retourne dans sa famille, à un moment où il était certain de ne jamais la revoir.

Elle jeta un coup d'œil vers le ravin, aussi profond que celui qui séparait leurs clans. Elle se sentait plus proche de Rob que de n'importe qui parmi les Storwick, mais elle savait que ce n'était que dans un lit qu'ils pouvaient prétendre qu'il n'existait ni Storwick ni Brunson.

Partout ailleurs, ils étaient ennemis.

Comment avait-elle pu penser que cela changerait ?

— Si vous m'y autorisez, j'aimerais rester encore un peu, dit-elle, heureuse d'avoir tenu sa langue.

Cela n'aurait fait aucun bien de parler d'un amour qui ne pourrait jamais être vécu au grand jour. Et cela ne ferait aucun bien à Rob de savoir qu'il existerait un enfant dont il mépriserait le sang. Heureusement, il l'avait conduite ici et mise en garde avant qu'elle ne se confesse !

Cependant, elle ne pouvait pas retourner dans un foyer où rien, pas même son passé, n'était certain.

Peut-être était-elle destinée à errer dans les collines comme la Storwick Disparue, qui n'était chez elle d'aucun côté de la frontière…

— Juste…, reprit-elle avec hésitation, juste encore un peu.

— Combien de temps ? Combien ? s'exclama-t-il.

Elle fut incapable d'en dire plus.

Ils retournèrent aux chevaux en silence.

Chapitre 19

Quand ils arrivèrent au fort, Stella vit qu'il grouillait d'activité. On ratissait la cour, on récurait l'intérieur, des marmites tintaient dans les cuisines.

Le roi serait bientôt là…

Pour accueillir comme il se devait un visiteur royal, il y avait fort à faire !

Rob avait été accaparé dès leur arrivée, et elle aperçut Bessie, qui dirigeait Beggy avec une aisance dont elle n'avait jamais pu faire preuve.

Elle resta un moment à regarder le monde s'agiter autour d'elle, puis se dit que le moins qu'elle pouvait faire, c'était aider un peu.

Tout d'abord, elle allait s'assurer que sa chambre était vide et prête pour un invité. Si nécessaire, elle dormirait dans un recoin du couloir.

En fait, elle n'avait pour ainsi dire rien à récupérer. Elle s'en rendit bien compte quand elle inspecta la chambre. Même son chapelet lui avait échappé lorsque Rob l'avait emmenée. Elle ne possédait rien provenant des Storwick, excepté les vêtements qu'elle portait et la croix autour de son cou.

Un bruissement d'étoffe derrière elle la fit se retourner. Bessie se tenait sur le pas de la porte.

— Je vidais la chambre, lui expliqua-t-elle. Au cas où on en aurait besoin. Que puis-je faire d'autre pour aider ?

Bessie eut un sourire reconnaissant.

— Un coup de main pour la lessive ne serait pas superflu.

Elles enlevèrent les draps du lit en silence.

— Quand le roi doit-il arriver ? demanda enfin Stella.

— Dans une semaine, peut-être moins.

— Et il sera logé ici ?

Elle n'arrivait pas à se l'imaginer. La tour était imposante, certes, mais ne convenait pas à un roi.

— Nous ne savons pas ce qui va se passer.

« Le roi n'est pas très satisfait de moi », lui avait confié Rob.

Soudain, elle comprit. Des provisions de nourriture, des armes affutées, tout était préparé dans le fort pour une attaque ou un siège, aussi bien que pour recevoir des invités. Et elle se retrouvait piégée ici, au centre d'une guerre qui n'était pas la sienne.

Rob n'avait pas acquiescé quand elle lui avait demandé s'il souhaitait qu'elle reparte, mais il lui avait offert une chance de le faire.

— Vous vous êtes tous montrés beaucoup plus gentils avec moi que je n'étais en droit de l'attendre, dit-elle. Je vous en suis très reconnaissante, Bessie.

En fait, rien de ce qui s'était passé avec les Brunson n'avait été comme elle s'y était attendue…

— C'est mon frère.

Quelques mots seulement, mais qui lui réchauffèrent le cœur. *Parce que je l'aime, et qu'il vous aime.* Etait-ce ce que voulait dire Bessie ? Elle voulait l'espérer…

Elle emporta son maigre baluchon contenant un peigne et un bout de miroir jusqu'au dernier étage et le déposa dans un recoin hors du passage.

Soudain, elle entendit un bruit et retint son souffle. Thomas Carwell ! Il avait fait irruption devant elle sans crier gare, encore ébouriffé par le vent qui soufflait sur le parapet, l'air préoccupé.

Stella avait déjà eu l'occasion d'échanger quelques mots avec lui, comme avec les autres hommes de la famille de Rob. L'expression qu'il arborait lui semblant cependant personnellement destinée, elle releva le menton, prête à se défendre.

— Vouliez-vous me dire quelque chose, lord Carwell ?

— Rob m'a informé que vous avez choisi de rester, dit-il en la scrutant, les yeux plissés.

— Pour un moment.

— Alors ne vous montrez pas au roi. Pas si vous tenez un tant soit peu à Rob.

Là-dessus, il lui tourna le dos et descendit vivement l'escalier.

La lumière se fit tout à coup dans son esprit. Si le roi la voyait, il penserait qu'elle était retenue prisonnière, même si elle affirmait le contraire. Certes, si ce n'était plus vrai aujourd'hui, ça l'avait été il n'y a pas si longtemps. Nul doute que, si l'on ajoutait cela à la multitude de fautes que l'on reprochait sans doute déjà à Rob, cela suffirait à le faire pendre.

A moins qu'elle ne l'aime assez pour le quitter.

Et pouvait-elle le faire, sachant qu'elle portait son enfant ?

Comme si elle l'avait convoqué avec ces pensées, Rob déboucha soudain de l'escalier. Elle tenta de lire sur son visage et de comprendre ce qu'il y avait derrière son regard, mais toute la douceur qu'elle y avait vue un jour avait disparu. Il était de nouveau Rob le Noir, et un Brunson.

— Venez.

*
**

Rob serra les poings pour s'empêcher de la toucher tandis qu'il la conduisait vers un coin du parapet hors de vue de l'homme de garde.

« Encore un peu », l'avait-elle supplié. Tout comme elle avait essayé de le retenir au fort Storwick. Qui des deux était le plus faible ? Elle, pour avoir demandé, ou lui, pour avoir accepté ?

Eh bien, c'était désormais à lui d'être le plus fort.

Et son plus grand acte de bravoure fut de la regarder dans les yeux quand il lui parla.

— Je vous ai reconduite chez vous en pensant que votre famille assurerait votre sécurité, déclara-t-il d'un ton pénétré et douloureux, même s'il avait pris sa décision après avoir mûrement réfléchi.

Le regard de Stella s'assombrit. Evidemment, il était difficile d'invoquer cet argument, à présent…

Car, en réalité, elle n'y avait absolument pas été en sécurité : elle y avait gagné des cicatrices — et sans doute des blessures qu'il lui restait encore à découvrir — qui ne disparaîtraient peut-être jamais.

— Je suis désolé, dit-il une fois de plus.

— Vous ne pouviez pas savoir, répondit-elle obligeamment en secouant la tête. Je pensais aussi que c'était la meilleure solution.

— Mais quand j'ai appris…

Cette décision-là, pour le meilleur ou le pire, il l'avait prise avec son cœur. Maintenant, il devait contenir sa colère, et son amour.

— Quand j'ai appris ce qu'ils avaient fait, ajouta-t-il, je suis immédiatement venu vous rechercher.

Cela avait-il été le meilleur choix ? Finalement, c'est un peu comme s'ils s'étaient retrouvés dans les limbes, ce lieu indéterminé, aux marges de l'enfer réservé aux enfants non baptisés, sans être ensemble, tout en n'étant plus des ennemis.

— Et je vous en remercie, dit-elle en s'avançant vers lui.

Il recula vivement.

S'il voulait en finir, il ne fallait pas qu'il la touche.

— Et cela a fait naître un nouveau danger, j'en ai bien conscience. Mais pour vous, cette fois, poursuivit-elle avec un soupir.

— Vous n'êtes pas en sécurité dans votre famille, dit-il, le souffle court.

— Et je vous mets en plus grand danger ici.

Soulagé, il la vit détourner les yeux et s'éloigner de quelques pas. Ce répit leur octroyait à chacun un instant pour réfléchir.

— Je ne vois qu'un seul endroit où aller, reprit-elle en le regardant de nouveau. M'y conduirez-vous ?

Quelques jours plus tard, juchée sur l'un des robustes poneys des Brunson, Stella vit se profiler l'abbaye en pierres rouges qui brillait d'un éclat diabolique dans les reflets du soleil couchant. Leurs montures avaient galopé beaucoup trop vite à son gré, et elle sentait un malaise indéfinissable monter peu à peu en elle. Mais, au moins, ils étaient presque arrivés.

Rob avait emmené un petit groupe d'hommes avec eux. Assez pour les protéger, et assez pour qu'ils ne puissent avoir aucun moment d'intimité.

D'ailleurs, que lui aurait-elle dit, s'ils en avaient eu un ?

Il leva la main pour faire signe aux hommes de s'arrêter, à une distance suffisante de l'enceinte pour être hors de portée de flèche. Même les demeures de Dieu étaient prêtes à se défendre, dans la région de la frontière.

— Vous serez en sécurité, ici, dit-il.

Elle hocha la tête sans un mot.

— Nous allons rester jusqu'à ce que nous soyons sûrs que vous êtes bien à l'intérieur.

Il avait pris assez de risques, après lui avoir fait traverser la frontière, en s'aventurant du côté anglais jusqu'à cette petite abbaye, où quelques moines et religieuses priaient pour le salut des âmes perdues.

Entre ces murs, elle serait enfin protégée du pire traitement que les Storwick pourraient lui infliger et, surtout, personne ne pourrait accuser Rob du crime de la retenir prisonnière !

Dans un instant à peine, ils se sépareraient. Stella ne le quittait pas des yeux et cherchait un mot qui ne serait pas « adieu ».

— Vous êtes bon, Rob, dit-elle enfin. Même si vous êtes un Brunson. Je prierai pour que le roi vous épargne, ainsi que les vôtres.

Elle serra les dents. Non, il ne fallait pas qu'elle se laisse aller aux larmes !

— Dieu soit avec vous, répondit-il, toujours aussi gêné par les remerciements.

Avait-elle entendu un tremblement dans sa voix ?

Elle dirigea son poney épuisé par la route vers la porte de l'abbaye et entendit en approchant le bruit des chevaux de la petite troupe, qui s'éloignaient quand elle pénétra dans la cour.

Un moine en robe blanche vint à sa rencontre pour l'accueillir. Trop fatiguée pour parler, elle se contenta de lui donner son nom.

— Stella, la fille de Hobbes ? s'exclama celui-ci, surpris. Votre mère vient d'arriver. Elle ne nous a pas prévenus que vous veniez.

Visiblement, on ne lui laissa guère le choix. Elle aurait pourtant voulu se rafraîchir un peu, avant de se retrouver face à sa mère. Mais soit ! Elle se laissa immédiatement conduire à sa chambre.

Celle-ci était agenouillée sur son prie-Dieu. Malgré sa rancune, Stella sentit son cœur se serrer à la vue de sa mère, plus vieille que dans son souvenir. Comme elle avait l'air fragile ! Elle semblait bien plus petite et plus frêle qu'il y avait quelques semaines.

Son visage s'éclaira littéralement lorsqu'elle vit Stella entrer. Elle se leva aussitôt et, dans sa précipitation, elle vacilla et retomba à genoux sur le sol, la mine exaltée et les yeux écarquillés.

— Un autre miracle ! Dieu soit loué ! Le ciel t'a encore sauvée, ma fille ! Nous sommes allés à la hutte, et la barre devant la porte avait été enlevée. Pourtant, tu n'avais pas pu le faire !

— Vous m'avez enfermée dans cet endroit horrible, dit Stella en s'étranglant à moitié de colère. Comment avez-vous pu ?

— Je pensais… Nous avons cru…

Sa mère s'interrompit alors pour regarder partout dans la pièce, comme si elle s'attendait à l'apparition de l'ange salvateur.

— Il était temps que tu découvres la raison pour laquelle tu as été sauvée naguère. Et alors Dieu a fait un autre miracle, et tu as disparu…

— Il n'y a pas eu de miracle, mère !

— Ne blasphème pas ! Bien sûr que si ! La hutte était vide.

— Non, ce n'était pas un miracle ! répliqua-t-elle d'un ton ferme, pour que cette fois sa mère l'écoute. Rien de surnaturel là-dedans ! Ce n'était qu'un Brunson qui est venu sauver une Storwick !

Le visage de sa mère se figea à ces mots. Elle se signa d'une main tremblante.

— Dieu ne m'a donc pas pardonné, gémit-elle. En dépit de toutes mes prières, il considère que j'ai encore une dette.

— Pour quoi, mère ? Pour quoi avez-vous une dette ? demanda Stella, pour encourager ces explications qu'elle attendait depuis si longtemps.

Incapable de prononcer le moindre mot de plus, sa mère se mit à pleurer.

— Il n'y a pas eu de miracle autrefois, n'est-ce pas ?

Peur, honte, culpabilité, soulagement... Quelles étaient les émotions qui traversaient le regard de sa mère ? Elle faisait vraiment peine à voir.

— Dites-moi la vérité, mère ! Que s'est-il réellement passé ?

Ces mensonges de toute une vie n'auraient-ils donc jamais de fin ?

— C'était ma faute, marmonna sa mère après un long silence. Et seulement la mienne.

Elle parlait sur un ton semblable à celui avec lequel elle aurait récité une prière pour implorer le pardon divin.

— Je ne t'ai pas surveillée comme j'aurais dû. Tu es partie et tu as disparu...

Nul besoin d'en dire plus. Stella comprit parfaitement le genre de peur que sa mère avait dû éprouver. N'avait-elle pas éprouvé la même quand Wat s'était enfui ? Le regret, la culpabilité, la colère tournée contre soi. Se répéter sans cesse « si seulement... ».

— J'étais jeune, épuisée, négligente, et je me suis endormie. Je n'ai même pas su à quel moment tu avais disparu.

Quarante jours et quarante nuits, quelques minutes ou quelques heures... Une éternité pour une mère affolée.

— Que s'est-il passé ensuite ?

Elle devait procéder par petites touches pour lui

soutirer son récit, avancer avec les mêmes précautions que lorsqu'elle s'était approchée du trou dans le sol. Elle devait la ménager, car la vérité pouvait être plus terrible, et encore dangereuse, aujourd'hui.

— Il fallait que je te retrouve, mais je ne pouvais pas demander d'aide. Tout le monde aurait appris ma faute et su quelle mauvaise mère j'étais. Alors je suis partie seule à ta recherche.

— Suis-je seulement tombée dans un puits ?

— Oh oui ! C'est là que je t'ai retrouvée. Je me suis allongée au bord et j'ai essayé de t'attraper, mais tu étais trop loin. Tu pleurais, mon Dieu, comme tu pleurais ! Tu hurlais, même. Moi aussi, mais je ne pouvais pas t'atteindre, et Dieu menaçait de te rappeler au ciel, car j'avais été une mauvaise mère.

Son visage était ravagé par une douleur trop longtemps refoulée, et qui la tourmenterait sûrement jusqu'à la fin de ses jours. Est-ce pour cela qu'elle avait sans cesse recours à des interprétations divines ?

Puis le calme sembla revenir sur son visage, et elle reprit son récit.

— C'est alors qu'il est apparu…

— Mère ! Il n'y avait pas d'ange !

— Non, ce n'était pas un ange, reconnut sa mère en la regardant droit dans les yeux. C'était un Brunson. C'est un Brunson qui t'a sauvée.

A ces mots, Stella tressaillit, remuée jusqu'au plus profond de ses os.

Un ange aux yeux bruns… Pas étonnant que sa mère n'ait pas voulu qu'elle s'en souvienne ! C'aurait été admettre qu'un Brunson l'avait sauvée.

— Quel… Brunson ?

— J'ignore lequel. Je ne l'ai jamais revu. Mais je connaissais ces yeux particuliers, et la façon qu'ils ont de porter leur épée. C'était un Brunson, je le jure. Il avait dû m'entendre pleurer. Il est brusquement arrivé près de moi, grand et assez fort pour suffisamment se pencher, t'attraper et te déposer dans mes bras.

Il n'y avait aucune raison pour qu'un Brunson chevauche seul en plein jour en territoire anglais… Mais après tout, d'un point de vue rationnel, il n'y en avait pas davantage pour inciter une Storwick à traverser toute seule la frontière à la recherche de son père…

— Vous avez donc raconté autre chose.

Une histoire pour dissimuler sa culpabilité et la bonté d'un Brunson.

— Et, depuis, j'ai passé toutes ces années à prier pour obtenir le pardon, acquiesça sa mère dans un murmure en évitant son regard.

Toutes ces journées et ces nuits passées à genoux, et pourtant…

— Mais vous êtes-vous confessée à un prêtre ?

La pénitence et l'absolution, voilà ce que lui aurait offert l'Eglise.

— Comment l'aurais-je pu ? Même ton père ne l'a jamais su.

Stella comprenait tout, désormais. Les années s'étaient écoulées, et plus sa mère gardait le silence, plus son péché grandissait. En évitant la confession, elle s'était mise en danger d'excommunication. Sa crainte de devenir une paria l'avait plongée dans le zèle religieux, afin d'afficher une attitude irréprochable.

Puis, tout à coup, comme si le fait de dire la vérité l'avait enfin libérée, elle saisit les mains de sa fille, sa vigueur soudain retrouvée.

— Tu comprends, n'est-ce pas ? Si un ange t'avait sauvée, si Dieu avait répondu à mes prières, alors personne ne pouvait me blâmer de t'avoir laissée sortir seule. Tout cela faisait dès lors partie d'un dessein de Dieu te concernant. Alors qu'avouer que ma négligence t'avait placée entre les mains d'un Brunson… Non, c'était impossible, conclut-elle en secouant la tête.

Stella ne pouvait pas regarder sa mère. Elle observa la petite chambre chichement meublée, aussi peu familière que la vérité qu'elle venait d'apprendre.

Il n'y avait donc pas eu de miracle ou, du moins, pas celui qu'on lui avait raconté. Ce n'était que l'histoire d'une petite fille qui s'était aventurée trop loin de chez elle et qui avait eu de la chance d'avoir été aidée par un étranger bien intentionné. Un étranger qui se trouvait être aussi un ennemi de sa famille.

Il n'y avait donc rien à attendre, et aucune raison pour laquelle Dieu l'aurait sauvée.

Il n'y avait que Stella, une femme ordinaire, libre de suivre son propre destin. Libre !

Naguère, elle avait cru que le miracle lui conférait du pouvoir. A présent, elle comprenait que cela avait été exactement le contraire. Elle avait été à la merci de tout ce que sa mère, sa famille, les prêtres ou ses propres craintes avaient fait d'elle. Elle avait gâché sa vie en attendant que Dieu lui dise quoi faire.

Eh bien, elle n'attendrait plus. Dorénavant, elle accomplirait elle-même ses propres miracles ! Elle prenait les rênes de son destin.

Elle posa sa main sur la tête inclinée de sa mère, puis se pencha pour l'embrasser, en un geste de bénédiction et de pardon.

Voyant qu'elle s'apprêtait à quitter la chambre, sa mère se releva péniblement et lui saisit la main pour la retenir.

— Où vas-tu ?

— Par deux fois j'ai été sauvée par un Brunson. C'est une dette qu'il faut rembourser.

— Tu ne leur diras rien. Je t'en prie, ne dis rien !

Sa mère était toujours engluée dans les filets de son mensonge, mais pas elle.

— Que pourrais-je bien leur dire, à votre avis ?

— Que Dieu ne t'a pas sauvée.

— Ah bon, il ne m'a pas sauvée ? répliqua-t-elle avec un sourire. Et qui pourrait affirmer, mère, que ce n'est pas un ange déguisé en Brunson qui est descendu sur terre pour me sauver ?

Elle souriait toujours en s'en allant, bien décidée à retraverser la frontière, et sans le moindre plan précis, une fois de plus.

Mais, cette fois, elle aurait réellement besoin d'un miracle !

Rob sentit la terre trembler avant d'entendre le martèlement des sabots. Ils provenaient de l'est, au galop, encore trop lointains pour que l'on puisse distinguer les bannières, mais il n'avait pas besoin de les voir.

Le roi Jacques arrivait.

Le temps n'était plus aux discussions. Ils avaient déjà prévu ce qu'ils feraient, et chaque homme prit son poste : l'un de ses commandants en second en haut de la tour, l'autre à la poterne de l'entrée. Les hommes avaient été déployés pour cerner la tour, montrant ainsi avec évidence qu'ils étaient là pour défendre, non pour attaquer.

Cate et Bessie étaient restées dans l'enceinte fortifiée. Cate avait protesté, jusqu'à ce que Johnnie n'ait eu d'autre choix que de lui rappeler que Bessie attendait un enfant.

Et Stella…

Il repoussa cette pensée importune. Elle était en sécurité, il y avait veillé. Peut-être cela valait-il mieux ; il pouvait très bien être un homme mort à la fin de la journée. Alors que, monté sur Felloun, il se dirigeait vers la poterne, il fut surpris de voir Johnnie et Thomas venir le rejoindre et se placer à son côté.

— Je vais agir seul, dit-il. S'il se passe quoi que ce soit, j'ai besoin de vous ici, dans la tour.

— Epargne ta salive, mon frère, répondit Johnnie.

— Johnnie et moi, nous connaissons l'homme, renchérit Thomas. Tu n'as jamais eu affaire à lui. Crois-tu que nous t'aurions laissé aller seul ?

Il faillit protester, puis se rendit compte que cela ne servirait à rien. Et, tandis qu'ils sortaient ensemble de l'enceinte, il se sentit entouré d'un bouclier plus puissant que toutes les armures existantes.

Bessie lui avait raconté qu'au pied du château du roi s'étendait un champ aussi large que leur vallée, où ses hommes en armure s'affrontaient en permanence pour le plaisir, parfois dans des duels à mort.

Si le roi choisissait de faire des abords de la tour son champ de bataille, Rob était prêt à mourir, mais pas à sacrifier le reste des Brunson. Si nécessaire, ils pourraient défendre la tour, et très longtemps.

Rob arrêta son cheval à une distance qui lui permettait de héler le roi en étant entendu distinctement. Ils s'observèrent tous un instant en silence, impassibles.

Rob était le seul qui n'avait jamais vu le roi. Grand, les cheveux roux, avec une silhouette qui rappelait encore les rondeurs de l'enfance, le roi chevauchait un destrier harnaché avec autant de fioritures qu'il en arborait sur son armure à la mode française.

Il examina ensuite les hommes qui entouraient Jacques. Ils étaient tous vêtus de la même façon, piétaille et soldats à cheval. Et combien étaient-ils ? Certainement pas huit mille, mais un nombre respectable tout de même.

Son examen terminé, il regarda Johnnie et Thomas, puis hocha la tête et fit avancer Felloun d'un pas.

— Je suis Rob Brunson. Bienvenue dans ma vallée, lança-t-il.

— Ce n'est pas votre vallée, assena le roi. C'est la mienne. Je règne ici, tout comme je règne sur le reste de l'Ecosse.

Tu ne peux pas régner sur une terre que tu n'as jamais vue. Elle appartient aux Brunson, depuis le premier d'entre eux, répliqua Rob pour lui-même.

Devant le regard d'avertissement de Johnnie, il se força à tenir sa langue.

Le roi n'attendit pas de réponse.

— Thomas Carwell, Gardien des Marches, pour la dernière fois, allez-vous me livrer ce hors-la-loi de Brunson, qui refuse de m'obéir ?

— Et quelle charge voulez-vous que je porte contre lui ? s'enquit Carwell.

— Tu n'as que l'embarras du choix…, murmura Rob.

— Pour commencer, il a désobéi à mon injonction d'ajouter ses hommes à mes rangs pour combattre mon ennemi Angus.

— Ah ! fit Thomas. C'est un malentendu ! Il défendait la frontière de l'Ecosse, ici, sur place. Donc ses hommes étaient à votre service.

— Ils n'étaient pas là où je l'avais ordonné, répliqua le roi.

— Mais là où vous les auriez envoyés de toute façon, Sire, si vous aviez su la menace qui planait ici.

Le roi prit un air furieux.

— Pourquoi ne te punit-il pas ? murmura Rob à Thomas. Tu lui as désobéi à peu près aussi souvent que moi.

— Il peut encore le faire. Mais la rare fois où le Gardien des Marches n'était pas issu de la famille Carwell, cela a été le chaos. Et il a la prudence de me préférer à d'autres dans cette fonction.

Le roi reprit la parole.

— Carwell, puisque vous avez été trop occupé pour organiser une Journée de la Trêve, comme l'exige le traité, je l'ai fait à votre place.

Il se tourna vers le sud et agita la main.

L'homme à son côté leva une longue arquebuse et tira en l'air.

Comme si elle avait attendu ce signal, une nouvelle armée apparut sur la crête de la colline.

Carwell laissa échapper un juron.

— C'est lord Acre, expliqua-t-il.

Et le Gardien anglais était suivi de tout Storwick capable de monter à cheval.

Ils s'arrêtèrent à la même distance du roi que celle observée par les Brunson.

— Bien, reprit le roi. Je suis venu appliquer la loi.

— Si c'est une Journée de la Trêve, alors nous devons déposer les armes, fit Carwell.

Personne ne fit le moindre geste en ce sens.

— Je suis venu avec un mandat d'arrêt au nom de Rob Brunson, chef du clan, proclama le Gardien anglais.

— Quelles sont les charges retenues contre lui ?

— L'assassinat de Willie Storwick.

— Il aurait été exécuté légalement, s'il ne s'était pas soustrait à la justice de la Journée de la Trêve en prenant la fuite, objecta Carwell après avoir échangé un regard avec Johnnie.

— Il ne demande donc pas nos têtes pour le raid, ou l'incendie que nous avons provoqué ? murmura Johnnie à ses deux compagnons. Ou pour avoir capturé leur chef de clan ?

— Les Storwick ont fait la même chose chez nous ;

donc ce serait difficile de ne pas les accuser eux aussi. Et dire que l'exécution de Willie a même été pardonnée par Hobbes Storwick !

— Donc, Rob Brunson, poursuivit lord Acre, rendez-vous, ou livrez-nous l'homme responsable de la mort de Willie Storwick !

— Dites à Cate que je l'aime, dit Johnnie en souriant avant de rassembler ses rênes.

Rob tendit le bras pour l'arrêter.

Tout à coup, la voix de Cate retentit du haut de la tour, claire et fière.

— Alors, il vous faudra venir me prendre. C'est moi qui ai tué Willie Storwick.

Johnnie leva les yeux vers sa femme, peur et colère mêlées se lisant sur son visage. Puis il se tourna vers le roi.

— C'est moi qui ai tué Willie Storwick ! s'écria-t-il.

— Non, c'est moi qui l'ai tué ! renchérit Bessie.

Carwell secoua la tête, écœuré, mais intervint également, refusant que sa femme s'expose seule.

— Ce n'est aucun d'eux, lança-t-il. C'est moi qui ai tué Willie Storwick.

Soudain, l'air s'emplit de confessions. Un par un, les hommes déployés autour du mur d'enceinte se joignirent à l'aveu, heureux de crier haut et fort qu'ils avaient tué un homme qui méritait la mort. Même Belde hurla pour faire chorus.

Puis, quand les voix se turent et que le calme revint dans la vallée, Rob entendit un cheval approcher derrière lui, et la dernière et la plus surprenante de toutes les voix retentit.

— Ce n'est aucun d'eux ! C'est moi, Stella Storwick, qui ai tué Willie le Balafré.

Chapitre 20

Stella vit les épaules de Rob se raidir sous le choc avant qu'il ne fasse volte-face sur sa selle pour la regarder, incrédule, arriver à sa hauteur et placer son cheval entre celui de Thomas Carwell et le sien.

Elle savait que Carwell n'était pas homme à laisser échapper des propos inconsidérés. Pourvu qu'il reste coi, ou pèse bien ses mots avant de s'exprimer ! Car, s'il tentait d'intervenir en sa faveur, tout son plan échouerait.

Et Rob ? Eh bien, elle vit qu'il ne cachait pas sa joie. Son sourire était en train d'éclipser le froncement de sourcils féroce qu'il avait eu en découvrant qu'elle lui avait désobéi en ne restant pas là où il la croyait en sécurité.

Oh ! Il va falloir qu'il s'y fasse !

En quittant l'abbaye, elle n'avait pas plus de plan que le jour où elle était venue espionner sur les terres Brunson, mais Dieu semblait l'avoir fait arriver au bon moment.

Sa soudaine apparition et son aveu avaient stupéfié les deux camps. Le Gardien anglais s'était mis à conférer avec ses cousins Storwick, qui jetaient vers elle des regards éberlués en la montrant du doigt comme si elle revenait du royaume des morts.

Alors elle regarda le roi.

Il paraissait perplexe, mais pas de la même manière que ses cousins. C'était comme s'il savait exactement ce qu'elle avait fait et était en train de réfléchir à la meilleure réponse à apporter.

Même un roi d'Ecosse au tempérament sanguin qui pourrait décider de faire pendre sommairement un habitant de la frontière y regarderait à deux fois dans ce cas précis. Certes, elle avait confessé un meurtre, mais elle était une femme et un sujet anglais, qui avait tué un autre sujet anglais. Le roi Henry n'apprécierait certainement pas une ingérence du roi écossais dans une affaire qui concernait des Anglais.

— Voyez-vous, cria-t-elle maintenant qu'elle avait toute leur attention, c'est Rob Brunson qui a découvert la vérité.

Elle risqua un coup d'œil vers lui, pour lui intimer de ne pas la contredire.

— C'est pour cette raison qu'il m'a retenue captive, dans la tour Brunson.

— C'est faux ! Elle ne l'a pas tué ! s'écria Oswyn, bouillonnant de frustration. C'est moi qui l'ai tué ! C'est moi qu'il faut condamner, pas elle !

— Tu ne l'as pas tué, coupa Humphrey, qui ne semblait pas désireux de laisser Oswyn se sacrifier pour sauver Stella. C'est moi !

Stella contint un gloussement de joie tandis que Rob et Thomas se retenaient de sourire. Humphrey et Oswyn avaient une fois de plus parlé à tort et à travers.

— Ainsi, vous prétendez qu'elle ment ? leur demanda Rob.

Les cousins se retrouvèrent bouche bée. Ils ne pouvaient en aucun cas la qualifier de meurtrière ou de menteuse et espérer ensuite un mariage avec elle qui leur donnerait la position de chef de clan.

De plus, ils venaient tous deux d'avouer un meurtre.

Même à la distance où elle se trouvait, Stella vit que le roi aurait volontiers fait exécuter tout ce petit monde. Elle l'avait empêché de condamner Rob Brunson sommairement, mais il pouvait encore le faire arrêter.

— Comme vous pouvez le constater, Sire, reprit-elle, même les membres de sa propre famille sont fiers de revendiquer l'exécution de Willie le Balafré.

— Et s'ils l'ont tué, intervint Carwell, cela signifie que lord Acre est complice pour avoir refusé de punir… quelqu'un.

Le visage du roi était devenu aussi écarlate que sa chevelure. Stella frissonna. Cet homme était d'autant plus dangereux qu'il n'avait pas encore appris à maîtriser ses émotions à la lumière de son raisonnement.

Rob finit par prendre la parole avec calme.

— Mais il semblerait que, si Votre Majesté prévoit de punir un meurtrier, il vaudrait mieux savoir avec certitude qui est cette personne, homme ou femme.

Rob aurait dû être fou de rage contre elle. Et il le serait, d'ailleurs. Plus tard, dès qu'il arrêterait de sourire comme l'idiot du village. La présence même de Stella valait bien les mots qu'il attendait : « Pour toujours. »

Eh oui, peut-être avait-elle bel et bien été sauvée pour accomplir un miracle. Car, s'ils sortaient tous indemnes de cette confrontation, nul doute que l'on pourrait qualifier cela de miracle.

Johnnie et Thomas se concertaient à côté de lui, essayant de trouver les arguments les plus à même d'apaiser le courroux du roi.

Rob les laissa parler, mais ce serait lui qui déciderait, en fin de compte.

Il y avait peu de temps encore, il se serait d'abord posé deux questions : *Qu'aurait fait mon père ?* et *Qu'est-ce qui me donne l'air puissant ?*

La réponse aurait été selon toute vraisemblance : attaquer. Il aurait donc chargé, se fiant à la force de son bras et à son arc pour terrasser l'ennemi, même s'il s'agissait d'un roi.

Depuis, il avait appris que la force brutale n'était pas la réponse à tous les problèmes. Pas vis-à-vis de Stella, ni même du petit Wat, par exemple.

Et la force n'était pas le seul signe de puissance.

Tout bien considéré, un homme avait besoin d'un peu de paix s'il voulait fonder une famille et élever un fils.

— Il semblerait donc, proclama-t-il d'une voix forte, que je doive continuer à la détenir jusqu'à ce que cette affaire soit résolue.

— Vous ne pouvez pas faire ça !

Lequel de ses cousins s'était exprimé ?

Cela avait eu aussi peu de conséquences qu'un pépiement d'oiseau.

— Eh bien, répliqua Rob, puisque vous avez avoué, je pourrais vous pendre moi-même.

Un silence absolu tomba sur l'assemblée.

Thomas intervint alors avec tout son talent de diplomate.

— Comme vous le savez, Sire, Willie Storwick le Balafré a été renié par sa propre famille. Il était connu pour se livrer à des actes répréhensibles sur les femmes, des deux côtés de la frontière. Il est possible que Dieu ait décidé de le châtier sans attendre la justice des hommes.

— Il n'avalera jamais ça, marmonna Johnnie dans sa barbe. Pas plus que toi quand nous t'avons servi la même histoire…

— Certainement, dit Rob assez haut pour que tous entendent. Si les Storwick et les Brunson sont fiers de revendiquer l'honneur d'avoir tué cet homme, sa mort n'est donc une perte pour personne.

Le roi prit un air renfrogné, le même que Wat quand il n'obtenait pas ce qu'il voulait, remarqua Stella.

— Même si vous et vos hommes ne l'avez pas tué, je suis sûr que vous en avez occis d'autres ! répondit-il.

— Seulement en état de légitime défense, objecta Rob.

— Ce terme a une interprétation très large, dans la région de la frontière, rétorqua le roi, sarcastique.

Rob attendit en retenant son souffle. Le silence pouvait désormais être une arme.

Le roi finit par reprendre la parole.

— Me promettrez-vous, Rob Brunson, me donnerez-vous votre parole que vous obéirez aux lois de la frontière ?

— Je vous donne ma parole que je vivrai en paix avec les Storwick, répondit-il. S'ils promettent la même chose.

Lord Acre et les cousins de Stella se mirent à discuter avec véhémence.

Rob se tendit, dans l'attente. Il entendit des bruits de sabots et se rendit compte que Bessie et Cate étaient venues les rejoindre.

— Je vous avais dit de rester à l'intérieur de l'enceinte ! lâcha-t-il, furieux.

Personne ne lui obéissait donc jamais, ici ?

Mais en voyant Bessie au côté de son mari, Cate près du sien, il comprit le bien-fondé de leur décision. Et il aurait voulu prendre la main de Stella.

— Les Storwick sont d'accord, répondit enfin lord Acre.

Le roi s'adressa ensuite à Rob.

— Et, à l'avenir, vous répondrez à mes requêtes ?

Bien sûr ! Il servirait les intérêts du roi, mais pas de la façon dont celui-ci l'entendait.

— Sire, aussi longtemps que des Brunson vivront à Liddesdale, nous défendrons cette terre contre quiconque traverserait la frontière dans l'intention de nous la prendre.

Le message était clair : il resterait en paix avec les

Storwick aussi longtemps que ceux-ci resteraient en paix avec lui.

— Aussi ne vous inquiétez aucunement, Sire, que votre oncle ou n'importe quel Anglais tente de voler ne serait-ce qu'une miette de sol écossais.

Mais allait-il obtempérer au doigt et à l'œil à toute requête de Jacques pour aller se battre dans une quelconque vallée écossaise, comme un vulgaire chien de berger censé encadrer les moutons ?

Non.

Même à cette distance il put voir le roi secouer la tête. Ce mouvement signifiait-il un refus, la résignation, ou marquait-il sa dernière réflexion avant de prendre une décision difficile ?

Stella était à côté de lui. Johnnie et Cate, très raide sur son cheval, se tenaient à sa gauche. Quant à Thomas, il était resté à sa droite, avec Bessie, dont l'état était bien visible si l'on regardait où il fallait et qui toisait le roi d'un regard peu amène.

Un roi contre six Brunson ? Rob se sentit vraiment désolé pour cet homme…

Lorsque Jacques reprit enfin la parole, il regarda cette fois Johnnie, qui avait été comme un frère aîné pour lui.

— Johnnie Brunson, tu m'avais dit que tu venais d'une famille têtue. Et vous, Bessie Brunson, vous m'avez dit que lorsqu'un Brunson doit faire un choix il se demande uniquement ce qui serait le mieux pour sa famille. Un roi doit penser à toute l'Ecosse comme à sa propre famille, dit-il en soupirant. Et l'Ecosse est composée de nombreuses familles. Un roi doit prendre en compte tous leurs besoins.

Il porta ensuite son regard sur Rob.

Ça y est, il va dire si j'ai bien ou mal agi !

Il regarda Stella et, avec le sourire qu'ils échangèrent,

il comprit que si le roi décidait de le condamner il mourrait heureux.

— Mais n'importe quel roi souhaiterait avoir un tel rempart à sa frontière.

Il n'insista pas pour que les Brunson promettent de répondre à ses requêtes, puisqu'il avait compris l'opposition de Rob.

— Je crois que cela signifie qu'il va te laisser la vie sauve, murmura Thomas.

Rob essaya de cacher sa jubilation avec une sorte de grognement.

— Dans ce cas, je ferai de même pour lui.

Le roi rassembla ses rênes et survola du regard le petit groupe qu'ils formaient.

— Alors, Carwell, mon Gardien des Marches, peux-tu collaborer avec ce Brunson ?

Rob observa Thomas, qui était resté impassible. Cet homme avait ouvertement désobéi au roi. Malgré tout, Jacques lui offrait l'occasion de rester à son service.

— Oui, Sire. Et, dans la région de la frontière, avoir un Gardien qui peut collaborer avec les Brunson, ce sera bénéfique pour vous.

— Eh bien, moi, je refuse de collaborer ! s'écria alors Acre, le Gardien anglais.

Sa protestation résonna dans la vallée.

— Votre Gardien a violé la Journée de la Trêve que vous aviez promise à l'Angleterre par traité.

Carwell arbora un air sinistre.

Rob ne savait pas tout ce qui s'était passé entre ces deux hommes, mais il n'ignorait pas que l'un comme l'autre s'était rendu coupable de trahison.

— Vous êtes mal placé pour parler de violation de la Journée de la Trêve, Acre, répliqua Thomas.

Mais l'homme ne voulait pas s'arrêter.

— Au lieu d'appliquer la justice du roi, Sire, Carwell et ses alliés Brunson ont enlevé Hobbes Storwick, et ce chef de clan est mort entre leurs mains ! Ils ont tué plus d'un Storwick !

— C'est faux ! s'exclama Stella. Mon père est mort de maladie. Et en déplorant qu'il ne reste personne de confiance pour diriger le clan.

Une querelle s'éleva parmi les Anglais, et même l'entourage du roi se mit à s'agiter, chacun voulant faire valoir son opinion.

— Peut-être n'aurais-tu pas dû m'écouter, Rob, dit Carwell. Nous aurions peut-être dû respecter la Journée de la Trêve.

Rob secoua la tête. A ce moment-là, il ne lui avait pas vraiment fait confiance, mais aujourd'hui ? Oui, sans hésitation. Carwell était aussi un Brunson.

— Si nous y étions retournés, après avoir pourchassé Willie Storwick, nous aurions été arrêtés. Et nous aurions fini au bout d'une corde.

— C'est toujours une éventualité, marmonna Johnnie en regardant le roi. Je connais cet air-là… Il n'est pas content.

Le roi Jacques fit un geste de la main pour demander le silence.

— Johnnie Brunson, viens ici avec moi, ordonna-t-il en lui montrant une plaque herbue un peu à l'écart. Seul. Juste toi et moi.

Dire que tout cela avait commencé quelques mois plus tôt seulement ! Johnnie était revenu avec les ordres du roi, et Rob avait refusé d'obéir. A cause de ce refus, Johnnie était passé du statut de meilleur ami du roi à celui d'ennemi mortel.

— N'y va pas, Johnnie.

Johnnie lui adressa son fameux sourire.

— Tout ira très bien. Ne tire pas sur le roi, c'est tout.

— Je ne le ferai que si c'est indispensable, assura Rob en raffermissant néanmoins sa prise sur son arbalète.

Il regarda son frère se diriger vers l'endroit qu'avait indiqué le roi et caressa la détente de son arme.

— Attention avec ton doigt ! fit Thomas.

— Je serai aussi prudent que le roi avec sa dague.

Il les regarda échanger quelques mots. Tous deux étaient grands, minces et roux. Puis le roi serra la main et le bras de Johnnie, dans un geste fraternel. Un geste d'adieu, aussi.

Le roi retourna vers ses hommes tandis que Johnnie revenait vers eux.

— Alors ? demanda Rob, qui avait rarement vu son frère afficher une expression aussi impénétrable.

Le roi s'entretint avec ses hommes et, tout à coup, Acre se trouva encerclé de cavaliers.

— Venez avec moi à Edimbourg, lord Acre, dit Jacques. Venez profiter de mon hospitalité. Et je serai heureux d'informer mon oncle, le roi Henry, que vous aviez laissé Willie Storwick en liberté et que vous lui aviez permis de s'enfuir au lieu de le traduire en justice comme cela aurait dû être fait.

Acre blêmit et resta silencieux, visiblement terrifié.

— Ça ne va pas plaire au roi Henry, déclara Rob tranquillement.

Thomas lui fit un large sourire.

— Il va y avoir une débauche de missives diplomatiques de part et d'autre.

C'était inhabituel : en temps normal, Carwell ne laissait jamais paraître ses sentiments. Son contentieux avec Acre devait être très sérieux.

Rob eut toutefois un instant de regret. Après tout,

c'était le Gardien anglais qui leur avait appris que Stella était en danger. Il espérait que l'homme garderait sa tête.

Le roi leur lança un dernier regard, fit un signe d'adieu à Johnnie et repartit vers l'est avec ses hommes.

— Nous étions autrefois comme des frères, dit Johnnie en le regardant s'éloigner. Mais j'ai mon vrai frère, maintenant, ajouta-t-il en souriant à Rob.

Heureux de ces mots, Rob lui rendit son sourire.

— Ne te réjouis pas trop vite, répondit-il. Nous sommes toujours face à une bande de Storwick, et en armes, qui plus est.

Et, le roi parti, il n'y avait plus de tampon entre eux.

— Je ne m'inquiéterais pas, si j'étais vous, intervint Stella. Ils vont palabrer pendant des heures, j'en suis certaine, pour décider s'ils vont attaquer ou pas.

Elle avait raison. Les criailleries et les querelles avaient d'ailleurs déjà commencé.

Entouré de sa famille, Rob ne s'était jamais senti aussi fort.

— Les Storwick ont grand besoin d'un nouveau chef, dit Johnnie en souriant. Allons, n'importe qui peut s'en rendre compte !

— Quelqu'un de fort et de têtu, dit Bessie.

— Qui peut maintenir la paix, précisa Carwell.

— Quelqu'un qui épouserait une Storwick ferait l'affaire, ironisa Cate.

— Même s'il faut l'approbation du roi, rappela Johnnie.

— Vous oubliez qu'il est interdit de se marier de part et d'autre de la frontière…, renchérit Carwell.

Il en avait assez entendu de la part de sa famille ! Même si c'était exactement ce qu'il voulait.

— Aucun roi au monde ne choisira ma femme ! s'exclama-t-il.

Il avait accepté de défendre la frontière contre les invasions, rien de plus.

A son côté, Stella souriait, radieuse. Il ne souhaitait qu'une chose, qu'elle ait l'air aussi heureuse pour le reste de sa vie !

— Brunson et Storwick, dit-il en se tournant vers elle. Voilà des noms encore difficiles à réunir. Est-ce un miracle suffisant pour vous, mon amour ?

— C'est précisément celui pour lequel j'ai été sauvée. Et pour porter votre enfant, ajouta-t-elle en posant la main sur son ventre.

Seule une longue habitude de contenir ses sentiments l'empêcha de bondir de joie. Comme sa famille l'avait soutenu sans faiblir tout au long de cette épreuve, il se devait de les consulter.

— Et vous, qu'en dites-vous ?

Il regarda Thomas et Bessie, puis Johnnie et Cate. Un chef de clan prenait des décisions, certes, mais seulement avec l'approbation de sa famille.

Mais ce fut Stella qui posa les questions.

— Cate ?

Il retint son souffle : c'était elle qui détestait le plus les Storwick.

— Devenir la sœur de la femme qui a tué Willie le Balafré ? Je ne pourrais pas espérer plus grand honneur, dit-elle en souriant.

Etre entourée d'une famille souriante : que demander de plus à la vie ?

Elle regarda tous les membres du clan réunis devant la tour, puis s'adressa à Rob.

— Allons-nous tous les inviter au mariage ?

— Si vous aidez Bessie à tout préparer, mon amour, répondit-il.

Les Storwick furent invités… et le plus incroyable fut qu'ils vinrent !

Rob apprit que la mère de Stella était parvenue à convaincre tout le monde.

Elle leur avait raconté — et il aurait voulu être là pour y assister ! — que le même ange qui avait sauvé Stella du puits était venu la faire sortir de la hutte et lui avait ensuite révélé dans une vision que sa fille avait été sauvée pour une raison précise : s'unir aux Brunson et faire des deux familles des alliées.

Stella lui avait confié qu'il y avait plus que cela, en promettant de le lui raconter un jour s'il jurait de ne jamais le répéter. Elle lui avait aussi assuré que ce qu'il apprendrait alors lui plairait.

Heureusement, il semblait que sa mère avait décidé d'en terminer avec les visions et les miracles, estimant que c'était déjà assez miraculeux de la part de sa fille d'avoir apporté la paix entre les deux familles.

Du moins, une paix suffisante pour que les bergers n'aient plus à veiller toutes les nuits pour guetter d'éventuels bruits de sabots.

Rob sirotait sa bière en observant les tentatives de discussion entre membres des deux clans. La confusion gênée qui régnait était presque comique ! Lui-même était loin d'être communicatif, même lorsque tout s'y prêtait. Alors échanger des propos avec un Storwick…

Il remarqua cependant que les femmes n'éprouvaient pas les mêmes difficultés. Quelques gorgées de bière, et elles se mettaient à caqueter comme des pies.

Il était trop tôt pour unir les deux clans, bien sûr. Avant

toute chose, il allait falloir qu'ils cessent de lui décocher des flèches quand il approchait.

Par la suite, quand l'enfant de Stella serait au monde, les choses seraient différentes. Quand ils comprendraient que le clan Storwick avait besoin d'un nouveau chef, peut-être finiraient-ils par se convaincre que Dieu l'avait sauvée dans ce but.

Son père aurait-il approuvé ? Ou l'aurait-il acceptée ? En réalité, cela n'avait plus aucune importance à présent. Rob Brunson était désormais le chef, pour le meilleur et pour le pire.

Wat, qui n'avait jamais vu pareille animation, courait en tous sens en poussant de petits cris joyeux, et Stella lui courait après. Exactement comme si elle était sa mère. Bientôt, elle aurait l'occasion de jouer avec son propre enfant, leur progéniture. Rob pria pour que ce petit être tant attendu soit le premier d'une longue fratrie de bambins, pour qu'ils s'amusent autant que son frère, sa sœur et lui !

Il fut d'ailleurs agréablement surpris de constater que les Storwick se montraient aimables avec le petit. Il était vrai que l'on disait que les simples d'esprit avaient été touchés par le doigt de Dieu.

Et il remarqua également qu'ils se tenaient à distance respectueuse de Belde. Peut-être perturbé par les odeurs trop nombreuses de Storwick dans la même salle, le chien de Cate se tenait plus près d'elle que d'habitude. Johnnie était son mari, certes, mais son molosse veillait aussi sur elle sans relâche.

Rob finit par chanter après les danses, et Bessie et Thomas continuèrent de danser. Ils parvinrent même à le persuader d'esquisser un pas ou deux avec Stella, bien que son père ait toujours prétendu que les Brunson ne dansaient pas. A vrai dire, c'était loin d'être désagréable !

Peut-être Geordie le Rouge avait-il tort.

Quoi qu'il en soit, Rob chantait indéniablement mieux qu'il ne dansait.

Cette nuit-là, ils chantèrent toutes les ballades des Brunson. Celle sur le chien, celle sur Bessie et Thomas, et, pour finir, la ballade des Brunson, avec tous ses couplets.

Il chanta même celle qu'il avait composée pour Hobbes Storwick, heureux de lui porter un toast avec sa famille.

— Je vais chanter une nouvelle chanson, ce soir, annonça-t-il ensuite, en l'honneur de ce jour.

Un Brunson est grand et fort
Et aussi têtu que le jour s'étire
Mais l'un d'eux était perdu et a été retrouvé
Par la Storwick qui est venue à lui.

Brunson et Storwick applaudirent de concert quand il eut terminé.

— Je crois que c'est ce qui s'est passé, murmura Stella beaucoup plus tard, quand ils furent tous deux allongés dans le lit du maître de maison. Je crois que la Storwick Disparue est celle qui a sauvé le Premier Brunson.

Il sourit. Sa Stella ne manquait décidément pas d'imagination.

— Peut-être.

— Mais quelqu'un l'a sauvé ! Il n'est pas revenu tout seul du royaume des morts !

— Je veux bien le croire, concéda-t-il. Quoiqu'il aurait bien pu être l'homme qui l'a retrouvée. Après tout, ils l'ont appelée Leitakona. Cela signifie à la fois « la femme que l'on a cherchée » et « la femme qui a été trouvée ».

Stella était de nouveau radieuse.

Alors la Storwick Disparue n'était plus perdue…

À découvrir ce mois-ci

6 nouveaux romans dans la collection

Les Historiques

RETOUR À CASTONBURY PARK

de Carol Mortimer - n°629

Angleterre, Derbyshire, 1816. Les guerres napoléoniennes ont cruellement frappé la famille du duc de Rothermere, et privé la lignée de ses plus beaux fleurons : Jamie, l'héritier en titre, a disparu en Espagne ; Edward, le plus jeune fils, est tombé à Waterloo. Ravagé par les chagrins, le vieux duc vit désormais en reclus, et Castonbury Park, son magnifique domaine, se délite avec lui… Lily se désole : elle a beau n'être que la fille adoptive du pasteur, une orpheline insignifiante, elle a grandi à Castonbury et connu sa splendeur. Si bien qu'elle redoute le retour annoncé du nouvel héritier. Lord Gilles Montague… Qui pourrait faire confiance à cet homme qui n'a jamais vécu que pour son bon plaisir ? Qui pourrait nourrir l'espoir qu'il redore son titre et fasse renaître Castonbury de ses cendres ? Sans compter qu'au côté du futur duc il faudrait une lady. Or Gilles est bien connu pour n'aimer que les filles...

PROMISE AU CHEVALIER

de Carol Townend - n°630

Bretagne et Angleterre, 1067. Dans quelques jours, Rozenn sera mariée à Messire Richard, noble chevalier saxon qui souhaite l'épouser, elle, une simple tisserande… Cet immense honneur devrait combler ses désirs bien au-delà de ses espérances. Pourtant, sur la longue route qui la rapproche chaque minute davantage de son fiancé, elle sent monter en elle une confusion à laquelle elle ne s'attendait pas. En lui volant un baiser, son escorte a semé le trouble dans son cœur. Car Ben représente bien plus pour elle qu'un simple compagnon de route : il est son tendre ami de l'enfance, celui dont le charme léger éclaire ses souvenirs et son existence... Leur douce amitié serait-elle sur le point de prendre un tour dangereusement passionné ? Jamais encore elle n'avait osé y songer. Et surtout pas à l'heure où, pour elle, le destin semble scellé...

DEUX CŒURS REBELLES
de Blythe Gifford - n°631

Ecosse, 1529. Fille unique du chef de clan, Stella Storwick n'a jamais transigé avec le devoir. Aussi, lorsqu'elle apprend que son père est retenu prisonnier par leurs ennemis, elle ne songe plus qu'à le libérer. Et quel meilleur stratagème que de s'introduire clandestinement sur leurs terres ? Quitte à devenir à son tour captive du clan honni. Au mépris des risques qui la guettent, Stella se jette avec bravoure dans la gueule du loup, et parie sur l'espoir qu'en déguisant son identité elle n'attirera l'attention de personne… Mais, à sa propre surprise, c'est elle, qui est attirée par quelqu'un... Rob le Noir, le chef du clan en personne, cet homme charismatique et solitaire qui inspire le respect, la fascine aussitôt. Si seulement il ne posait pas sur elle ces regards brûlants qu'elle ne sait comment interpréter. La soupçonne-t-il ou bien… la désire-t-il ? Face à cet ennemi bouleversant et qu'elle devrait haïr, Stella frissonne...

LA PERLE ET LE FEU
de Jeannie Lin - n°632

Chine, 759. Loin de la Cour, Suyin pensait goûter la paix d'une vie soulagée de ses obligations de concubine... Hélas, est-il écrit que jamais elle ne trouvera le répit ? Tandis qu'une révolte gronde, voilà que le puissant gouverneur Li Tao vient l'arracher à son refuge. Il lui ordonne de se soumettre sur l'heure à sa protection et prétend l'escorter jusqu'à son palais où elle sera, dit-il, à l'abri des dangers... Mensonge ! Pourquoi cet homme redoutable se soucierait-il soudain de sa sécurité ? Folle d'inquiétude, Suyin se demande quel secret d'Etat il imagine lui faire avouer, quelles faveurs il espère obtenir d'elle sous la menace… Mystérieux, ténébreux, aussi influent que troublant, Li Tao pourrait faire d'elle tout ce qu'il veut...

POUR LA MAIN D'UNE HÉRITIÈRE

de Bronwyn Scott - n°633

Angleterre, 1834. La réputation du comte Ashe Bedevere n'est plus à faire. Aux rigoureux devoirs familiaux, il a toujours préféré l'art de la séduction. Pas une femme, à Londres, qui ne rêverait d'épicer la saison par quelque étreinte passionnée entre les bras de ce débauché. Pas une, vraiment ? Si. La seule qu'il doit impérativement faire succomber. Genevra Ralston. Celle à qui le vieux Bedevere, lassé des frasques de son fils, a confié par testament le domaine familial. Pour récupérer son héritage, Ashe n'a pas d'autre choix que d'amener Genevra devant l'autel. Certes, la perspective d'un mariage contrarie terriblement le libertin qu'il est. Mais… derrière son regard pur et son teint de porcelaine, Genevra n'a rien de commun avec celles qu'il a l'habitude de séduire : libre et sûre d'elle, elle promet de lui tenir tête. Une résistance qui, à vrai dire, n'est pas pour lui déplaire...

LE MAÎTRE DE KINLOCH

de Ruth Langan - n°634

Angleterre et Ecosse, 1292. C'est avec méfiance que Leonora, une jeune Anglaise, assiste à l'arrivée au château paternel de Dillon Campbell, un chef de clan écossais venu avec ses frères entamer des pourparlers de paix avec deux représentants du roi. Sa chambrière ne lui affirme-t-elle pas depuis toujours que les Highlanders sont de vrais sauvages ? Contrariée de devoir accueillir pareils barbares, elle se montre peu aimable, et Dillon Campbell, dont les parents ont été tués par les Anglais, n'est pas plus amène. Mais la situation dégénère vraiment quand les sbires du roi, brisant la trêve, font prisonniers les frères de Campbell. Fou de rage, ce dernier enlève Leonora et la séquestre dans sa forteresse de Kinloch.

A paraître
le 1er août 2014

ENTÉE PAR LE LORD

'Helen Dickson – n°635

ngleterre, Derbyshire, 1816. En acceptant de devenir la femme de chambre de lle Araminta, Lisette savait que la tâche serait rude. Non que cette jeune lady lui nne du fil à retordre – elles s'entendent à merveille ! – ni qu'elle ait à se plaindre du mptueux domaine de Castonbury Park… L'objet de son tourment est le propre frère sa maîtresse : le colonel Montague. En séducteur impénitent qu'il est, il ne cesse de la esser de ses avances, de lui dire cent fois son désir de faire d'elle sa maîtresse… et sans sse elle tremble à l'idée que la chose s'ébruite et qu'on la chasse. Mais combien de temps urra-t-elle résister, et surtout garder son secret ? Aux Indes, toute une nuit, le colonel ontague l'a longuement, ardemment tenue dans ses bras. Et si, manifestement, il n'en pas gardé le moindre souvenir, de son côté, Lisette n'a jamais oublié les sensations trêmes de leur brûlante étreinte...

A FLAMME DES HIGHLANDS

Terri Brisbin – n°636

osse, 1370. Ciara a bien cru perdre pour toujours Tavis, destiné à une autre. Mais rsque celui-ci se retrouve un jour libéré de ce lien, un fol espoir envahit la jeune mme. Tavis, son ami d'enfance, son seul et unique amour, peut enfin être à elle ! Leur ure serait-elle venue ? Hélas, obnubilé par les alliances politiques, son père étouffe n bonheur naissant en arrangeant un mariage pour elle. Comme si elle, sa propre e, n'était qu'une vulgaire monnaie d'échange, un être privé de sentiments, de cœur et droits ! Ciara est révoltée, frustrée… et convaincue au plus profond d'elle-même que vis brûle d'un même désir. Consciente d'outrepasser les lois de son clan, elle décide vouer sa passion à l'homme qu'elle aime et de le conquérir.

A ROSE D'EDIMBOURG

Amanda McCabe – n°637

gleterre et Ecosse, 1564. Convoquée par la reine Elisabeth, Celia est stupéfaite. La uveraine attend d'elle qu'elle se rende à la cour d'Edimbourg, pour suivre discrètement projets de mariage de Marie Stuart. Bien qu'elle ne se sente vraiment pas l'étoffe ne espionne, Celia ne peut refuser cette délicate mission. Comment décevoir la reine e-même, quand on est veuve et sans ressource ? Résignée, Celia tente de se consoler rêvant des plaisirs de cette cour d'Edimbourg qu'on dit si raffinée… Mais le rêve en e tourne au gris quand elle découvre qui se cache dans l'équipage en partance pour cosse — l'homme qui a fait battre le cœur, avant de le briser trois ans plus tôt. Le me qui, aujourd'hui, lui adresse un de ces sourires ravageurs, comme s'il semblait terminé à la reconquérir...

ALTESSE MALGRÉ ELLE
de Carol Townend – n°638

Constantinople, XIe siècle. Lorsque la princesse Théodora lui demande de se fair passer pour elle à bord du bateau qui doit la ramener à Constantinople, Katerin sent la panique l'envahir. Sa maîtresse a certainement perdu la raison ! Commen elle, simple suivante, et de surcroît ancienne esclave, pourrait-elle passer pour un princesse ? Imiter la voix impérieuse et les attitudes gracieuses de Théodora ? I le faudra bien, car Katerina a juré obéissance à celle qui a jadis racheté sa libert Tremblante, elle affronte la troublante proximité du commandant Ashfirth, chargé d l'escorter étroitement. Et craint, dès le premier regard, que ses yeux d'azur percer tous les secrets qu'elle cache sous ses voiles...

LIBERTIN ET AMOUREUX
de Bronwyn Scott – n° 639

Angleterre, 1835. Riordan enrage. Qu'avait-il besoin d'engager une femme séduisant pour s'occuper de ses neveux, juste au moment où ses devoirs de comte l'appellent trouver enfin une épouse de son rang... et non à badiner avec une domestique, fût-elle l tentation incarnée ! Une fois de plus, son ardent tempérament a guidé son choix. Jama auparavant il n'avait croisé de gouvernante aussi mystérieuse et distinguée que cette Ml Caulfield : son port de reine, son éducation et ses manières sont davantage ceux d'une lad Tout comme cette délicieuse confusion qui la fait rougir lorsqu'il s'approche trop près d'ell Sans doute est-ce sa réputation de débauché qui la trouble ainsi, et il pousserait volontie le jeu jusqu'à la tenter... par un baiser brûlant. Car il pressent que, derrière sa condui irréprochable, c'est du feu qui coule dans les veines de son exquise gouvernante.

LA FIANCÉE DE L'IRLANDAIS
de Michelle Willingham – n° 640

Irlande, 1170. En dépit de son tempérament rebelle, Isabel de Godred a toujours ob à son père, le despotique baron de Thornwyck. Pourtant, lorsqu'il lui ordonne d'épous et d'assurer la descendance de Patrick McEgan, suzerain de Laochre, elle y conse l'angoisse au cœur. Saura-t-elle s'imposer dans une contrée inconnue, à la tête sujets hostiles et aux côtés d'un homme qui ne l'aime pas ? Car même s'il a accep de l'épouser, Patrick, elle le sait, considère moins leur mariage comme une allian conjugale que comme un tribut à payer pour la paix de son peuple. Un sacrifice auqu il a dû se résoudre la mort dans l'âme... et qu'il risque de lui faire payer cher.

LE BAL DES PROMESSES
de Julia Justiss – n° 641

Angleterre, 1815. De retour en Angleterre après plusieurs années passées sur Continent à combattre les troupes bonapartistes, lord Sandiford apprend que Sara son grand amour de jeunesse, a épousé un autre homme et lui a donné un enfa N'osant croire en son infortune, il se rend chez elle et, devant l'évidence de son bonhe prend une farouche résolution : puisque l'objet de sa passion est définitivement per pour lui, il contractera un simple mariage de raison, rien de plus. Et seulement af d'assurer sa descendance, comme l'exige son rang, et de renflouer ses finances. Ma Sarah refuse de le laisser renoncer à l'amour : elle charge sa meilleur amie Clariss une jeune et bouillonnante aristocrate, de lui trouver l'épouse qui le saura le comble

Best-Sellers n°614 • historique

Fiançailles à Brentmore Hall - Diane Gaston

Angleterre, 1816

Anna ne sait si elle doit être heureuse ou terrifiée à l'idée d'avoir trouvé une place de gouvernante dans la somptueuse demeure de Brentmore Hall. Car si ses élèves Cal et Dory semblent adorables, leur père, Lord Brentmore, fait quant à lui l'objet d'étranges rumeurs. Ne dit-on pas qu'il a un passé plus que douteux ? Mais dès qu'elle rencontre le mystérieux marquis, un trouble profond l'envahit face à cet homme si séduisant et si sombre à la fois, visiblement marqué par la mort de sa femme. Mais ce drame peut-il expliquer qu'il se montre aussi distant avec ses propres enfants ? Puisqu'elle est désormais la gouvernante de ces derniers, Anna se doit de lui rappeler son rôle de père. Tout en se demandant si c'est uniquement par devoir qu'elle agit ainsi… D'où lui vient en effet cette curiosité brûlante qui la pousse à percer les secrets du marquis, alors même qu'il s'apprête à annoncer ses fiançailles avec celle qui est destinée à devenir une nouvelle mère pour les enfants ?

Composé et édité par les
éditions HARLEQUIN
Achevé d'imprimer en Italie (Milan)
par Rotolito Lombarda
en mai 2014

Dépôt légal en juin 2014